LUCY M. MONTGOMERY

ANNE E A CASA DOS SONHOS

São Paulo, 2020

Anne e a Casa dos Sonhos
Copyright © 2020 by Novo Século Editora Ltda.

DIRETOR EDITORIAL: Luiz Vasconcelos
ASSISTÊNCIA EDITORIAL: Tamiris Sene
TRADUÇÃO: Marsely de Marco
PREPARAÇÃO: Tamiris Sene
REVISÃO: Laura Pohl e Flávia Cristina
ILUSTRAÇÃO DE CAPA: Paula Cruz
MONTAGEM DE CAPA: Luis Antonio Contin Junior
P. GRÁFICO E DIAGRAMAÇÃO: Bruna Casaroti
IMPRESSÃO: Maistype

Texto de acordo com as normas do Novo Acordo Ortográfico da Língua Portuguesa (1990), em vigor desde 1º de janeiro de 2009.

Dados Internacionais de Catalogação na Publicação (CIP)
Angélica Ilacqua CRB-8/7057

Montgomery, Lucy Maud
  Anne e a casa dos sonhos / Lucy Maud Montgomery;
Tradução de Marsely de Marco.
Barueri, SP: Novo Século Editora, 2020.

Título original: Anne's house of dreams

1. Literatura infantojuvenil I. Título II. Marco, Marsely de

20-3206   CDD 028.5

Índice para catálogo sistemático:
1. Literatura infantojuvenil 028.5

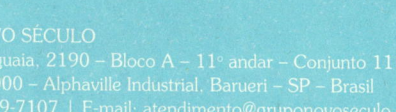

GRUPO NOVO SÉCULO
Alameda Araguaia, 2190 – Bloco A – 11º andar – Conjunto 1111
CEP 06455-000 – Alphaville Industrial, Barueri – SP – Brasil
Tel.: (11) 3699-7107 | E-mail: atendimento@gruponovoseculo.com.br
www.gruponovoseculo.com.br

"Para Laura, em homenagem
aos velhos tempos."

CAPÍTULO 1

NO SÓTÃO DE GREEN GABLES

— Graças a Deus! Não preciso mais ensinar nem aprender geometria – disse Anne Shirley com uma expressão um tanto vingativa, enquanto jogava um volume bem velho escrito por Euclides[1] em uma arca de livros enorme. Fechou a tampa de forma triunfal, sentando-se sobre ela ao encarar Diana Wright do outro lado do quarto do sótão de Green Gables, com seus olhos acinzentados como o céu da manhã.

O pequeno quarto do sótão era um lugar agradável, sugestivo e aconchegante, como todo sótão deveria ser. Pela janela aberta, próxima ao lugar em que Anne estava sentada, a doce brisa soprava, perfumada e quente devido ao sol da tarde de agosto; lá fora, galhos de álamo farfalhavam ao vento; o bosque ficava além deles, abrigando a encantada Travessa dos Amantes e o velho pomar de macieiras, que ainda exibia os frutos avermelhados de maneira extraordinária. E, além de tudo, ao sul, havia uma grande cadeia de montanhas de brancas nuvens no céu anil. Pela outra janela, era possível vislumbrar um mar azul com as ondas prateadas ao longe: o belo golfo de São Lourenço, em que Abegweit flutua como uma joia. O nome

---

1. Euclides de Alexandria foi um escritor, matemático, além de conhecido como pai da Geometria.

indiano, singelo e doce, há muito tempo foi substituído pelo nome mais prosaico da Ilha Príncipe Edward.

Diana Wright, três anos mais velha do que quando a vimos pela última vez, havia ganhado ares matronais. Contudo, os olhos ainda eram tão negros e brilhantes, as bochechas tão rosadas e as covinhas tão encantadoras como nos velhos dias em que ela e Anne Shirley juraram amizade eterna no jardim de Orchard Slope. Nos braços, ela segurava uma pequena criatura dorminhoca, de cabelos cacheados e negros, que há dois felizes anos era conhecida no mundo de Avonlea como a "Pequena Anne Cordelia". Todos sabiam de onde ela tinha tirado o nome Anne, mas era Cordelia que obviamente os intrigava. Nunca houve uma Cordelia nas famílias Wright ou Barry. A Sra. Harmon Andrews disse que Diana provavelmente encontrara o nome em algum folhetim barato, e se perguntava por que Fred não a havia impedido. Diana e Anne sorriram uma para a outra. Eles sabiam como a pequena Anne Cordelia tinha recebido seu nome.

– Você sempre detestou geometria – relembrou Diana, sorrindo. – Creio que esteja contente por não ter mais que dar aulas.

– Ah, sempre gostei de ensinar, com exceção de geometria. Esses últimos três anos em Summerside foram muito agradáveis. A Sra. Harmon Andrews me disse, quando voltei para casa, que eu provavelmente acharia a vida de casada muito melhor do que dar aulas, como eu esperava. É evidente que a Sra. Harmon Andrews tem a mesma opinião que Hamlet: é melhor aceitarmos os males conhecidos do que buscar refúgio naqueles que desconhecemos.

A risada de Anne, tão alegre e irresistível como sempre, acrescentada de uma parcela extra de doçura e maturidade, ecoou pelo sótão. Marilla, que estava na cozinha lá embaixo

fazendo compotas de ameixa azul, sorriu ao ouvi-la. Logo em seguida, suspirou ao pensar em como aquela risada tão querida ecoaria pouco por Green Gables nos anos que estavam por vir. Nada na vida jamais tinha deixado Marilla tão feliz como a notícia de que Anne ia se casar com Gilbert Blythe; porém toda alegria trazia consigo a pequena sombra de um lamento. Durante os três anos em que morou em Summerside, Anne sempre veio passar as férias e os finais de semana. Contudo, ela sabia que agora haveria no máximo duas visitas ao ano.

– Não se preocupe com as bobagens da Sra. Harmon – disse Diana com toda a confiança de quem está casada há quatro anos. – A vida de casada tem altos e baixos, certamente. Não espere que tudo seja sempre mil maravilhas. Mas posso garantir a você, Anne, que é uma vida feliz quando se está casada com o homem certo.

Anne conteve um sorriso. O ar de vasta experiência com que Diana falava as coisas sempre a divertia.

"Ouso dizer que pensarei da mesma forma quando tiver quatro anos de casada," ela pensou, "confio que meu senso de humor irá me salvar".

– Já sabem onde vão morar? – perguntou Diana, ninando a pequena Anne Cordelia com o gesto maternal inimitável que sempre fazia com que o coração de Anne, cheio de sonhos doces e esperanças inexploradas, sentisse uma mistura de prazer e uma estranha dor etérea.

– Sim. Era isso que queria contar para você quando liguei e pedi que viesse aqui hoje. A propósito, ainda não acredito que temos telefones em Avonlea agora. Soa tão absurdamente inovador e moderno para esse lugar antigo, querido e tranquilo.

– Isso foi trabalho da SMA, a Sociedade de Melhorias de Avonlea – disse Diana. – Jamais teríamos conseguido as linhas sem a persistência deles. Houve muito desencorajamento, mas

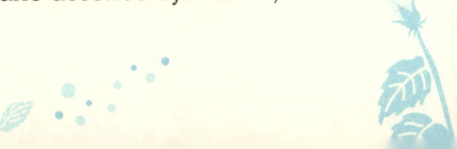

eles não desistiram. Você fez uma coisa maravilhosa quando fundou essa sociedade, Anne. Como eram divertidas as nossas reuniões! Você conseguirá algum dia esquecer o salão azul e os planos de Judson Parker de pintar os anúncios de remédios na cerca dele?

– Não sei se sou inteiramente grata à SMA pelas linhas telefônicas – comentou Anne. – Ah, sei que é muito conveniente, muito mais do que o nosso velho método de chamarmos uma à outra com as luzes das velas! Como diz a Sra. Rachel, "Avonlea deve acompanhar o ritmo da procissão, isso é fato". Porém, de alguma forma, sinto que não gostaria que Avonlea fosse contaminada pelas "inconveniências modernas", como diz o Sr. Harrison quando quer parecer esperto. Gostaria que esse lugar se mantivesse como sempre foi nos bons e velhos tempos. Sei que isso é impossível, é um sentimentalismo tolo. Devo tornar-me imediatamente o mais sábia e prática possível quanto a isso. O telefone, como diz o Sr. Harrison, é "uma baita de uma coisa boa", mesmo sabendo que é bem provável que haja uma meia dúzia de pessoas ouvindo sua conversa na linha.

– Isso é o pior de tudo – suspirou Diana. – É muito irritante ouvir o barulho dos fones sendo tirados dos ganchos sempre que fazemos uma ligação. Dizem que a Sra. Harmon insistiu para que seu telefone fosse instalado na cozinha para poder ouvi-lo tocar sem precisar tirar o olho do jantar. Hoje, quando você me ligou, ouvi claramente o relógio dos Pye tocar. Não há dúvidas de que Josie ou Gertie estavam ouvindo.

– Ah, então foi por isso que você perguntou se havia um relógio novo em Green Gables, não foi? Eu não entendi a sua pergunta. Ouvi um clique rancoroso logo depois. Deve ter sido alguém na casa dos Pye desligando com energia profana. Bem, deixe-os para lá. Como a Sra. Rachel diz, "os

Pye sempre foram os Pye e sempre serão enquanto o mundo existir, amém". Vamos falar de coisas mais agradáveis agora. Está tudo certo em relação ao nosso novo lar.

– Ah, Anne, onde? Espero que seja perto daqui.

– Nãooooooo, esse é o inconveniente. Gilbert vai atender no Porto de Four Winds, cerca de cem quilômetros daqui.

– Cem! Poderia ser cem mil – lamentou Diana.– O mais longe que consigo ir ao sair de casa agora é até Charlottetown.

– Você tem que vir para Four Winds. É o porto mais lindo da ilha. Há um vilarejo chamado Glen St. Mary no extremo da ilha, onde o Dr. David Blythe, tio-avô de Gilbert, pratica há cinquenta anos. Ele vai se aposentar e Gilbert irá assumir seu consultório. O Dr. Blythe vai continuar morando na casa, então temos que encontrar outro lugar para morar. Não sei ainda como é, nem onde, na verdade, mas, em minha mente, tenho uma casinha dos sonhos toda mobiliada. É um pequeno castelo espanhol adorável.

– Onde você vai passar a lua de mel? – indagou Diana.

– Em lugar algum. Não faça cara de espanto, querida Diana. Você fica parecida com a Sra. Harmon Andrews. Não tenho dúvidas de que ela fará um comentário condescendente sobre pessoas sem condições de pagar uma lua de mel serem sensatas em não viajar. Em seguida, falará mais uma vez que Jane foi para a Europa em sua lua de mel. Quero passar a minha em Four Winds, na minha própria casa dos sonhos.

– E você decidiu não ter mesmo damas de honra?

– Não há mais ninguém disponível. Você, Phil, Priscilla e Jane, todas me deixaram para trás no que se refere a casamento; Stella está dando aulas em Vancouver. Não tenho mais nenhuma "alma irmã", e não quero ninguém mais como dama de honra.

– Mas você vai usar véu, não vai? – Diana perguntou ansiosa.

– Certamente que sim. Não me sentiria uma noiva se não usasse um. Lembro-me de ter dito a Matthew, na noite em que ele me trouxe para Green Gables, que eu nunca criaria expectativas quanto ao casamento, pois era uma menina de expressão tão comum que ninguém jamais iria se casar comigo, a não ser que fosse um missionário estrangeiro. Eu costumava acreditar que missionários estrangeiros não tinham condições de ser exigentes com aparência se quisessem uma garota disposta a arriscar a própria vida entre canibais. Você deveria ter visto o missionário com quem Priscilla se casou. É tão bonito e misterioso como aqueles bonitões com quem planejávamos nos casar; é o homem mais bem vestido que já vi, e ele idolatra a "etérea beleza dourada" de Priscilla. Mas é óbvio que não há canibais no Japão.

– Seu vestido de noiva é um sonho – suspirou Diana entusiasmada. – Você vai ficar parecendo uma verdadeira rainha nele, pois é tão alta e elegante. Como você se mantém tão magra, Anne? Estou mais gorda do que nunca. Daqui a pouco nem terei mais cintura.

– Ser robusta ou ser magra parece ser o destino de toda mulher – comentou Anne. – Pelo menos a Sra. Harmon Andrews não vai dizer a você o que disse a mim quando cheguei de Summerside, "Bem, Anne, você está esquelética como sempre". Elegante parece bem mais romântico, mas "esquelética" é bem diferente.

– A Sra. Harmon tem falado do seu enxoval. Ela admitiu ser tão belo quanto o de Jane, embora tenha dito que Jane se casou com um milionário e você está apenas se casando com um jovem médico pobretão, sem um tostão furado.

Anne riu.

– Meus vestidos *são* lindos. Amo coisas lindas. Lembro-me do primeiro vestido bonito que tive na vida. Era um vestido de seda marrom que Matthew me deu para que eu fosse ao recital da escola. Antes, tudo o que eu tinha era feio. Foi como se tivesse adentrado um mundo totalmente novo naquele dia.

– Foi a noite em que Gilbert recitou o poema de Caroline Norton e olhou para você ao dizer "há outra, *não* é uma irmã". E você ficou furiosa porque ele colocou sua rosa de papel na lapela! Você nem imaginava que um dia iria se casar com ele.

– Ah, bem, esse é mais um exemplo de predestinação – riu Anne enquanto desciam as escadas do sótão.

CAPÍTULO 2

A CASA DOS SONHOS

Nunca, em toda a história de Green Gables, houve uma atmosfera de tanta animação. Até mesmo Marilla estava tão animada que mal conseguia disfarçar, o que era algo bem incomum em seu caso.

– Nunca houve um casamento nesta casa – ela disse para a Sra. Rachel Lynde, como se estivesse desculpando-se. – Quando eu era criança, ouvi um velho ministro da igreja dizer que uma casa só se transformava em um lar depois de ser consagrada por um nascimento, um casamento e uma morte. Mortes já ocorreram aqui; meu pai, minha mãe e Matthew faleceram na casa. Houve também um nascimento. Há muito tempo, logo quando nos mudamos para cá, contratamos um homem casado para nos ajudar por algum tempo e a esposa dele teve um bebê. Só nunca tivemos um casamento. É muito estranho imaginar Anne se casando. De certo modo, para mim ela ainda parece ser aquela garotinha que Matthew trouxe para cá há catorze anos. Não consigo acreditar que tenha crescido tanto. Jamais me esquecerei do que senti quando vi Matthew entrando com uma *menina*. O que será que aconteceu com o menino que teríamos adotado se esse engano não tivesse acontecido? Qual terá sido o destino dele?

– Bem, foi um erro feliz – disse a Sra. Rachel Lynde. – Apesar de ter havido uma época em que eu não pensava dessa forma. Lembro-me daquela noite em que viemos conhecer Anne e ela aprontou a maior cena. Muitas coisas mudaram desde então, isso é fato.

A Sra. Rachel suspirou, mas logo se animou novamente. Quando se tratava de casamentos, a Sra. Rachel estava pronta para deixar os mortos enterrados no passado.

– Vou dar duas das minhas colchas de algodão para Anne – continuou dizendo. – Uma listrada de marrom e uma com folhas de macieiras. Ela me disse que estão na moda novamente. Bem, estando na moda ou não, não creio que exista nada mais belo para uma cama de quarto de hóspedes do que uma colcha com flores de macieira, isso é fato. Não posso me esquecer de branqueá-las ao sol. Costurei sacos de algodão para guardá-las desde a morte de Thomas, e certamente a cor deve estar horrorosa. Mas ainda falta um mês, e clareá-las com orvalho operará maravilhas.

Apenas um mês! Marilla suspirou e disse com orgulho:

– Vou dar para Anne meia dúzia de tapetes trançados que guardo no sótão. Nunca pensei que ela fosse querê-los, são tão antiquados, e atualmente as pessoas só se interessam por tapetes bordados. Mas ela me pediu; disse que não conseguia imaginar outra coisa decorando seu piso. Eles são mesmo lindos. Usei os melhores retalhos para fazê-los e os trancei em tiras. Foram companhias excepcionais nos últimos invernos. E farei compotas de ameixa suficientes para que ela tenha estoque durante um ano. Algo estranho aconteceu. Fazia três anos que as ameixeiras não davam frutos, achei até que teria que cortá-las. Mas então, na última primavera, ficaram lotadas de flores brancas. Não me lembro de ter havido uma colheita tão farta em Green Gables.

– Bem, graças a Deus que Anne e Gilbert vão finalmente se casar. Sempre rezei para que esse dia chegasse – disse a Sra. Rachel com um tom de quem tinha certeza de que suas preces eram sempre atendidas. – Foi um grande alívio descobrir que ela não estava interessada naquele rapaz de Kingsport. Ele era rico, certamente, e Gilbert é pobre, pelo menos por enquanto. Contudo, ele é um garoto da ilha.

– Ele é Gilbert Blythe – disse Marilla com alegria. Marilla preferia morrer antes de transformar em palavras o pensamento que não saía da sua cabeça toda vez que olhava para Gilbert desde que era pequeno; pois, não fosse por seu próprio orgulho há muito, muito tempo, ele teria sido *seu* filho. Marilla sentia que, de alguma maneira estranha, o casamento dele com Anne iria corrigir o erro que fora cometido no passado. Um bem nasceria do mal causado por aquele antigo rancor.

Quanto a Anne, ela estava tão feliz que quase chegava a sentir medo. Os deuses, de acordo com as antigas superstições, não gostavam de ver os mortais tão felizes. Com certeza alguns seres humanos também não. Dois exemplos desse tipo foram fazer uma visita em um fim de tarde púrpuro e fizeram todo o possível para estourar sua bolha colorida de alegria. Se Anne achava que estava ganhando algum prêmio em particular ao casar com o jovem Dr. Blythe, ou se ela imaginava que ele ainda mantinha a mesma paixão de outrora por ela, era dever das duas apresentarem a ela um novo ponto de vista sobre os fatos. Mesmo assim, as duas damas distintas não eram inimigas de Anne; pelo contrário, gostavam muito dela, e a defenderiam como se fosse filha delas caso alguém a atacasse. A natureza humana não é obrigada a ser coerente.

A Sra. Inglis, chamada de Jane Andrews quando solteira, de acordo com o jornal Daily Enterprise, veio com a mãe e a Sra. Jasper Bell. A bondade humana em Jane, contudo, ainda não havia sido amargada por anos de brigas matrimoniais. Seus comentários eram agradáveis. Apesar de ter se casado com um milionário, como diria a Sra. Rachel Lynde, o casamento dela era feliz. A riqueza não a tinha corrompido. Ela ainda era a mesma Jane de plácidas e amigáveis bochechas rosadas que fazia parte do velho quarteto, feliz com a empolgação de Anne, e realmente interessada em todos os detalhes do seu enxoval, como se ele pudesse rivalizar com o esplendor das sedas e das joias de seu próprio enxoval. Jane não era muito inteligente, e era bem provável que nunca houvesse feito um comentário digno de atenção em sua vida, mas ela jamais diria algo para ferir os sentimentos de alguém, o que não pode ser considerado um talento, contudo, não deixa de ser uma postura rara e invejável.

– Então, Gilbert não deixou você na mão mesmo – disse a Sra. Harmon Andrews, fazendo o maior esforço para denotar surpresa. – Bem, os Blythe geralmente mantêm a palavra, aconteça o que acontecer. Deixe-me ver, você tem 25 anos, não tem, Anne? Na minha época, 25 indicava que o tempo estava passando. Só que você ainda aparenta ser bem jovem. Isso sempre acontece com os ruivos.

– Cabelos ruivos estão na moda agora – disse Anne, tentando esboçar um sorriso, porém sem disfarçar a frieza. A vida a tinha ensinado a desenvolver um senso de humor que a ajudava superar muitas dificuldades; entretanto, isso não valia para referências feitas aos seus cabelos.

– Que seja... que seja – a Sra. Harmon comentou. – Não dá para prever as loucuras ditadas pela moda. Bem, Anne, suas coisas são muito bonitas e estão adequadas ao momento da sua vida, não é mesmo, Jane? Espero que você seja muito feliz. Desejo tudo de bom, certamente. Noivados longos nem sempre acabam bem. Mas, é claro, no seu caso não poderia ter sido diferente.

— Gilbert aparenta ser muito novo para um médico. Temo que as pessoas não tenham muita confiança nele – disse a Sra. Jasper Bell em um lamento, apertando os lábios em seguida como se tivesse cumprido sua obrigação, e agora estava com a consciência limpa. Ela pertencia ao tipo que sempre carregava uma velha pluma preta no chapéu e os cachos desalinhados no pescoço.

O prazer aparente de Anne por seu enxoval foi temporariamente sufocado; contudo, os ataques das madames Bell e Andrews foram esquecidos no momento em que Gilbert chegou e eles foram passear perto das bétulas à beira do riacho. Elas não passavam de mudas quando Anne chegara em Green Gables, e agora eram altas colunas de marfim em um palácio de contos de fadas em meio ao crepúsculo estrelado.

Anne e Gilbert conversaram apaixonados sobre sua nova casa e a vida nova que teriam juntos.

— Encontrei um ninho para nós, Anne.

— Ah, onde? Espero que não seja bem no centro do vilarejo. Não ia gostar nada disso.

— Não. Não havia casas disponíveis no vilarejo. É uma casinha branca na orla do porto, fica na metade do caminho entre Glen St. Mary e Four Winds Point. É um pouco fora de mão, mas quando tivermos uma linha telefônica por lá, isso não será um problema. A vista é linda. Fica de frente para o poente, e o azul do porto é sensacional. É bem próxima das dunas de areia e a brisa marinha sopra sobre elas.

— Mas e a casa propriamente dita, Gilbert, e o *nosso* primeiro lar?

— Não é muito grande, mas é suficiente para nós. Há uma sala de estar esplêndida com uma lareira no andar de baixo, e uma sala de jantar com vista para o porto; há ainda um quartinho que poderá servir como consultório para mim. É uma

casa de sessenta anos. É a casa mais antiga de Four Winds. Mas está em bom estado de conservação; há quinze anos tudo foi reformado. Trocaram piso, reboco e telhas. O importante é que foi muito bem construída. Contaram-me que há uma história romântica relacionada à construção, mas o corretor não sabia me informar sobre os detalhes. Ele disse que o capitão Jim era a única pessoa que poderia contar essa história.

– Quem é o capitão Jim?

– O guarda do Farol de Four Winds Point. Você vai se apaixonar pelo Farol de Four Winds, Anne. Ele é giratório e suas luzes brilham como estrelas em meio ao crepúsculo. Dá para ver das janelas da nossa sala de estar ou da porta de entrada.

– Quem é o dono da casa?

– Bem, no momento ela pertence à Igreja Presbiteriana de Glen St. Mary, e eu a aluguei dos curadores. Mas pertencia até pouco tempo a uma velha dama, a Srta. Elizabeth Russell. Ela faleceu na primavera passada, e, como não tinha parentes próximos, deixou a propriedade para a Igreja de Glen St. Mary. A mobília ainda está na casa, e comprei quase tudo a preço de banana, pois é tão antiga que os curadores estavam desesperados para vender. Creio que as pessoas de Glen St. Mary prefiram estofados de veludo e aparadores com espelhos e ornamentos. Mas a mobília da Srta. Russell é muito boa e tenho certeza de que você vai gostar, Anne.

– Tudo bem até agora – disse Anne, assentindo com aprovação cautelosa. – Mas, Gilbert, as pessoas não podem viver só de mobília. Você não mencionou uma coisa muito importante. Há árvores perto da casa?

– Muitas delas, cara dríade[2]! Há um enorme bosque de abetos atrás da casa, com uma alameda enfileirada por pinheiros da Lombardia de ambos os lados da estrada da entrada, e um anel de bétulas brancas ao redor de um maravilhoso jardim. A porta da frente se abre diretamente para o jardim, mas há uma outra entrada, um portãozinho que fica entre dois abetos. As dobradiças estão fixas em um dos troncos e o trinco no outro. Os ramos formam um arco suspenso.

– Ah, como estou feliz! Não poderia morar em um lugar que não tivesse árvores! Alguma coisa vital dentro de mim pereceria. Bem, depois disso tudo, nem adianta perguntar se há um riacho perto casa. Seria esperar demais, não é?

– Mas *há* um riacho; na verdade, ele corta um dos cantos do jardim.

– Então – Anne disse com um suspiro de satisfação –, a casa que você encontrou é a minha casa dos sonhos, e não falamos mais nisso.

---

2. Dríade é uma palavra usada para indicar as ninfas que viviam na floresta.

CAPÍTULO 3

NA TERRA DOS SONHOS

— Você já decidiu quem vai convidar para o casamento, Anne? – perguntou a Sra. Rachel Lynde enquanto bordava as bainhas dos guardanapos minuciosamente. – Já está na hora de enviar os convites, mesmo que sejam apenas convites informais.

— Não tenho a intenção de convidar muitas pessoas. Só queremos que participem do nosso casamento as pessoas que mais amamos. A família de Gilbert, o Sr. e a Sra. Allan, o Sr. e a Sra. Harrison.

— Houve um tempo em que o Sr. Harrison não estaria entre as pessoas que você ama – Marilla comentou secamente.

— Bem, não simpatizei muito com ele quando nos conhecemos – reconheceu Anne, rindo ao lembrar-se da ocasião. – Mas o Sr. Harrison melhorou com a convivência, e a Sra. Harrison é muito querida. E é claro que há a Srta. Lavendar e Paul.

— Eles decidiram passar o verão na ilha? Achei que fossem para a Europa.

— Eles mudaram de ideia quando lhes contei do casamento por carta. Recebi uma resposta de Paul hoje. Ele me disse que virá para o meu casamento e a Europa ficará para depois.

– Aquele menino sempre idolatrou você. – comentou a Sra. Rachel.

– Aquele menino é um jovem de 19 anos agora, Sra. Lynde.

– Como o tempo voa! – foi a brilhante resposta original da Sra. Lynde.

– Charlotta IV deve vir com eles. Ela disse para Paul que virá se o marido permitir. Pergunto-me se ela ainda usa aqueles laços azuis enormes, e se o marido a chama de Charlotta ou Leonora. Eu adoraria que Charlotta viesse ao meu casamento. Faz tanto tempo que eu e Charlotta fomos a um casamento juntas. Eles devem se hospedar no Echo Lodge semana que vem. Há também Phil e o Reverendo Jo...

– É horrível ouvir você se referir a um sacerdote dessa forma, Anne – repreendeu a Sra. Rachel.

– A esposa dele o chama assim.

– Ela deveria ter mais respeito pela posição sagrada dele – replicou a Sra. Rachel.

– Já ouvi a senhora criticar religiosos de forma bem incisiva – Anne comentou, provocando.

– Sim, mas critiquei com respeito – defendeu-se a Sra. Lynde. – Nunca dei apelidos para um ministro da igreja.

Anne segurou o riso.

– Bem, há Diana e Fred, e o pequeno Fred e a pequena Anne Cordelia, e Jane Andrews. Queria que a Srta. Stacey e a tia Jamesina viessem, assim como Priscilla e Stella. Mas a Stella está em Vancouver, e Pris está no Japão, e a Srta. Stacey está casada na Califórnia, e a tia Jamesina foi para a Índia explorar o campo de missão da filha, apesar do seu pavor por cobras. É triste ver como as pessoas conseguem se espalhar pelo mundo.

– Esse nunca foi o plano do Senhor, isso é fato – disse a Sra. Rachel de forma autoritária. – Na minha época, as pessoas cresciam, casavam e se estabeleciam no local em que tinham nascido, ou perto dele. Ainda bem que você vai ficar na Ilha, Anne. Tinha medo que Gilbert insistisse em fugir para os confins do mundo quando terminasse a faculdade, arrastando você junto.

– Se todas as pessoas ficassem nos locais em que nasceram, logo esses lugares ficariam lotados, Sra. Lynde.

– Ah, não vou discutir com você, Anne. Não tenho diploma de bacharel. Em qual período do dia será realizada a cerimônia?

– Decidimos que será bem ao meio-dia, como manda a etiqueta social. Assim teremos tempo para pegar o trem para Glen St. Mary.

– Vocês irão se casar no salão?

– Não, a não ser que chova. Gostaríamos de nos casar no pomar, sob o azul do céu e o brilho do sol. Sabe quando e onde eu gostaria de me casar, se pudesse? Seria durante o amanhecer, um amanhecer de junho, com o nascer do sol glorioso, e as rosas florescendo no jardim; eu viria de mansinho e encontraria Gilbert para irmos juntos ao coração do bosque de faias; e lá, debaixo dos arcos verdejantes que formariam uma catedral esplêndida, nós nos casaríamos.

Marilla fungou com desdém e a Sra. Lynde pareceu chocada.

– Mas isso seria terrivelmente estranho, Anne. E nem seria considerado dentro da lei. E o que a Sra. Harmon Andrews diria?

– Ah, essa é a questão – suspirou Anne. – Há muitas coisas na vida que não podemos fazer por medo do que a Sra. Harmon Andrews irá dizer. É a verdade, é uma pena, é uma pena e é a verdade. Quantas coisas maravilhosas poderíamos fazer se não fosse a Sra. Harmon Andrews!

– Há momentos em que não tenho certeza se entendo você completamente, Anne – reclamou a Sra. Lynde.

– Você sabe que Anne sempre foi romântica – disse Marilla argumentando.

– Bem, é bem provável que a vida de casada faça com que ela se cure disso – disse a Sra. Rachel, reconfortando-se.

Anne riu e foi para a Travessa dos Amantes. Gilbert a encontrou por lá; e nenhum dos dois parecia sentir medo nem esperança de que a vida de casado os curasse do romantismo.

Todos os que se hospedariam no Echo Lodge vieram na semana seguinte, e Green Gables vibrou de alegria com a presença deles. A Srta. Lavendar mudou tão pouco que parecia que os três anos sem vir à ilha tinham passado em apenas uma noite; mas Anne ofegou de espanto ao ver Paul. Será que aquele homem de um metro e oitenta era o mesmo pequeno Paul de Avonlea dos tempos de escola?

– Você realmente faz com que eu me sinta velha, Paul – disse Anne. – Nossa, eu tenho que olhar para cima para ver você!

– Você jamais ficará velha, professora – disse Paul. – Você faz parte dos mortais de sorte que encontraram e beberam da fonte da juventude; você e a mamãe Lavendar. Veja bem, quando você se casar, eu não vou chamá-la de Sra. Blythe. Você sempre será a "Professora" para mim; a professora que me deu as melhores aulas. Quero mostrar uma coisa para você.

A "coisa" era uma caderneta cheia de poemas. Paul havia transformado as palavras mais belas em versos, e os editores de revistas não haviam sido depreciativos como era esperado

de sua natureza. Anne leu os poemas de Paul com verdadeiro deleite. Eram cheios de encanto e muito promissores.

– Você será famoso ainda, Paul. Sempre sonhei em ter um aluno famoso. Imaginei que fosse um reitor universitário, mas um grande poeta é ainda melhor. Algum dia ainda irei me gabar de ter punido o distinto Paul Irving. Mas eu nunca puni você, não é, Paul? Perdi a oportunidade! Contudo, acho que já tirei o seu recreio.

– É possível que você também seja famosa, Professora. Vi vários bons trabalhos seus ao longo desses três anos.

– Não. Sei do que sou capaz. Posso escrever crônicas bonitas, adoradas pelas crianças, e pelas quais os editores acabam enviando cheques muito bem-vindos. Mas não sei fazer nada muito grandioso. Minha única chance de me tornar imortal é com uma participação especial nas suas Memórias.

Charlotta IV não usava mais os laços azuis, mas as sardas permaneciam.

– Nunca pensei que me casaria com um ianque, Srta. Shirley, madame – ela disse. – Mas não dá para prever o futuro e ele não tem culpa disso. Ele nasceu assim.

– Agora você também é uma ianque, Charlotta, já que se casou com um.

– Srta. Shirley, madame, *não* sou, não! E não seria nem se me casasse com dezenas de ianques! Tom até que é bom! E, além disso, achei melhor não ser tão exigente. Essa poderia ser a minha única chance. Tom não bebe e ele não reclama por ter que trabalhar entre as refeições, e estou satisfeita com tudo que ele faz e diz, Srta. Shirley, madame.

– Ele a chama de Leonora? – Anne perguntou.

– Nossa mãe de Deus, não, Srta. Shirley. Eu nem saberia dizer quem ele estaria chamando, se esse fosse o caso. Claro que quando nos casamos ele teve que dizer, "Eu te recebo,

Leonora", e confesso, Srta. Shirley, madame, que tive a horrível sensação de que ele não estava falando comigo, e que meu casamento não estava sendo realizado de verdade. E então agora é a sua vez de se casar Srta. Shirley, madame? Sempre achei que eu iria gostar de me casar com um doutor. Seria tão útil quando as crianças tivessem sarampo e gripe. Tom é um simples pedreiro, mas tem uma personalidade muito boa. Quando perguntei para ele: "Tom, posso ir ao casamento da Srta. Shirley? Eu quero ir de qualquer forma, mas seria bom ter o seu consentimento", ele simplesmente disse, "Faça o que achar melhor, Charlotta, e para mim estará tudo bem". É um marido muito bom de se ter, Srta. Shirley, madame.

Philippa e o seu Reverendo Jo chegaram em Green Gables um dia antes do casamento. Anne e Phil tiveram um encontro arrebatador que acabou se transformando em uma conversa aconchegante e cheia de confidências sobre tudo o que tinha acontecido e ainda iria acontecer.

– Rainha Anne, majestosa como sempre. Emagreci demais depois que tive os bebês. Não tenho mais nem metade da beleza de outrora, mas Jo parece gostar. Não há tanto contraste entre nós, sabe? Ah, e é maravilhoso você se casar com Gilbert. Roy Gardner teria sido uma péssima escolha, péssima. Hoje eu entendo, apesar de ter ficado extremamente desapontada na ocasião. Sabe, Anne, você tratou Roy muito mal.

– Ouvi dizer que ele já se recuperou – Anne disse, sorrindo.

– Ah, sim, ele se casou e a esposa dele é um doce de pessoa e eles estão muito felizes. Tudo conspirou para o bem, como dizem Jo e a Bíblia, e acho que eles são ótimas referências para tal.

– Alec e Alonzo já se casaram?

— Alec sim, mas Alonzo ainda não. Como aquela época gloriosa na casa da Patty vêm em minha mente quando falo com você, Anne! Como nós nos divertimos!
— Você tem ido à casa da Patty?
— Sim, frequentemente. A Srta. Patty e a Srta. Maria ainda se sentam em frente a lareira para tricotar. Falando nisso, trouxe um presente de casamento delas para vocês, Anne. Adivinha o que é?
— Nem imagino. Como elas sabiam que eu iria me casar?
— Ah, eu falei para elas. Estive com elas semana passada. E elas ficaram tão interessadas nesse assunto! Dois dias atrás, a Srta. Patty me escreveu um bilhete pedindo que eu telefonasse para ela. O que é que você mais gostaria de ter da casa da Patty, Anne?
— Você não está me dizendo que a Srta. Patty mandou os cachorros de porcelana para mim, está?
— Acertou em cheio. Estão no meu baú. E há uma carta para você. Espere um pouco que vou pegar.
"Querida Srta. Shirley", escreveu a Srta. Patty na carta, "Maria e eu ficamos muito felizes em saber que se casará em breve. Desejamos tudo de bom para você. Maria e eu nunca nos casamos, mas não temos nada contra isso. Estamos mandando os cachorros de porcelana para você. Queria deixá--los para você em meu testamento, pois demonstrou estima verdadeira por eles. Mas Maria e eu ainda esperamos viver muito (Deus permita), então decidi dar os cachorros para você enquanto ainda é jovem. Espero que não tenha se esquecido que Gog fica do lado direito e Magog do esquerdo."
— Imagine aqueles adoráveis cães antigos ao lado da lareira na minha casa dos sonhos! – disse Anne cheia de entusiasmo.
— Nunca esperaria algo tão maravilhoso.

Naquela noite, Green Gables fervilhou com os preparativos para o dia seguinte; mas Anne deu uma fugidinha durante o crepúsculo. Ela tinha uma peregrinação a fazer no seu último dia de solteira, e queria fazer isso sozinha. Foi ao túmulo de Matthew no pequeno cemitério de Avonlea, cercado de álamos, e lá manteve uma conversa silenciosa com as velhas lembranças e os amores imortais.

– Como Matthew ficaria feliz se estivesse presente amanhã! – ela sussurrou. – Mas creio que ele realmente saiba sobre o casamento e que tenha ficado contente por isso, onde quer que esteja. Li em algum lugar que os "nossos mortos nunca morrem, a não ser quando nos esquecemos deles". Matthew jamais morrerá para mim, pois nunca conseguirei me esquecer dele.

Deixou no túmulo as flores que havia levado e desceu lentamente a colina. Era uma noite graciosa, cheia de belas luzes e sombras. À oeste, estava o céu repleto de nuvens em tons carmesim e âmbar, e entre elas havia longas faixas verdes como maçãs. Mais à frente havia um brilho radiante do sol poente sobre o mar, e o burburinho incessante das águas que iam e vinham pela praia de areia escura. Ao redor dela, imponentes em meio ao lindo cenário silencioso, estavam as colinas, campos e bosques que ela conhecia e amava há tanto tempo.

– A história se repete – disse Gilbert ao juntar-se a Anne quando ela passou pelo portão da casa dos Blythe. – Você se lembra da nossa primeira caminhada pela colina, Anne, aliás a nossa primeira caminhada juntos?

– Fui visitar o túmulo de Matthew e voltava para casa no final da tarde quando você apareceu no portão. Foi naquele dia que engoli meu orgulho de tantos anos e falei com você.

– E senti o céu se abrir para mim na mesma hora – completou Gilbert. – Daquele momento em diante passei a ansiar pelo

amanhã. Quando deixei você no portão naquela noite, senti-me a pessoa mais feliz do mundo. Você tinha me perdoado.

– Acho que era você quem tinha que me perdoar. Fui uma pirralha mal-agradecida, mesmo após você ter salvado a minha vida no córrego. Como eu odiava ter uma dívida de gratidão! Não mereço toda essa felicidade.

Gilbert riu e apertou com mais força a mão da garota que levava a sua aliança. O anel de noivado de Anne era cravejado de pérolas. Ela se recusou a usar um de diamantes.

– Nunca gostei de diamantes, ainda mais quando descobri que não eram joias púrpuras como imaginei. Eles sempre evocarão a lembrança da decepção.

– Mas pérolas atraem lágrimas, de acordo com as superstições antigas – retrucou Gilbert.

– Não temo superstições. Lágrimas também podem demonstrar alegria. Elas estiveram presentes em todos os meus momentos mais felizes, quando Matthew me deu o primeiro vestido bonito que tive na vida; quando soube que você iria se curar da febre. Então, quero uma aliança de pérolas, Gilbert, aceitarei as alegrias e as tristezas da vida com resiliência.

Contudo, naquela noite, o casal apaixonado só tinha pensamentos de alegria, pois, no dia seguinte, seria o casamento deles, e a casa dos sonhos estava esperando por eles no alto do litoral púrpuro e enevoado do porto de Four Winds.

CAPÍTULO 4

A PRIMEIRA NOIVA DE GREEN GABLES

Anne acordou na manhã do casamento e viu o brilho do sol penetrando pela janela do seu pequeno quarto do sótão juntamente com a brisa de setembro que brincava com as cortinas.

"Estou tão feliz que o sol brilhará para mim", ela pensou com alegria.

Lembrou-se da primeira vez em que acordou naquele quarto, com o carinho dos raios de sol e o perfume da velha Rainha das Flores. Foi um alegre despertar, embora ainda carregasse a amarga decepção da noite anterior. Mas, desde aquele dia, o quarto tinha sido consagrado por anos de sonhos da infância e vislumbres da juventude. Havia retornado a ele com alegria após todas as ausências; na janela havia se ajoelhado na noite agonizante em que pensou que Gilbert estivesse morrendo, e foi ali que se sentou sem palavras para definir a alegria sentida na noite de seu noivado. Muitas vigílias de alegria e algumas de dor aconteceram ali; e hoje ela deixaria aquele quarto para sempre. Dali em diante, não seria mais o quarto dela. Dora, de quinze anos, herdaria o quarto. Anne não desejava nada diferente; o quartinho era sagrado para a infância e a adolescência e hoje essa porta do passado seria fechada, e o primeiro capítulo da vida de casada começaria.

Green Gables agitava-se de excitação pela manhã. Diana chegou cedo para ajudar, com o pequeno Fred e a pequena Anne Cordelia. Davy e Dora, os gêmeos de Green Gables, levaram as crianças para brincar no jardim.

– Não deixe a pequena Anne Cordelia estragar a roupa – advertiu Diana, ansiosa.

– Pode confiar na Dora sem medo – disse Marilla. – A menina é mais sensata e cuidadosa do que a maioria das mães que eu conheço. Ela é maravilhosa em muitas coisas que faz. Bem diferente daquela doidinha que eu criei.

Marilla sorriu para Anne por cima da salada de frango. Dava até para suspeitar que ela preferia aquela maluquinha apesar de tudo.

– Os gêmeos são crianças muito boas – disse a Sra. Rachel quando teve certeza de que eles não ouviriam. – Dora é tão madura e prestativa, e Davy está se tornando um rapaz muito esperto. Ele não é mais o pestinha que adorava aprontar.

– Nunca tive tanto trabalho em minha vida como nos primeiros seis meses em que ele esteve aqui – reconheceu Marilla. – Depois disso, acho que me acostumei com ele. Ele tem aprendido muito sobre o trabalho na fazenda ultimamente, e quer que eu o deixe tentar administrar a fazenda ano que vem. Pode ser que eu permita, pois acredito que o Sr. Barry não irá arrendá-la por muito tempo, e tenho que pensar em uma nova forma de organização.

– Bem, certamente o dia do seu casamento está muito agradável – disse Diana ao colocar um volumoso avental por cima do vestido de seda. – Nem se você tivesse encomendado no catálogo das lojas Eaton teria conseguido um dia melhor que este.

– É verdade, e há muito dinheiro saindo daqui da ilha por causa dessa loja – disse a Sra. Lynde indignada. Ela tinha uma opinião muito forte em relação às grandes lojas de departamento, e nunca perdia a oportunidade de criticá-las. – E quanto a esses catálogos, são a bíblia das garotas de Avonlea agora, isso é fato. São esses catálogos que as meninas folheiam em vez de estudar as Escrituras Sagradas.

– Bem, são maravilhosos para entreter as crianças – disse Diana. – Fred e a pequena Anne olham para as imagens por horas.

– Dei conta de dez crianças sem o auxílio do catálogo da Eaton – disse a Sra. Rachel com severidade.

– Parem com isso, vocês duas. Não vamos brigar por causa do catálogo da Eaton – disse Anne em tom de brincadeira. – Lembrem-se que hoje é o meu grande dia. Estou feliz demais e quero que todos estejam felizes também.

– Tenho certeza de que a sua felicidade será duradoura, criança – suspirou a Sra. Rachel. Ela realmente desejava que isso acontecesse, e acreditava nisso, mas tinha medo de desafiar a Divina Providência se falasse abertamente sobre a felicidade que sentia. Para seu próprio bem, Anne deveria tentar ser mais contida.

Enfim, foi uma noiva linda e feliz que desceu a velha escadaria coberta pelo tapete feito em casa naquela manhã de setembro; a primeira noiva de Green Gables, elegante e com um brilho no olhar escondido pelo véu, levando muitas rosas em seus braços. Gilbert esperava por ela no corredor lá embaixo, e a encarou com olhos apaixonados. Finalmente seria sua, aquela Anne evasiva por quem ele há tanto tempo ansiava, conquistada após anos de muita paciência. Vinha na direção dele como uma doce noiva. Será que ele a merecia? Será que poderia fazê-la feliz como esperava conseguir? Se ele fracassasse, se ele não correspondesse aos padrões que ela esperava de um homem... Contudo, ao segurar a mão dela, seus olhos se encontraram e todas as dúvidas se dissiparam diante da alegre certeza. Eles pertenciam um ao outro, e, independente do que a vida lhes reservasse, nada alteraria aquela condição. A felicidade estava na mão do outro e juntos não tinham medo de nada.

 Casaram-se sob o brilho do sol do velho pomar, rodeados pelos rostos queridos e bondosos dos amigos de longa data. O Sr. Allan realizou a cerimônia, e o Reverendo Jo fez o que a Sra. Rachel Lynde considerou "a mais bela oração de casamento" que já tinha ouvido na vida. Os pássaros não cantam com frequência em setembro, mas um deles cantou docemente de algum galho escondido ao mesmo tempo em que Gilbert e Anne repetiam seus votos de amor eterno. Anne ficou encantada ao ouvi-lo; Gilbert ouviu e se perguntou por que todos os pássaros do mundo não começavam a entoar uma melodia única; Paul ouviu e mais tarde escreveu um poema que foi considerado o melhor em seu primeiro volume de versos; Charlotta IV ouviu e teve plena certeza de que aquilo significava boa sorte, pois ela adorava a Srta. Shirley. O pássaro cantou até o final da cerimônia e terminou a apresentação com um trinado espirituoso. A antiga casa verde e cinza no meio do pomar nunca tinha vivido uma tarde tão prazerosa e festiva. Todos os comentários e gestos feitos em casamentos desde que o mundo é mundo estiveram presentes e todos pareciam tão únicos, tão brilhantes e tão alegres como se nunca houvessem sido proferidos antes. Houve riso e alegria de sobra; e quando Anne e Gilbert partiram para pegar o trem em Carmody, Paul disse que os levaria, e os gêmeos estavam prontos para lhes jogar arroz e sapatos velhos, contando com a participação de Charlotta IV e do Sr. Harrison.

 Marilla ficou no portão e assistiu à partida da carruagem com bancos enfeitados de varas-de-ouro pela longa estrada.

Anne virou-se no final do caminho para se despedir com um aceno. Ela foi embora. Green Gables não era mais o seu lar. Marilla pareceu perder a cor do rosto ao virar-se para a casa que Anne tinha enchido de luz e alegria por catorze anos, mesmo quando ausente.

Mas Diana e sua prole, o pessoal do Echo Lodge e a família Allan ficaram para ajudar as duas velhas senhoras em sua primeira noite de solidão; e todos se reuniram para um agradável e tranquilo jantar, sentando-se ao redor da mesa para conversar sobre os detalhes do dia. Enquanto isso, Anne e Gilbert saíam do trem em Glen St. Mary.

CAPÍTULO 5

A CHEGADA AO LAR

O Dr. David Blythe havia mandado um cavalo e uma charrete para receber o casal. O garoto que a tinha trazido foi embora com um sorriso, deixando-os com o prazer de dirigir sozinhos para o novo lar naquele entardecer radiante.

Anne jamais se esqueceu da vista adorável que surgia conforme se dirigiam para a colina atrás do vilarejo. Não era possível ainda ver o novo lar; mas diante dela estava o Porto de Four Winds como um enorme espelho brilhante em tons de rosa e prateado. Lá embaixo, ela viu a entrada entre a barreira de dunas de areia de um lado e um penhasco íngreme de arenito vermelho do outro. Além da barreira, estava o mar, calmo e austero, parecendo um sonho durante o crepúsculo. O pequeno vilarejo de pescadores, situado na enseada onde as dunas de areia se encontravam com a orla do porto, parecia uma enorme opala sob a névoa. O céu parecia uma abóbada repleta de joias por onde o anoitecer escorria; o ar tinha um cheio forte de mar, e todo o cenário estava cheio das sutilezas da noite marítima. Alguns barcos a vela navegavam pela orla escura do porto, que era margeada por abetos dos dois lados. Um sino badalava na torre de uma pequena igreja ao longe, doce e digna de sonhos. A melodia entoava pela água e misturava-se às lamúrias do mar. A imensa luz giratória no penhasco do canal era imponente e dourada contra o céu limpo do norte como um trêmulo raio de esperança. Ao longe, no horizonte, dava para ver uma faixa acinzentada e enrugada de um barco a vapor.

– Ah, lindo, lindo – murmurou Anne. – Sinto que vou amar Four Winds, Gilbert. Onde fica a nossa casa?

– Ainda não dá para ver. Está escondida atrás da fileira de bétulas. Fica a uns três quilômetros de Glen St. Mary, e a um quilômetro e meio do farol. Não temos vizinho algum, Anne. Só há uma casa perto da nossa, e não sei quem mora lá. Você vai se sentir sozinha quando eu não estiver em casa?

– Não com essas luzes e com toda essa maravilha como companhia. Quem mora naquela casa, Gilbert?

– Não sei. Mas não parece que os moradores serão almas irmãs, não acha?

A casa era enorme, pintada com um verde tão vivo que a paisagem parecia até sem cor comparada a ela. Havia um pomar atrás da casa, e um jardim muito bem cuidado na frente dela. Porém, por alguma razão, parecia haver uma sensação de carência. Talvez fosse a limpeza; a construção inteira: casa, celeiros, pomar, jardim, gramado e alameda em condições impecáveis.

– Não parece provável que uma pessoa que tenha esse gosto para tinta seja *muito* amigável – reconheceu Anne. – A não ser que tenha sido um acidente, como ocorreu com o nosso saguão azul. Tenho certeza de que não há crianças por lá, pelo menos. O local parece mais organizado do que a casa do velho Coop em Tory Road, e achei que jamais encontraria outro lugar como aquele.

Não encontraram mais ninguém pela estrada úmida, vermelha e cheia de curvas ao longo da orla do porto. Contudo, antes de chegarem ao cinturão de bétulas que escondia seu novo lar, Anne viu uma garota enxotando um bando de gansos brancos como a neve no topo de uma coluna verde e aveludada à direita. Enormes pinheiros se espalhavam pelos arredores. Por entre os troncos dava para ver faixas de campos amarelos semeados, fragmentos das dunas douradas e trechos do azul do mar. A garota era alta e usava um vestido azulado. Caminhava com destreza e tinha uma postura ereta. Ela e os gansos saíam pelo portão no pé da colina quando Anne e Gilbert passaram. Parou ao abrir o trinco do portão e os encarou com feições que não indicavam nem interesse nem curiosidade. Por um segundo, Anne sentiu um quê velado de hostilidade. Mas a beleza da garota a deixou surpresa. Era uma beleza forte, e era provável que chamasse a atenção onde quer que fosse. Estava sem chapéu e os cabelos louros como o trigo estavam presos com grossas tranças brilhantes em volta da cabeça, parecendo uma coroa. Os olhos eram azuis e pareciam estrelas. Estava maravilhosa em um vestido simples, estampado e os lábios eram vermelhos como as papoulas que levava no cinto.

– Gilbert, quem é a garota por quem acabamos de passar? – Anne perguntou baixinho.

– Não vi garota alguma – respondeu Gilbert com olhos apenas para sua noiva.

– Ela estava no portão. Não, não olhe para trás, pois ela ainda está olhando para nós. Nunca vi um rosto tão lindo.

– Não me lembro de ter visto nenhuma garota linda quando estive aqui. Há umas garotas bonitas no vilarejo em Glen, mas acho que não podem ser consideradas lindas.

– Aquela garota é linda. Você se lembraria se a tivesse visto. Jamais se esqueceria. Nunca vi um rosto como aquele, exceto em fotos. E o cabelo! Ele me fez pensar nos versos de Robert Browning que fala sobre "cordão de ouro" e "tranças maravilhosas!"

– É provável que esteja visitando Four Winds, e tenha se hospedado naquele hotel enorme de veraneio perto do porto.

– Ela estava de avental branco, enxotando um bando de gansos.

– Poderia estar brincando. Olhe, Anne, aquela é a nossa casa.

Ao ver a casa, Anne se esqueceu por um tempo da garota de olhar magnífico e desconfiado. O primeiro vislumbre do novo lar foi um enorme encanto aos olhos e à alma. Parecia uma imensa concha cor de creme, encalhada na praia do porto. As fileiras de pinheiros da Lombardia pela alameda destacavam-se como figuras imponentes e púrpuras contra o céu. Atrás da casa, protegendo o jardim da intensa brisa do mar, uma linda vereda de árvores por entre as quais o vento produzia todos os tipos de melodias estranhas e inesperadas. Assim como todos os bosques, parecia abrigar e esconder todos os segredos dentro de si. Segredos que só seriam revelados aos que penetrassem por lá e procurassem com paciência. Por toda a volta, braços verde-escuros resguardavam a casa dos olhares curiosos ou indiferentes.

Os ventos noturnos começavam a dança selvagem além da barreira, e o vilarejo de pescadores do outro lado do porto estava marcado pelas luzes quando Anne e Gilbert seguiram pela alameda de pinheiros. A porta da pequena casa se abriu, e o brilho aconchegante de uma lareira reluziu na escuridão. Gilbert ajudou Anne a sair da charrete e a conduziu pelo jardim, pelo pequeno portão entre os pinheiros e pelo caminho de terra vermelha até o degrau de arenito.

– Bem-vinda ao lar – ele sussurrou.

E de mãos dadas eles cruzaram o limiar da casa dos sonhos.

CAPÍTULO 6

CAPITÃO JIM

O "velho Dr. Dave" e a "Sra. do Doutor Dave" foram à casinha para receber os noivos. O Dr. Dave era um sujeito grande, alegre, de bigodes brancos, e a sua esposa era uma dama pequena de bochechas rosadas e cabelos prateados que colocou Anne em seu coração de forma literal e figurativa.

– Estou tão feliz ao vê-la, querida – comentou ao abraçá-la. – Deve estar exausta. Preparamos um jantar para vocês, e o capitão Jim trouxe algumas trutas. Capitão Jim... onde o senhor está? Ah, acho que ele saiu para ver o cavalo. Vamos subir para que você possa trocar de roupa.

Anne olhou em volta com os olhos brilhantes, cheios de admiração ao seguir a Sra. do Doutor Dave até o andar de cima. Ela gostou muito da aparência da nova casa. Parecia ter a atmosfera de Green Gables, e o sabor das antigas tradições.

– Acho que a Srta. Elizabeth Russell teria sido uma "alma irmã" para mim – murmurou para si mesma quando estava sozinha no quarto. Havia duas janelas; a janela lateral dava para o porto mais baixo, para as dunas de areia e para o Farol de Four Winds.

– "Uma caixa mágica aberta aos perigos dos mares maus, em solos longínquos"[3] – Anne citou com suavidade. A janela menor abria-se para um pequeno vale de tons marrons que era cortado por um riacho. A quase um quilômetro acima dele estava a única outra casa que dava para avistar: velha, cinzenta, cercada por enormes salgueiros em meio aos quais as janelas espreitavam com olhos tímidos e curiosos no crepúsculo. Anne se perguntava quem morava ali; eram os seus vizinhos mais próximos, e tinha esperança de que fossem boas pessoas. Subitamente, viu-se pensando na linda menina com os gansos brancos.

– Gilbert acha que ela não é daqui – Anne confabulou –, mas tenho certeza que é. Havia alguma coisa nela que a fazia ser parte do mar, dos céus e do porto. Four Winds está no sangue dela.

Quando Anne desceu, Gilbert estava em pé em frente à lareira, conversando com um estranho. Os dois se viraram ao vê-la entrar.

– Anne, esse é o capitão Boyd; capitão Boyd, minha esposa.

Era a primeira vez que Gilbert se referia a ela como "minha esposa" para outra pessoa, e ele quase explodiu de orgulho diante da percepção desse fato. O velho capitão estendeu a mão robusta para Anne; os dois sorriram um para o outro e tornaram-se amigos imediatamente. Almas irmãs se reconhecem muito rapidamente.

– Muito prazer em conhecê-la, Sra. Blythe; e espero que a senhora seja tão feliz como a primeira noiva que morou aqui; não posso desejar nada melhor que *isso*. Contudo, seu marido não me apresentou adequadamente. "Capitão Jim" é como

---

3. Adaptado do poema *Ode a um Rouxinol*, de John Keats.

todos por aqui me conhecem, e então é melhor me chamar da forma como vai acabar me chamando no fim das contas. Você com certeza é uma noiva admirável. Só de olhar sinto-me como se também tivesse acabado de me casar.

Em meio às risadas que se seguiram, a Sra. do Doutor Dave insistiu para que o capitão Jim os acompanhasse no jantar.

– Muito obrigado mesmo. Será um verdadeiro prazer, Sra. do Doutor. Faço a maioria das refeições sozinho, tendo apenas meu velho e feio reflexo como companhia. Nem sempre tenho a chance de sentar-me com duas damas tão belas e encantadoras.

Os elogios do capitão Jim poderiam parecer muito comuns, mas ele os fazia com tanta graça e gentil deferência que a mulher que os recebia sentia-se como uma rainha reverenciada por um rei.

O capitão Jim era um homem simples de alma grandiosa, com juventude eterna nos olhos e no coração. Era alto e um pouco encurvado, desajeitado de certa forma, ainda que sua figura sugerisse força e resistência consideráveis; o rosto barbeado era curtido pelo sol e marcado pelas rugas; a cabeleira grisalha espessa ia até a altura dos ombros, e os olhos eram de um azul profundo que ora cintilava e ora sonhava, buscando o mar com melancolia sempre que possível, como se procurasse algo precioso e perdido, e Anne estava determinada a descobrir um dia o que o capitão tanto procurava.

Era inegável que o capitão Jim possuía traços grosseiros. Mandíbula prognata, lábios ressecados e a testa quadrada incomum aos padrões de beleza; e ele havia passado por muitas dificuldades e tristezas que deixaram marcas tanto em seu corpo quanto em sua alma. Contudo, apesar de Anne tê-lo considerado comum à primeira vista, nunca mais pensou nele dessa forma novamente, pois o espírito resplandecente por trás da carapuça simples o deixava belo por inteiro.

Sentaram-se com alegria ao redor da mesa de jantar. O fogo da lareira espantava o frio das noites de setembro, mas a janela da sala de jantar estava aberta e trazia a brisa do mar para dentro da casa. A vista era magnífica. Dava para ver o porto e as colinas púrpuras ao longe. A mesa estava cheia de delícias preparadas pela Sra. do Doutor, mas a travessa de trutas era, sem dúvida, o que mais chamava a atenção.

– Achei que poderiam ser úteis depois da viagem – disse o capitão Jim. – Estão muito frescas, Sra. Blythe. Estavam nadando no lago de Glen há duas horas.

– Quem está cuidando do farol hoje à noite, capitão Jim? – perguntou o Dr. Dave.

– Alec, meu sobrinho. Ele entende do trabalho tanto quanto eu. Bem, agora digo que estou muito feliz por ter sido convidado para o jantar. Estou com muita fome. Não comi muito hoje.

– Suponho que não se alimente muito bem naquele farol – disse a Sra. do Doutor severamente. – Você não deve preparar refeições decentes para si mesmo.

– Preparo, sim, Sra. do Doutor – protestou o capitão. – Sim, vivo como um rei na maior parte do tempo. Fui até o vilarejo ontem à noite e comprei um quilo de carne. Tinha planejado um jantar muito bom para hoje.

– E o que aconteceu com a carne? – perguntou a Sra. do Doutor. – Perdeu no caminho para casa?

– Não – respondeu o capitão acanhado. – Bem na hora de dormir apareceu um pobre cão em busca de abrigo. Acho que devia ser de algum pescador da orla. Não consegui dizer não para o coitadinho, que estava com a pata machucada. Então, eu o prendi na varanda e arrumei um saco velho no chão para ele poder dormir e fui para cama. Mas eu não consegui dormir porque fiquei pensando nele e me lembrei que parecia faminto.

– Daí levantou-se e deu a carne para ele... *toda* a carne – disse a Sra. do Doutor Dave, expressando uma repreensão triunfante.

– Bem, não havia mais nada para dar a ele – disse o capitão Jim, tentando se justificar. – Nada que um cachorro fosse gostar, quero dizer. E ele estava *mesmo* faminto, pois comeu tudo em dois bocados. Dormi muito bem o restante da noite, mas tive uma parca refeição: batatas e só, como dizem por aí. O cão partiu de manhã. Não creio que seja vegetariano.

– Passar fome por causa de um animal que não vale nada – reclamou a Sra. do Doutor.

– Não sabemos, mas ele pode valer muito para alguém – protestou o capitão Jim. – Ele *não* parecia valer muita coisa, mas não podemos julgar um cão somente pela aparência. Como eu, ele pode ser muito bonito por dentro. O Imediato não o aprovou, é fato. Deixou isso bem claro com seus xingamentos. Ele é um tanto preconceituoso. Não há sentido em pedir a opinião de um gato sobre um cachorro. O certo é que perdi meu jantar, e por isso estou grato por esta mesa bem-servida e com estas companhias agradáveis. É maravilhoso ter bons vizinhos.

– Quem mora na casa dos salgueiros, subindo o riacho? – perguntou Anne.

– A Sra. Dick Moore – respondeu o capitão Jim. – E o marido – acrescentou, como se tivesse pensado mais para dizer.

Anne sorriu e fez uma imagem mental da Sra. Dick Moore baseada na afirmação do Capitão Jim; evidentemente era uma segunda Sra. Rachel Lynde.

– Não há muitos vizinhos, Sra. Blythe – continuou dizendo o capitão Jim. – Este lado do porto não tem muita gente. A maior parte das terras pertence ao Sr. Howard, que vive mais ao norte de Glen, e ele arrenda para o pastoreio. Já o outro lado é mais povoado, principalmente pela família MacAllister. Há uma verdadeira colônia de MacAllisters por aqui; se você jogar uma pedra na rua, certamente irá atingir um deles. Conversei com o velho Leon Blacquiere outro dia; ele trabalhou no porto o verão todo. Disse-me que quase todos os que trabalham por lá são MacAllisters. Neil MacAllister, Sandy MacAllister, William MacAllister, Alec MacAllister, Angus MacAllister. Acho que tem até Demônio MacAllister por lá.

– Há também muitos Elliots e Crawfords – comentou o Dr. Dave ao término da gargalhada. – Sabe, Gilbert, nós, deste lado de Four Winds, temos um ditado: da arrogância dos Elliots, do orgulho dos MacAllisters e da presunção dos Crawfords, livrai-nos, Senhor.

– Porém, há muita gente boa entre eles – disse o capitão Jim. – Velejei com William Crawford por muitos anos, e coragem, força e honestidade eram qualidades que não lhe faltavam. São também muito inteligentes naquele lado de Four Winds. Talvez seja por isso que o pessoal deste lado tenha o costume de implicar com eles. É estranho como as pessoas se sentem incomodadas quando alguém nasce um pouquinho mais esperto que elas, não é?

O Dr. Dave, que tinha uma desavença de quase quarenta anos com o povo do outro lado, também entrou na brincadeira e caiu na risada.

– Quem mora naquela casa de esmeraldas brilhantes que fica a cerca de um quilômetro daqui? – indagou Gilbert.

O capitão abriu um enorme sorriso.

– A Srta. Cornelia Bryant. É bem provável que ela venha fazer uma visita em breve, já que vocês são presbiterianos. Se fossem metodistas, ela não viria de jeito nenhum. Cornelia tem horror desproporcional a metodistas.

– Ela é uma figura – disse o Dr. Dave, rindo. – E tem ódio de todos os homens!

– Ressentimento? – perguntou Gilbert, rindo também.

– Não, não é – disse o capitão seriamente. – Cornelia poderia ter escolhido o homem que quisesse quando era moça. Até mesmo agora. Se ela decidir abrir a boca, vai chover viúvos na porta dela. Ela simplesmente parece ter nascido com uma raiva crônica por homens e metodistas. Tem a língua mais feroz e o coração mais gentil de Four Winds. Sempre que há algum problema, a mulher está lá. Nunca é rude com outra mulher, e se gosta de ser sincera com alguns malandros, acho que eles conseguem aguentar o tranco.

– Ela sempre fala bem do senhor, capitão Jim – comentou a Sra. do Doutor.

– Temo que sim. Eu meio que não gosto muito. Faz com que eu sinta que há algo errado comigo.

CAPÍTULO 7

A NOIVA DO DIRETOR DA ESCOLA

— Quem foi a primeira noiva que morou nesta casa, capitão Jim? – Anne perguntou quando todos se sentaram ao redor da lareira depois do jantar.

— Ela faz parte da história que ouvi sobre esta casa? – perguntou Gilbert. – Alguém me disse que só o senhor poderia contar essa história, capitão Jim.

— Sim, eu conheço a história. Creio ser a única pessoa viva em Four Winds capaz de se lembrar da chegada da noiva do diretor da escola na Ilha. Ela faleceu há trinta anos, mas é uma daquelas mulheres de quem jamais nos esquecemos.

— Conte-nos a história – Anne implorou. – Quero saber a história de todas as mulheres que já viveram nesta casa.

— Bem, houve apenas três: Elizabeth Russel, a Sra. Ned Russell, e a noiva do diretor da escola. Elizabeth Russel era uma criatura boa e inteligente, e a Sra. Ned também era boa. Mas nenhuma das duas chegavam perto da noiva do diretor. Ele se chamava John Selwyn. Veio lá do Velho Mundo para ensinar na escola de Glen quando eu tinha 16 anos. Ele não era nada parecido com os negligentes que costumavam trabalhar na ilha Príncipe Edward naquela época. A maioria era formada por beberrões espertalhões que ensinavam apenas o básico quando estavam sóbrios, e puniam as crianças quando não estavam. John Selwyn era diferente. Era um jovem bonito e refinado. Alugava um quarto com o meu pai, e éramos parceiros, mesmo ele sendo dez anos mais velho que eu. Líamos, caminhávamos e conversávamos muito. Ele conhecia tudo o que havia em poesias e costumava recitar para mim na praia no final do dia. Papai achava uma terrível perda de tempo, mas aturava tudo aquilo, pois pensava que assim eu perderia a vontade de me lançar ao mar. Bem, *nada* me faria perder essa vontade. A família da minha mãe toda era do mar, e o mar estava dentro de mim. Mesmo assim, eu adorava ouvir John recitar poesias. Apesar de ter acontecido há quase sessenta anos, consigo repetir centenas de poemas que aprendi com ele. Quase sessenta anos!

 O capitão Jim ficou em silêncio por um tempo, observando o fogo brilhar, parecendo buscar algo no passado. Então, com um suspiro, retomou a história:

 – Lembro de um fim de tarde de primavera, quando nos encontramos nas dunas. Ele parecia extasiado; assim como o senhor, Dr. Blythe, ao chegar aqui com a Sra. Blythe hoje. Assim que o vi, lembrei-me dele. Ele me contou que tinha uma namorada em sua cidade natal e que ela iria se mudar para cá. Não fiquei nada contente. Mas era imaturo e egoísta naquela época; achei que ele não seria mais meu amigo quando a namorada chegasse. Contudo, tive a decência de não demonstrar nada. Ele me contou tudo sobre ela. O nome dela era Persis Leigh, e teria vindo antes se não fosse por um velho tio dela. O tio estava doente e havia criado a moça depois que os pais dela faleceram, e ela não queria abandoná-lo. No fim ele acabou falecendo e ela viria para cá para se casar com John Selwyn. Não era uma viagem fácil para uma mulher naquele tempo. Não sei se vocês se lembram que não havia navios a vapor naquela época. "Quando ela chegará?"

perguntei para John. "Ela embarcou no Royal William em 20 de junho" ele havia dito, "Então ela deve chegar no meio de julho. Tenho que encomendar uma cama para ela com o carpinteiro Jonhson. Recebi uma carta hoje. Sabia antes de abrir que eram boas notícias. Eu a vi algumas noites atrás". Eu não entendi o que ele quis dizer e ele me explicou, mas, mesmo assim, *não* entendi muito bem. Ele havia dito que possuía um dom ou uma maldição. Foram essas as palavras dele, Sra. Blythe, dom ou maldição. Ele não sabia dizer o que era. Disse que uma tataravó tinha a mesma coisa, e ela foi queimada na fogueira como bruxa por causa disso. Disse que tinha transes estranhos, acho que era esse o nome que ele deu. Essas coisas existem de verdade, doutor?

– Há pessoas que certamente estão mais sujeitas a transes – respondeu Gilbert. – Esse assunto está mais relacionado à pesquisa psicológica do que à médica. Como eram os transes de John Selwyn?

– Como sonhos – disse o doutor, de forma cética.

– Ele dizia ter o poder de ver coisas durante os sonhos – respondeu o capitão Jim, bem devagar. – Só estou repetindo o que *ele* me disse. Contou-me que conseguia ver coisas que estavam acontecendo e que *iriam* acontecer. Disse também que às vezes sentia conforto, e outras vezes, terror. Quatro noites antes, havia passado por um episódio desses enquanto estava sentado, olhando para o fogo. Viu um quarto antigo que conhecia muito bem na Inglaterra e Persis Leigh estava nele, feliz e estendendo as mãos para ele. Era assim que sabia que receberia boas notícias sobre ela.

– Um sonho, somente um sonho – zombou o velho doutor.

– Provavelmente, provavelmente – concordou o capitão Jim. – Foi o que disse para ele na ocasião. Era bem mais confortável pensar assim. Não me agradava a ideia de que ele conseguia ver coisas. Era misterioso demais. "Não", ele havia respondido. "Não era um sonho. Mas não vamos falar nisso novamente. Você vai deixar de ser meu amigo se ficar pensando demais sobre isso." Eu respondi que jamais deixaria de ser amigo dele, mas ele só balançou a cabeça e disse, "Sei do que falo, rapaz. Já perdi amigos por essa razão. E não os culpo. Há ocasiões em que nem mesmo eu quero ser meu amigo. Um poder como esse carrega em si algo divino, mas como saber se é uma divindade do bem ou do mal? Nós, mortais, temos muito medo de ter um contato próximo demais com Deus ou com o diabo". Essas foram as palavras dele. Lembro-me como se fosse ontem, apesar de não ter entendido o que ele quis dizer. O senhor entende, doutor?

– Acho que o próprio John não saberia explicar o que queria dizer – provocou o Dr. Dave.

– Eu acho que sei – sussurrou Anne. Ela ouviu tudo mantendo os lábios apertados e os olhos brilhantes, como sempre fazia para prestar atenção.

O capitão Jim abriu um amplo sorriso de admiração antes de continuar a história.

– Bem, os moradores de Glen e Four Winds logo ficaram sabendo da chegada da noiva do diretor, e todos estavam muito contentes, pois gostavam dele. Todos também ficaram muito interessados em sua nova casa, *esta* casa. Ele escolheu morar aqui porque dava para ver o porto e ouvir o mar. Plantou o jardim para a noiva, exceto os pinheiros da Lombardia, que foram plantados pela Sra. Ned anteriormente. A fileira dupla de roseiras foi plantada pelas alunas da escola de Glen como presente para a noiva. Ele dizia que as rosas eram como as bochechas dela, as brancas como a pele e as vermelhas como seus lábios. De tanto recitar poesias, pareceu criar o costume de falar de forma poética, creio. Quase todos mandaram presentes para ajudá-lo a montar a casa. A família Russell era muito rica, e decorou tudo com muito requinte quando se mudaram, como podem ver agora. Contudo, a primeira mobília era bastante simples. Havia muito amor nesta casinha, apesar de tudo. As mulheres enviaram colchas, toalhas de mesa e de banho; um homem fez uma arca e outro fez uma mesa, e assim tudo foi sendo concluído. Até mesmo a tia Margaret, uma bondosa senhora cega, fez um pequeno cesto com a palha comprida e perfumada das colinas. A esposa do diretor usou por anos para guardar lenços. Bem, tudo ficou finalmente pronto, até mesmo os tocos de lenha para a lareira. Não era *esta* lareira, apesar de ficar no mesmo lugar. Esta aqui a Srta. Elizabeth construiu quando reformou a casa há quinze anos. Era uma lareira grande e antiga, dava até para assar um boi nela. Sentei-me tantas vezes na frente dela para contar antigas histórias, exatamente como estou fazendo agora.

Houve um silêncio novamente enquanto o capitão Jim parecia revisitar as pessoas que haviam estado com ele ao redor da lareira há muitos anos, pessoas que Anne e Gilbert não conseguiam ver, mas que ali viveram muitos anos com a mesma alegria dos recém-casados, possuindo o mesmo brilho nos olhos que há muito tempo foram fechados em algum cemitério ou no fundo do mar. Ali, em noites bem longínquas de inverno, crianças gargalharam e amigos se reuniram; danças, músicas e brincadeiras ecoaram por lá; jovens e donzelas sonharam naquele lugar. Para o capitão Jim, a pequena casa tinha sido habitada por formas que evocavam recordações.

– A casa foi terminada em primeiro de julho, e o diretor começou a contar os dias para a chegada da noiva. Ele era sempre visto caminhando pela praia, e dizíamos uns aos outros que logo ela estaria com ele. Ela deveria chegar na metade do mês, mas isso não aconteceu. Ninguém se preocupou.

Os navios atrasavam alguns dias, às vezes semanas. O Royal William atrasou uma semana, depois duas e, por fim, três. Começamos a ficar cada vez mais preocupados. Chegou um momento em que eu nem conseguia mais olhar nos olhos de John Selwyn. Sabe, Sra. Blythe, – o capitão disse baixinho –, eu costumava achar que os olhos da tataravó dele tinham ficado daquele jeito enquanto ela estava sendo queimada na fogueira. Ele não falava muito, e continuava a lecionar como se estivesse em um transe. Em seguida, ia correndo para a praia. Muitas vezes ficava por lá do anoitecer até o raiar do dia. As pessoas diziam que ele estava ficando louco. Todos já tinham perdido a esperança, pois o Royal William estava atrasado havia oito semanas. Já era metade de setembro e a noiva do diretor não havia chegado. Pensávamos que nunca chegaria.

O capitão continuou a história:

– Houve uma tempestade que durou três dias e fui até a praia quando ela terminou, no final da tarde. Encontrei o diretor de braços cruzados, encostado em uma pedra, olhando para o mar. Falei com ele, mas não houve resposta. Os olhos pareciam estar procurando algo que não dava para ver, e gritei como um menino assustado, "John, John... acorde... acorde..." O olhar estranho e horroroso desapareceu. Ele se virou e olhou para mim. Jamais me esquecerei do rosto dele enquanto eu viver. "Está tudo bem, rapaz. Vi o Royal William aproximando-se de East Point. Ela vai chegar ao amanhecer. Amanhã, no final do dia, estarei com a minha noiva ao lado da lareira". – De súbito, o capitão parou a narrativa e indagou: – Vocês acham mesmo que ele viu o navio?

– Só Deus sabe – disse Gilbert calmamente. – Um grande amor e uma grande dor podem alcançar inúmeras maravilhas.

– Tenho certeza de que ele o viu – Anne disse com toda sinceridade.

– Besteira! – disse o Dr. Dave, porém menos convicto.

– Pois, sabe – disse o capitão Jim em tom solene –, o Royal William entrou no porto de Four Winds ao amanhecer do dia seguinte. Todos os moradores de Glen foram ao velho cais para conhecê-la. O diretor tinha passado a noite toda em vigília por lá. Vibramos muito quando o navio entrou no canal!

Os olhos do capitão Jim brilhavam ao enxergar o porto de sessenta anos atrás, com um velho navio atracando na magnificência do amanhecer.

– E Persis Leigh estava a bordo? – perguntou Anne.

– Sim, ela e a esposa do capitão. A viagem tinha sido horrível, uma tempestade atrás da outra, e as provisões foram chegando ao fim. Mas, ao menos, haviam conseguido chegar. Quando Persis Leigh pisou no velho cais, John Selwyn a tomou em seus braços, e todas as pessoas pararam de comemorar e começaram a chorar. Também chorei, mas demorei anos para admitir esse fato. É engraçado como os meninos têm vergonha de chorar, não é?

– Persis Leigh era bonita? – perguntou Anne.

– Não sei dizer se poderia chamá-la exatamente de bonita. Não sei... – disse o capitão lentamente. – De alguma maneira, as pessoas nunca chegaram ao ponto de se perguntar se ela era bonita ou não, pois isso não importava. Havia algo tão doce e encantador nela que era muito difícil não amar. Ela era agradável aos olhos. Tinha olhos grandes, vivos e castanhos. Os cabelos eram espessos e brilhantes e a pele era bem inglesa. John e Persis se casaram em nossa casa naquela noite, à luz de velas; e todas as pessoas estiveram lá para testemunhar, vieram de perto e de longe, e então nós todos os acompanhamos até aqui. A Sra. Selwyn acendeu a lareira e fomos embora, deixando-os aqui, sentados exatamente no mesmo lugar em que John teve a visão. Uma situação bem estranha! E saibam que vi muitas coisas estranhas durante minha vida.

O capitão Jim balançou a cabeça com sabedoria.

– Que história fascinante! – disse Anne, sentindo-se finalmente satisfeita por ter ouvido uma história extremamente romântica. – Por quanto tempo eles moraram aqui?

– Quinze anos. Eu fugi para o mar logo depois do casamento, pois era um jovem velhaco. Mas, toda vez que voltava de viagem, vinha visitá-los. Contava tudo para a Sra. Selwyn antes mesmo de voltar para casa. Quinze anos felizes! Aqueles dois tinham uma espécie de talento para a felicidade. Algumas pessoas são desse jeito; não sei se já perceberam isso. Eles *não* conseguiam ficar infelizes por muito tempo, independente do que acontecesse. Eles discutiam de vez em quando, pois os dois eram muito cheios de energia. Uma vez a Sra. Selwyn me disse, rindo daquele jeito que só ela sabia: "Sinto-me péssima quando John e eu discutimos, mas, lá no fundo, fico muito feliz em ter um marido tão bom com quem posso brigar e fazer as pazes logo depois". Mas então eles se mudaram para Charlottetown, e Ned Russell comprou a casa e trouxe a noiva para cá. Era um casal muito feliz, pelo que me lembro. A Srta. Elizabeth Russell era a irmã de Alec. Ela veio morar com eles por pouco mais de um ano, e era também uma criatura muito feliz. As paredes desta casa devem estar meio *encharcadas* de risos e bons momentos. A senhora é a terceira noiva que vi chegar aqui, Sra. Blythe, e é a mais linda de todas.

O capitão Jim conseguiu dar ao seu girassol de elogio a delicadeza de uma violeta, e Anne o aceitou com orgulho. Estava mais linda do que nunca naquela noite, com o rubor nupcial nas bochechas e o brilho do amor nos olhos; até mesmo o rude Dr. Dave lançou-lhe um olhar de aprovação, dizendo à sua senhora, quando voltavam para casa, que a esposa ruiva do garoto era de fato muito bonita.

– Preciso voltar para o farol – anunciou o capitão Jim. – A noite foi tremendamente agradável.

– Venha nos visitar com frequência – disse Anne.

– Pergunto-me se a senhora faria esse convite se soubesse que vou mesmo aceitá-lo – brincou o capitão Jim.

– Que é uma outra forma de se perguntar se o convite é mesmo verdadeiro – Anne disse, sorrindo. – Juro que é – ela continuou, fazendo uma cruz sobre o coração, como costumavam fazer na escola.

– Então virei visitá-los. Estão fadados a serem importunados por mim a qualquer hora. E ficaria também muito orgulhoso se vocês viessem me fazer uma visita de vez em quando. Geralmente só tenho o Imediato para me fazer companhia, graças a Deus. Ele é um excelente ouvinte e já esqueceu de muitas coisas que os MacAllisters jamais ficarão sabendo, mas ele não é muito de conversar. Você é jovem e eu sou velho, mas sinto que nossas almas têm a mesma idade. Nós dois pertencemos ao tipo de pessoas que conhecem José, como diria Cornelia Bryant.

– Pessoas que conhecem José? – Anne indagou intrigada.

– Sim. Cornelia divide todas as pessoas do mundo em dois tipos: os que conhecem José, da Bíblia, e os que não. Se a pessoa tem as mesmas ideias que você sobre as coisas, e vê as coisas do mesmo jeito que você vê, e tem o mesmo gosto para piadas, então é do tipo de pessoa que conhece José.

– Ah, entendi – exclamou Anne ao finalmente perceber o significado da expressão. – É o que eu costumava chamar, e ainda chamo entre aspas, de "almas irmãs".

– Sim, sim – concordou o Capitão Jim. – É isso que somos, seja lá o que isso queira dizer. Quando a senhora chegou hoje,

Sra. Blythe, disse a mim mesmo: "Sim, ela é do tipo de pessoa que conhece José". Fiquei muito feliz com isso, pois, se não fosse assim, não teríamos nos divertido tanto hoje. Creio que as pessoas que conhecem José sejam o sal da terra.

A lua já estava alta no céu quando Anne e Gilbert acompanharam os convidados até a porta. O porto de Four Winds estava se apresentando a eles como um sonho glamuroso e encantador, um refúgio charmoso que jamais seria perturbado por tempestade alguma. Os pinheiros da Lombardia na alameda, altos e sombrios como formas clericais de algum grupo místico, eram banhados com a luz prateada.

– Sempre gostei de pinheiros da Lombardia – disse o capitão Jim, apontando o longo braço para eles. – São árvores de princesas. Estão fora de moda agora. As pessoas reclamam que ficam feios quando as pontas secam. E ficam mesmo se você não arriscar o pescoço ao subir em uma escada toda primavera para podá-los. Eu fazia isso para a Srta. Elizabeth, e eles ficavam sempre maravilhosos. Ela tinha um apreço enorme por eles. Gostava da dignidade e da excepcionalidade que exibiam; *não* fazem amizade com qualquer escória. O bordo é a árvore que gosta de qualquer companhia, Sra. Blythe, os pinheiros da Lombardia são da alta-sociedade.

– Que noite encantadora! – disse a Sra. do Doutor Dave ao subir na charrete.

– A maioria das noites é assim – disse o capitão Jim. – Mas fico imaginando que um luar como esse sobre Four Winds não faz com que sobre muita coisa para o paraíso. A lua é uma grande amiga minha, Sra. Blythe. Amo-a desde que me conheço por gente. Quando era um garotinho de oito anos de idade, adormeci uma noite no jardim e ninguém percebeu. Acordei no meio da noite e morri de medo. Havia tantas sombras e barulhos estranhos por lá! Nem ousei me mexer.

Encolhi-me todo, tremendo de pavor. Parecia não haver mais ninguém no mundo além de mim. Então, de súbito, vi a lua olhando para mim lá de cima, por entre os galhos da macieira, como uma velha amiga. Senti-me reconfortado imediatamente. Levantei-me e caminhei até a minha casa com a coragem de um leão. Foram muitas as noites em que a observei do convés da minha embarcação em mares distantes. Por que vocês não me mandam enfim calar a boca e ir para casa?

As risadas das despedidas se dissiparam. Anne e Gilbert caminharam de mãos dadas pelo jardim. O riacho que o cortava ondulava de forma plácida sob as sombras das bétulas. As papoulas nas margens do riacho pareciam pequenas taças sob a luz do luar. As flores plantadas pelas mãos da noiva do diretor faziam seu aroma exalar pelo ar, retomando a beleza e as bênçãos dos dias sagrados do passado. Anne parou na penumbra para sentir o perfume.

– Adoro o perfume das flores na escuridão. É nesse momento que podemos sentir a alma delas. Ah, Gilbert, esta casinha é tudo o que sonhei. E estou tão feliz por não sermos os primeiros recém-casados a morar aqui!

CAPÍTULO 8

A VISITA DA SRTA. CORNELIA BRYANT

Aquele mês de setembro foi repleto de neblinas douradas e névoas púrpuras no Porto de Four Winds; um mês de dias ensolarados e noites em que a luz do luar transbordava ou pulsava entre as estrelas. Não houve previsão de tempestades, e nada de vendavais. Anne e Gilbert colocaram o ninho em ordem, passearam pelo litoral, foram até Four Winds e Glen, e percorreram estradas isoladas e cheias de vegetação, foram dos bosques até o centro do porto. Resumindo: tiveram uma lua de mel que qualquer casal apaixonado no mundo teria invejado.

— Se a vida tivesse que parar agora, ela ainda teria valido muito a pena graças às últimas quatro semanas, não teria? – indagou Anne. — Não acho que conseguiremos viver quatro semanas tão perfeitas novamente na vida, pois nós *já* as vivemos e é isso que importa. Tudo conspirou para uma lua de mel maravilhosa: o vento, o tempo, as pessoas, a casa dos sonhos. Não houve um só dia de chuva desde que chegamos aqui.

— E não brigamos nem uma vez – provocou Gilbert.

— Bem, "será ainda um prazer maior por ter sido adiado" – Anne brincou, citando literatura. — Estou muito feliz por termos decidido passar a lua de mel aqui. Nossas lembranças desse momento sempre serão relacionadas a esse lugar, à nossa casa dos sonhos; jamais estarão ligadas a lugares estranhos e distantes.

Havia um clima de romance e aventura na atmosfera do novo lar que Anne nunca havia encontrado em Avonlea. Ali, apesar de ter vivido perto do mar, não tinha conseguido inseri-lo intimamente em sua vida. Em Four Winds, ele a rodeava e a chamava constantemente. Em cada janela da sua nova casa dava para observá-lo em diferentes aspectos. O murmúrio era constante em seus ouvidos. Embarcações chegavam todos os dias no cais de Glen, outras partiam rumo ao pôr do sol, com destino a portos que poderiam estar do outro lado do planeta. Barcos de pesca saíam pelo canal todas as manhãs com as velas brancas içadas e retornavam apinhados no final do dia. Marinheiros e pescadores viajavam felizes e com os corações leves pelas estradas de terra vermelha, cheias de curvas. Havia sempre uma sensação de que algo estava prestes a acontecer: aventuras ou viagens. Os caminhos em Four Winds eram menos despretensiosos, rígidos e estriados do que os de Avonlea; os ventos da mudança sopravam por lá; o mar chamava os moradores para a praia, e até mesmo os que não respondiam ao chamado sentiam a agitação, a emoção, os mistérios e suas possibilidades.

– Agora entendo por que alguns homens sentem necessidade de ir para o mar – disse Anne. – Aquele desejo que sentimos em determinado momento de "velejar além dos limites do pôr do sol" deve ser muito dominador quando você nasce com ele. Entendo a razão do capitão Jim não conseguir resistir a este chamado. Toda vez que vejo um navio saindo pelo canal ou uma gaivota voando sobre as dunas, sinto um enorme desejo de estar a bordo ou de ter asas; não como uma pomba que "voa para encontrar a paz", mas sim como uma gaivota, para mergulhar diretamente no coração da tormenta.

– Você vai ficar bem aqui comigo, dona Anne! – Gilbert gracejou. – Não vou deixar você voar para longe de mim para se enfiar no coração das tormentas.

Estavam sentados na soleira de arenito vermelho da porta de entrada no final da tarde. A tranquilidade reinava na terra, no oceano e no céu ao redor deles. Gaivotas prateadas voavam sobre o casal. O horizonte parecia enfeitado por longas faixas de nuvens frágeis e rosadas. O ar silencioso era entrecortado por um refrão murmurante de ventos e ondas de menestrel. Ásteres pálidos agitavam-se nos prados serenos e enevoados entre eles e o porto.

– Médicos que têm que passar a noite em claro, atendendo pessoas doentes, não se sentem muito aventureiros, suponho – disse Anne de forma indulgente. – Se tivesse tido uma boa noite de sono ontem, Gilbert, estaria tão preparado quanto eu para deixar a imaginação voar.

– Fiz um bom trabalho na noite passada, Anne – Gilbert disse baixinho. – Salvei uma vida com a ajuda de Deus. É a primeira vez que posso realmente fazer uma afirmação dessas. Posso até ter ajudado em outros casos, mas se eu não tivesse ficado na casa dos Allonby na noite passada para lutar cara a cara com a morte, aquela mulher teria falecido antes do raiar do dia. Experimentei algo que certamente jamais foi tentado em Four Winds. Duvido até que tenha sido realizado em algum lugar fora de um hospital. Foi uma novidade apresentada no hospital de Kingsport no inverno passado. Jamais teria ousado experimentar se não tivesse certeza absoluta de que era a única alternativa. Arrisquei-me e obtive sucesso. O resultado é que uma boa esposa e mãe foi salva e terá longos anos de felicidade pela frente. Ao voltar para casa pela manhã, conforme o sol nascia no porto, agradeci a Deus por ter escolhido a minha profissão. Lutei com toda coragem e venci, pense nisso, Anne,

venci o Grande Ceifador. É o que sonhava fazer há anos quando conversávamos sobre o que queríamos fazer da vida. O meu sonho virou realidade hoje de manhã.
– Esse foi o único sonho seu que se realizou? – perguntou Anne, sabendo perfeitamente a resposta dele, mas querendo ouvi-la novamente.
– Você *já* sabe, dona Anne – disse Gilbert, sorrindo.
Naquele momento, eram certamente duas pessoas perfeitamente felizes sentadas na soleira de uma casinha branca na orla do Porto de Four Winds.
Contudo, Gilbert mudou o tom e disse:
– É um barco com todas as velas içadas que vejo se aproximar?
Anne levantou-se para olhar.
– Deve ser a Srta. Cornelia Bryant, ou talvez a Sra. Moore, vindo nos visitar.
– Vou ficar no meu consultório, mas já aviso, se for a Srta. Cornelia, ficarei escutando a conversa – disse Gilbert. – Pelo que fiquei sabendo, a conversa dela é tudo menos entediante.
– Pode ser a Sra. Moore.
– Não parece ser a silhueta da Sra. Moore. Eu a vi trabalhando no jardim um dia desses e, apesar de estar bem longe para ver com clareza, acho que ela é mais alta. Mesmo sendo a nossa vizinha mais próxima, ela não parece ser muito sociável, pois ainda nem veio nos fazer uma visita.
– Pois é, ela não é como a Sra. Lynde, afinal de contas, se fosse, a curiosidade já a teria trazido até aqui – comentou Anne. – Deve ser a Srta. Cornelia mesmo.
E realmente, era a Srta. Cornelia. E mais, ela não tinha ido fazer uma rápida visita social aos recém-casados. Trazia um enorme pacote nos braços e, quando Anne a convidou para se sentar, tirou imediatamente o imenso chapéu que a

protegia do sol, e que permanecia no lugar apesar da brisa irreverente de setembro, graças a uma tira de elástico presa ao coque de cabelos loiros. Nem pensar em alfinetes de chapéus para a Srta. Cornelia, faça-me o favor! Tiras de elásticos bastaram para a mãe dela. O rosto era arredondado e rosado e os olhos castanhos eram muito expressivos. Não se parecia nada com uma solteirona tradicional. Alguma coisa em sua expressão conquistou Anne instantaneamente. Com a típica rapidez para distinguir almas irmãs, ela soube que iria gostar da Srta. Cornelia, apesar de suas opiniões e vestuário excêntricos.

Somente uma pessoa como a Srta. Cornelia teria vindo fazer uma visita vestindo um avental listrado de azul e branco e uma saia cor de chocolate estampada com rosas imensas. Somente a Srta. Cornelia teria se mantido elegante e respeitosa apresentando-se dessa forma. Mesmo se estivesse indo a um palácio para visitar uma princesa, ela seria igualmente digna e dona da situação. Arrastaria os longos babados da saia repleta de rosas pelos pisos de mármore com o mesmo ar despreocupado de um membro da realeza e com a mesma tranquilidade tentaria convencer a princesa de que a posse de um homem, fosse um príncipe, fosse um plebeu, não era digna de ostentação.

– Trouxe o meu trabalho, querida Sra. Blythe – comentou enquanto desenrolava o material delicado. – Tenho pressa em terminá-lo, e não posso perder tempo.

Anne olhou surpresa para a peça branca aberta sobre o colo da Srta. Cornelia. Certamente era uma roupinha de bebê muito bem elaborada, com minúsculas pregas e babados. A Srta. Cornelia arrumou os óculos e começou a bordar os pontos complexos.

– É para a Sra. Fred Proctor, de Glen – contou. – O oitavo filho está para nascer e ela ainda não tem nada pronto. Os outros sete já usaram tudo o que foi feito para o primeiro. Nunca mais ela teve tempo nem disposição para fazer roupas novas. Essa mulher é uma mártir, Sra. Blythe, pode acreditar em *mim*. Quando se casou com Fred Proctor, eu tinha certeza de que isso iria acontecer. Ele era um desses homens impulsivos e fascinantes. Depois que se casou, deixou de ser fascinante e continuou sendo apenas impulsivo. Bebe muito e é negligente com a família. Bem típico dos homens, não é? Se não fosse a ajuda dos vizinhos, não sei como a esposa iria conseguir manter os filhos vestidos de forma decente.

Depois, Anne acabou descobrindo que a Srta. Cornelia era a única pessoa da vizinhança que se importava com a decência dos filhos dos Proctor.

– Quando eu fiquei sabendo da chegada do oitavo bebê, resolvi deixar algumas coisas prontas para ele. Essa é a última peça e quero terminar ainda hoje.

– É muito bonita, com certeza – disse Anne. – Vou pegar minhas costuras para trabalharmos juntas. Suas costuras são maravilhosas, Srta. Bryant.

– Sim, sou a melhor da região – disse a Srta. Cornelia de forma casual. – E tenho que ser mesmo! Já costurei mais do que se tivesse tido cem filhos, pode acreditar em *mim*! Pode ser bobagem minha querer bordar à mão a roupinha do oitavo filho de alguém, mas, Deus do céu, Sra. Blythe, ele não tem culpa de ser o oitavo, e eu gostaria que ele tivesse pelo menos uma roupa bonita, como se *fosse* um filho desejado. Ninguém quer o coitadinho, então dei o melhor de mim nas coisinhas que fiz para ele.

– Qualquer bebê ficaria muito orgulhoso dessa roupinha – disse Anne, cada vez mais certa de que realmente iria gostar da Srta. Cornelia.

– Aposto que pensou que eu nunca viria visitá-la – comentou a Srta. Cornelia. – Mas estive muito ocupada, sabe, por ser o mês da colheita. Tive vários empregados extras que mais comiam do que trabalhavam, como em geral fazem os homens. Queria ter vindo ontem, mas fui ao velório da Sra. Roderick MacAllister. Primeiramente, achei melhor ficar em casa, pois estava com uma enorme dor de cabeça. Contudo, ela tinha cem anos, e eu havia prometido a mim mesma que iria ao funeral.

– Foi uma cerimônia bonita? – perguntou Anne ao ver que a porta do consultório estava aberta.

– Como? Ah, sim! Foi um lindo funeral! Ela conhecia muita gente. Havia mais de cento e vinte carruagens na procissão. Aconteceram algumas coisinhas engraçadas. Achei que morreria se visse o velho Joe Bradshaw, um infiel que nunca pisou em uma igreja, cantando *A Salvo nos Braços de Jesus* com tanta força e fervor. Ele ama cantar, e por isso não perde um funeral. A pobre Sra. Bradshaw parecia estar sem vontade de cantar, pois estava exausta de tanto trabalhar. O velho Joe aparece de vez em quando com alguma máquina nova para o campo e oferece a ela como presente. Bem típico dos homens, não é? Não se deve esperar nada de homens que nunca vão à igreja, nem mesmo à metodista, certo? Gostei muito de ver você e o doutor na igreja presbiteriana no primeiro domingo após chegarem aqui. Só me consulto com médicos presbiterianos.

– Domingo passado fomos à igreja metodista – Anne provocou.

– Ah, creio que o Dr. Blythe tenha que ir àquela igreja às vezes para conseguir uma clientela por lá também.

– Gostamos muito do sermão – declarou Anne de forma ousada. – E as orações do ministro metodista estão entre as mais lindas que já ouvi.

– Ah, tenho certeza de que ele sabe rezar. Nunca ouvi alguém fazer uma pregação melhor do que Simon Bentley, e ele estava sempre bêbado ou se embebedando. Quanto mais bebia, melhores eram as suas orações.

– O ministro metodista é muito elegante – disse Anne, pensando na porta que estava entreaberta.

– Sim, ele é bem apresentável – concordou a Srta. Cornelia – Ah, e muito refinado. E acha que toda garota que olha para ele está perdidamente apaixonada, como se um ministro metodista, perambulando por aí como qualquer judeu, fosse um grande prêmio! Se você e o jovem doutor quiserem o *meu* conselho, não andem com os metodistas. Meu lema é: se você é presbiteriano, *seja* presbiteriano!

– Você não acha que os metodistas vão para o céu, assim como os presbiterianos? – Anne perguntou séria.

– A decisão não cabe a *nós*. Esse poder está em mãos maiores que as nossas – disse a Srta. Cornelia em tom solene. – Mas não vou me associar a eles na terra, mesmo que tenha que fazer isso no céu. Esse ministro metodista não é casado. O seu predecessor era, e a esposa dele era a coisinha mais tola e fútil que já vi. Uma vez, cheguei a dizer a ele que deveria ter esperado a esposa crescer antes de se casar com ela. Ele respondeu que preferia ensiná-la. Bem típico dos homens, não é?

– É bem difícil decidir se as pessoas são maduras – Anne comentou, rindo.

– É verdade, querida, algumas nascem maduras e outras só crescem aos 80 anos, acredite em *mim*. A Sra. Roderick, de quem eu falava, nunca cresceu. Era tão tola aos 100 anos como havia sido aos 10.

— Talvez por isso tenha vivido tanto tempo — sugeriu Anne.

— Talvez, sim. Mas prefiro viver cinquenta anos sensatos a cem anos tolos.

— Pense como o mundo seria entediante se todas as pessoas fossem sensatas — alegou Anne.

A Srta. Cornelia desprezava qualquer afirmação irreverente e conflitante.

— A Sra. Roderick era da família Milgrave, e os Milgrave nunca foram muito ajuizados. O sobrinho, Ebenezer Milgrave, foi considerado insano por anos. Ele acreditava estar morto e tinha ataques de fúria contra a esposa por não querer enterrá-lo. Eu, pessoalmente, o teria enterrado!

A Srta. Cornelia era tão determinada que dava até para enxergá-la com uma pá nas mãos.

— A senhorita não conhece *nenhum* marido bom?

— Ah, sim. Muitos. Estão ali — disse, apontando para o cemitério da igreja do outro lado do porto.

— E vivos? De carne e osso? — insistiu Anne.

— Ah, alguns, apenas para mostrar que tudo é possível para Deus — reconheceu a Srta. Cornelia com relutância. — Não nego que apareça algum de vez em quando. Se ainda for jovem e treinado de forma adequada, tendo recebido algumas palmadas da mãe quando necessário, pode até mesmo se tornar um homem decente. Ouvi dizer que o *seu* marido não é tão ruim para um homem. — A Srta. Cornelia encarou Anne com profunda intensidade por cima dos óculos. — Você acha que não há ninguém como ele no mundo?

— Não há — Anne disse prontamente.

— Ah, já ouvi outra recém-casada dizer isso também — suspirou a Srta. Cornelia. — Jennie Dean achava que não havia ninguém como seu marido quando se casou. E certamente não havia! Acredite em *mim*, não havia nada de bom nele! Deu a ela uma vida horrível e começou a cortejar a segunda esposa ao mesmo tempo em que Jennie estava na cama em estado terminal. Bem típico dos homens, não é? Contudo, espero que a sua confiança seja justificada, querida. O jovem doutor parece estar se saindo muito bem. No começo, tive medo que não fosse se adaptar, pois as pessoas daqui sempre consideraram o velho Dr. Dave o único médico do mundo. Ele não tinha muita delicadeza, tenha certeza. Sempre mencionava cordas nas casas em que pessoas haviam morrido enforcadas. Mas as pessoas se esqueciam dos sentimentos feridos quando tinham dor de estômago; se fosse um ministro em vez de um doutor, ele jamais teria sido perdoado. A dor na alma não preocupa tanto as pessoas como a dor de estômago. Como somos presbiterianas e não há nenhum metodista por perto, poderia me falar a sua opinião honesta sobre o nosso ministro?

– Ah... Eu... Bem... – hesitou Anne.

A Srta. Cornelia assentiu.

– Exatamente. Concordo com você, querida. Cometemos um erro ao convocar alguém como *ele*. O rosto alongado remete a uma daquelas estátuas de pedra do cemitério, não é mesmo? "Descanse em paz" deveria estar escrito na testa dele. Nunca vou me esquecer do primeiro sermão que ele deu. O tema foi a obrigação de nos dedicarmos àquilo que fazemos de melhor. Obviamente, é um tema excelente. Mas ele deu cada exemplo inadequado! Ele disse: "Se você tiver uma vaca e uma macieira, e prender a macieira no estábulo e plantar a vaca no pomar, com as pernas para cima, quanto leite obterá da macieira, e quantas maçãs conseguirá com a vaca?". Já ouviu algo assim na sua vida, querida? Fiquei tão grata por não haver nenhum metodista lá naquele dia, ele nos atormentaria para sempre por causa disso. E o que mais detesto nele é o hábito de sempre concordar com todo mundo, não importa o que digam. Se dissessem para ele: "Você é um imbecil", ele responderia com aquele sorriso de sempre: "Sim, é verdade". Um ministro deveria ser mais incisivo. Em suma, eu o considero um reverendo imbecil. Mas que isso fique apenas entre nós, certamente. Quando há metodistas por perto, só tenho elogios. Algumas pessoas acham que a esposa dele se veste de forma muito chamativa. Sempre digo que ela precisa de algo para se animar tendo um rosto como aquele. Você jamais *me* ouvirá condenar uma mulher por causa do vestido. Sou grata pelo marido dela não ser tão mesquinho e miserável para permitir tal coisa. Não que eu me importe com vestidos. As mulheres só se vestem para agradar aos homens, e eu jamais faria *isso*. Tive uma vida calma e confortável, querida, e foi porque nunca dei importância para o que os homens pensam.

– Por que odeia tanto os homens, Srta. Bryant?

– Senhor, eu não os odeio, querida. Eles não valem esse esforço. Apenas os desprezo. Acho que vou gostar de *seu* marido, se minha primeira impressão dele não mudar. Com exceção dele, os únicos homens no mundo que me parecem ter serventia são o velho doutor e o capitão Jim.

– O capitão Jim é certamente esplêndido – concordou Anne cordialmente.

– Ele é um bom homem, mas tem um ponto negativo: *nada* tira a sua calma. Tentei durante vinte anos, *e ele se* mantém plácido. Isso acaba sendo irritante. E suponho que a mulher com quem ele deveria ter se casado acabou com um sujeito que tem chiliques duas vezes ao dia.

– Quem era ela?

– Ah, não sei, querida. Não me lembro de o capitão Jim ter namorado alguém. Pelo que me lembro, ele sempre foi velho. Ele tem 76 anos, sabe? Não sei o motivo de ter ficado solteiro, mas deve haver alguma razão, acredite em *mim*. Ele ficou no mar até cinco anos atrás, e não há um canto do mundo em que já não tenha metido o nariz. Elizabeth Russell e ele foram grandes amigos durante toda a vida, mas nunca tiveram um namoro assumido. Elizabeth nunca se casou, embora tenha tido muitas chances. Era muito bonita quando jovem. No ano em que o príncipe de Gales veio à ilha, ela estava visitando o tio que era oficial do governo em Charlottetown, e por isso foi convidada para o grande baile. Foi a garota mais bela da noite, e o príncipe dançou com ela, e todas as outras mulheres com quem ele não dançou ficaram furiosas porque Elizabeth tinha uma posição social inferior à delas e achavam que ele não deveria tê-las ignorado. Ela sempre teve muito orgulho daquele baile. Dizem as más línguas que ela nunca se casou porque não poderia viver com um homem comum depois de ter dançado com o príncipe. Mas essa não foi a verdadeira razão. Ela me contou uma vez o motivo: tinha um temperamento muito difícil, e jamais conseguiria viver em paz com um homem. Elizabeth de fato *era* mesmo muito difícil; costumava subir até o andar de cima e arrancava pedaços da escrivaninha com mordidas para conseguir se acalmar. Mas eu disse que isso não era motivo para não se casar, se ela realmente quisesse. Não há motivo para deixarmos os homens terem um monopólio do temperamento, não é verdade, Sra. Blythe?

– Tenho um temperamento um pouco difícil também – suspirou Anne.

— Que bom que tem, querida. Assim não haverá possibilidade de ser pisada, acredite em *mim*! Nossa, como aquelas hortênsias estão florescendo! Seu jardim está lindo. A pobre Elizabeth sempre cuidou tão bem dele.

— Sou apaixonada por esse jardim – disse Anne. – Fico feliz que tenha tantas flores antigas. Falando em jardim, queremos contratar alguém para roçar aquele pedaço de terra atrás dos abetos e plantar morangos. Gilbert está muito ocupado e não terá tempo nesse outono. A senhorita conhece alguém?

— Bem, Henry Hammond, que mora em Glen, faz esse tipo de serviço. Talvez ele possa fazer. Está sempre mais interessado no pagamento do que no trabalho. Bem típico dos homens, não é? Não é muito rápido para entender as coisas. Fica parado por cinco minutos até se lembrar do que estava fazendo. O pai bateu nele com um pedaço de madeira quando era pequeno. Bárbaro, não? Típico dos homens! O rapaz nunca se recuperou. De qualquer forma, é o único que recomendo. Ele pintou a minha casa na primavera passada. Ficou muito bonita, não acha?

Anne foi salva pela batida do relógio. Eram cinco horas da tarde.

— Senhor, já é tão tarde assim? – exclamou a Srta. Cornelia. – Como o tempo voa quando nos divertimos! Bem, tenho de voltar para casa.

— De maneira alguma! A senhorita vai ficar e tomar chá conosco – Anne disse apressadamente.

— Está me convidando porque acha que deve, ou porque realmente quer? – indagou a Srta. Cornelia, demandando a verdade.

— É porque realmente quero.

— Então ficarei. Você é do tipo de pessoa que conhece José.

— Sei que vamos ser amigas – disse Anne com um sorriso que só seus amigos mais íntimos conheciam.

– Sim, seremos, querida. Graças a Deus, podemos escolher nossos amigos. Já nossos parentes temos de aceitar como são, e sermos gratos por não haver nenhum criminoso entre eles. Não que eu tenha muitos, os mais próximos são primos de segundo grau. Sou uma alma solitária, Sra. Blythe.

Havia um tom melancólico na voz da Srta. Cornelia.

– Gostaria que me chamasse de Anne – exclamou Anne impulsivamente. – Soa mais *pessoal*. Todos em Four Winds me chamam de Sra. Blythe, e isso faz com que eu me sinta uma estrangeira. Sabia que o seu nome é muito parecido com o que eu queria ter quando criança? Eu detestava "Anne" e na minha imaginação, eu fazia de conta que meu nome era Cordelia.

– Gosto de Anne. Era o nome da minha mãe. Nomes antigos são os melhores e os mais doces, em minha opinião. Se vai preparar o chá, é melhor pedir ao jovem doutor para vir conversar comigo. Ele está deitado no sofá do consultório desde que cheguei, morrendo de tanto rir de tudo o que falei.

– Como a senhorita sabe? – perguntou Anne, horrorizada demais com a preocupante demonstração de onisciência da Srta. Cornelia para negar o fato com educação.

– Eu o vi sentado atrás de você quando cheguei, e conheço os truques dos homens – retrucou a Srta. Cornelia. – Pronto, querida, terminei a roupa do bebê. Agora o oitavo filho pode vir quando quiser.

CAPÍTULO 9

UM FINAL DE TARDE EM FOUR WINDS POINT

Já era final de setembro quando Anne e Gilbert conseguiram visitar o farol de Four Winds, conforme haviam prometido. Eles haviam planejado a visita em várias ocasiões, mas sempre acontecia algum imprevisto que os impedia. O capitão Jim "visitava" com frequência a casinha.

– Não faço cerimônias, Sra. Blythe – ele disse a Anne. – É um prazer vir aqui, e não vou negar só porque vocês não foram me visitar ainda. Não deve existir esse tipo de discussão entre as pessoas que conhecem José. Virei sempre que puder, e vocês irão quando puderem. Contanto que tenhamos nossas agradáveis conversas, não importa na casa de quem elas aconteçam.

O capitão Jim adorava Gog e Magog, que presidiam o destino da lareira na casinha com tanta dignidade e austeridade quanto o faziam na casa da Patty.

– Não são umas gracinhas? – ele costumava dizer encantado; despedindo-se com a mesma gravidade e seriedade com que cumprimentava os anfitriões. O capitão Jim não ofenderia nenhuma deidade doméstica por falta de reverência e cerimônia.

– Você deixou esta casa perfeita – disse ele a Anne. – Ela nunca foi tão agradável. A Sra. Selwyn tinha o seu bom gosto e fez maravilhas; só que naquela época não havia estas belas cortinas, os quadros e os enfeites que você tem hoje. Quanto a Elizabeth, ela vivia no passado. Posso dizer que você trouxe o futuro para esta casa. Eu ficaria feliz até mesmo se não conversássemos sobre nenhum assunto. Quando venho aqui, só o fato de me sentar e olhar para você, para os seus quadros e suas flores já são um prazer suficiente. É lindo, muito lindo.

O capitão Jim era um apaixonado apreciador da beleza. Cada detalhe adorável visto ou ouvido lhe dava uma profunda felicidade súbita que irradiava sua vida. Era muito consciente da própria falta de beleza exterior, e lamentava-se por isso.

– As pessoas não dizem abertamente que sou feio – chegou a comentar com tristeza uma vez –, mas às vezes eu gostaria que o Senhor tivesse colocado um pouco da minha bondade na minha aparência. Mesmo assim, Ele devia saber o que estava fazendo, como bom capitão que é. Algumas pessoas precisam ser assim, do contrário, as pessoas lindas, como a Sra. Blythe, não teriam tanto destaque.

Em um entardecer, Anne e Gilbert finalmente foram até o farol de Four Winds. O dia havia começado com nuvens acinzentadas e neblina, mas terminou com pompa de escarlate e dourado. Sobre as colinas a oeste do porto havia profundezas âmbares e superfícies cristalinas, com o fogo do pôr do sol abaixo. Ao norte, o céu estava cheio de pequenas nuvens que irradiavam um intenso dourado. A luz avermelhada flamejava nas velas brancas que deslizavam pelo canal com destino a um porto ao sul, em uma terra de palmeiras. Mais além, a luz ruborescia as faces brancas e sem vegetação das dunas de areia. À direita, caía sobre a casa antiga entre os salgueiros que ficavam riacho acima, possibilitando, por alguns segundos, que as janelas parecessem mais magníficas que as de uma catedral. Elas se destacavam do silêncio e das paredes acinzentadas como os pensamentos pulsantes e cheios de energia de uma alma vívida aprisionada em um ambiente entediante.

– Aquela velha casa perto do riacho sempre me parece tão solitária – disse Anne. – Nunca vejo visitantes por lá. Por mais que a entrada esteja voltada para a estrada de cima, não vejo movimento. Parece estranho ainda não termos conhecido os Moore, sendo que moram apenas a quinze minutos de caminhada da nossa casa. Posso tê-los visto na igreja, é claro, mas se os vi, não sabia quem eram. Sinto muito por serem tão antissociais, pois são nossos únicos vizinhos próximos.

– Evidentemente, não pertencem às pessoas que conhecem José – riu Gilbert – Já descobriu quem é aquela garota que você achou tão bonita?

– Não. Por alguma razão, não me lembrei mais de perguntar sobre ela. Como nunca a vi em lugar algum, suponho que seja mesmo uma visitante. Ah, o sol já está desaparecendo... lá está o farol.

Conforme o crepúsculo ficava mais profundo, o feixe de luz cortava em círculos os campos, o porto, as dunas e o golfo.

– Sinto como se ele pudesse me pegar e arremessar léguas dentro do mar – disse Anne, banhada pela luz do farol. Ela se sentiu aliviada quando se aproximaram mais do Farol para estarem ao alcance daqueles raios de luz deslumbrantes e recorrentes.

Ao entrarem na pequena travessa que levava ao farol pelos campos, encontraram um homem vindo na direção deles: alguém de aparência tão extraordinária que por um instante os dois não conseguiam parar de encarar. Era definitivamente belo, alto e de ombros largos, com traços bem definidos, um nariz romano e francos olhos acinzentados; vestia a melhor roupa de um fazendeiro próspero em um domingo e podia muito bem ser um habitante de Four Winds ou de Glen. Contudo, pairando sobre o peito até quase a altura dos joelhos, havia uma imensa e crespa barba castanha; e descendo pelas costas, debaixo do chapéu comum de feltro, havia uma cascata de cabelos castanhos grossos e ondulados.

– Anne – murmurou Gilbert, quando não corriam o risco de serem ouvidos –, você não colocou o que o tio Dave chama de "um pouquinho da lei escocesa" na limonada que me deu antes de sair de casa, colocou?

– Não – disse ela segurando o riso, temendo que o homem misterioso pudesse ouvi-los. – Quem será que é aquele ser?

– Não sei, mas se o capitão costuma receber visitantes como esses no farol, vou trazer uma barra de ferro no bolso da próxima vez que vier aqui. Ele não era um marinheiro, caso contrário, a aparência excêntrica estaria justificada. Deve pertencer a algum dos clãs do outro lado do porto. O tio Dave disse que existem vários malucos por lá.

– Acho o tio Dave um pouco preconceituoso. Você sabe que as pessoas do outro lado do porto que frequentam a igreja de Glen parecem muito boas. Ah, Gilbert, não é lindo?

O farol de Four Winds tinha sido construído em um penhasco de arenito vermelho que se projetava no golfo. De um lado, havia a extensa costa de areia prateada; do outro, uma enseada longa e cheia de curvas de falésias e escarpas vermelhas com uma súbita elevação na praia de seixos. Era uma orla que conhecia a magia e os mistérios das tempestades e das estrelas. Havia muita solidão em um lugar como este. As matas nunca são solitárias; são cheias de vida sussurrante, amigável e acolhedora. Contudo, o mar é uma alma poderosa, sempre lamentando uma grande e incontrolável tristeza, encerrada em si mesma para toda a eternidade. Jamais podemos entender seus mistérios infinitos, apenas imaginá-los, admirados e encantados, do lado de fora. Os bosques nos chamam com centenas de vozes, mas o oceano possui uma apenas: uma voz poderosa que toma nossa alma com sua música majestosa. Os bosques são humanos, mas o mar faz companhia aos arcanjos.

Anne e Gilbert encontraram o capitão Jim sentado em um banco de madeira do lado de fora do farol, dando os últimos retoques em um maravilhoso veleiro de brinquedo. Ele se levantou e os cumprimentou com uma cortesia gentil e inconsciente, que lhe caía muito bem.

– O dia hoje foi muito lindo, Sra. Blythe, e agora começou a melhor parte. Gostaria de ficar um pouco aqui fora, enquanto ainda há luz? Estava dando os retoques finais em um presente para o meu sobrinho-neto, Joe, que mora em Glen. Depois que prometi fazê-lo, me arrependi, pois a mãe dele ficou brava. Ela tem medo que ele tenha vontade de ir para o mar no futuro, e não quer que eu o encoraje. Mas o que eu posso fazer, Sra. Blythe? Prometi a ele, e acho uma verdadeira covardia quebrar uma promessa feita para uma criança. Venha, sente-se. Não vai demorar mais de uma hora.

O vento soprava pela costa, criando longas ondas prateadas na superfície do mar, sombras brilhantes que a sobrevoavam eram lançadas de todos os lugares da terra, como asas transparentes. O entardecer abria uma cortina púrpura sobre as dunas de areia e as elevações em que as gaivotas se reuniam. O céu estava levemente encoberto por uma fina camada de vapor. Frotas de nuvens moviam-se pelo horizonte. Uma estrela vespertina vigiava tudo sobre a barreira de dunas.

– Não é uma vista que vale a pena admirar? – disse o capitão Jim, com um sorriso amoroso e cheio de orgulho. – Linda e longe do comércio, não é mesmo? Nada de comprar e vender e lucrar. Aqui não é preciso pagar nada; todo esse mar e esse céu são de graça, "sem dinheiro e sem preço"[4]. A lua vai nascer muito em breve. Nunca me canso de admirar o luar sobre esses rochedos, o mar e o porto. Há sempre uma surpresa.

Eles observaram o nascer da lua com toda a sua magia e maravilha em um silêncio que não pedia nada a um mundo nem ao outro. Depois, subiram a torre, e o capitão Jim mostrou e explicou o mecanismo da grande luz do farol. Por fim, chegaram à sala de jantar, e o fogo flutuava em chamas de tonalidades oscilantes, indescritíveis e marinhas dentro da lareira aberta.

— Eu mesmo construí esta lareira — comentou o capitão. — O governo não dá muito luxo para os faroleiros. Veja as cores que aquela madeira cria. Se quiser um pouco da madeira trazida pelo mar para a sua lareira, Sra. Blythe, posso levar para a senhora algum dia desses. Sentem-se. Vou preparar um chá.

O capitão Jim arrumou uma cadeira para Anne, depois de retirar de cima dela um enorme gato laranja e um jornal.

— Sente-se, companheiro, o sofá é todo seu. Tenho que guardar este jornal em um lugar seguro para terminar de ler o meu folhetim. Chama-se *Um Louco Amor*. Não é minha leitura favorita, mas estou lendo para ver até onde a autora consegue levar a trama. Está no capítulo sessenta e dois agora, e o casamento não está nem perto de acontecer, pelo que pressinto. Quando o pequeno Joe vem me visitar, tenho que ler histórias de pirata para ele. Não é estranho como criaturinhas inocentes adoram histórias sangrentas?

— Como o meu Davy lá em casa — disse Anne. — Ele gosta de histórias que pingam sangue.

---

4. Isaías 55:1.

O chá do capitão provou ser um néctar. Ele ficou feliz como uma criança com os elogios de Anne, porém procurou fingir uma sutil indiferença.

– O segredo é que eu não economizo no creme – comentou suavemente. O capitão nunca tinha ouvido falar de Oliver Wendell Holmes, mas evidentemente concordava com a frase do ilustre médico e escritor: "corações grandes não gostam de pouco creme".

– Vimos uma pessoa bem peculiar no caminho – disse Gilbert enquanto tomavam chá. – Quem era ele?

O capitão Jim sorriu.

– Aquele é Marshall Elliott. É um bom rapaz, apesar de ser meio tolo. Devem estar se perguntando o motivo de ele ter uma aparência digna de uma atração de circo, aposto.

– Ele é um nazareno moderno ou um profeta hebreu dos tempos antigos? – perguntou Anne.

– Nenhum dos dois. É política por trás da excentricidade. Todos aqueles Elliott, Crawford e MacAllister são metidos com política. Nascem liberais ou conservadores, conforme o caso, e vivem dessa forma até morrer. O que vão fazer no céu, onde provavelmente não há política, vai além da minha imaginação. Esse Marshall Elliott nasceu liberal. Também me considero um liberal moderado, mas os Marshall não são moderados. Quinze anos atrás, houve uma eleição geral bem difícil. Marshall lutou com unhas e dentes por seu partido. Ele tinha certeza de que os liberais iam ganhar, tanta certeza que se levantou em uma reunião pública e jurou não raspar a barba nem cortar os cabelos até os liberais estarem no poder. Bem, até hoje eles ainda não venceram eleição alguma, e vocês viram o resultado. Marshall manteve sua palavra.

– O que a esposa dele acha disso? – perguntou Anne.

– Ele é solteiro. Mas se tivesse uma esposa, acho que ela não conseguiria fazê-lo quebrar a promessa. A família Elliott sempre foi mais teimosa do que o normal. Alexander, irmão de Marshall, tinha um cachorro do qual gostava muito, e quando morreu, quis enterrá-lo no cemitério, "junto com os outros cristãos", como disse. É claro que não permitiram; então resolveu enterrá-lo do lado de fora da cerca do cemitério e nunca mais pisou na igreja. Aos domingos, levava a família para a igreja e sentava-se ao lado do túmulo do cão, e por lá lia a Bíblia durante toda a missa. Dizem que pediu à esposa para ser enterrado ao lado do cachorro quando estava morrendo. Ela era uma alma doce e servil, mas *aquilo* a tirou do sério. Disse que *ela* não seria enterrada ao lado de um cachorro, e se ele preferia passar o resto da eternidade na companhia do animal em vez da dela, que assim fosse. Alexander Elliott era teimoso como uma mula, mas gostava da esposa, então acabou cedendo. "Ah, enterre-me onde quiser. Quando as trombetas de Gabriel soarem, espero que meu cachorro se levante como todos nós, pois ele tem tanta alma quanto qualquer Elliott, Crawford ou MacAllister com toda aquela pompa". Essas foram as últimas palavras *dele*. Quanto a Marshall, estamos acostumados com ele; os visitantes é que devem achá-lo diferente. Conheço-o desde os 10 anos de idade, e ele tem 50 agora, e gosto dele. Fomos pescar bacalhau hoje. É só para isso que sirvo agora: pegar truta e bacalhau de vez em quando. Mas nem sempre foi assim. Eu costumava fazer muitas outras coisas, vocês concordariam se tivessem lido o livro da minha vida.

Anne estava prestes a perguntar o que era o livro da vida dele quando o Imediato a distraiu, pulando no colo do capitão Jim. Era um animal maravilhoso, com uma cara redonda como uma lua cheia, olhos verdes vívidos, e imensas patas brancas. O capitão acariciou as costas aveludadas com carinho.

— Nunca gostei muito de gatos até conhecer o Imediato — o capitão disse, e o Imediato respondeu ronronando. — Salvei a vida dele, e quando você salva a vida de um animal, está destinado a amá-lo. É quase como gerar uma vida. Existem pessoas horrorosas neste mundo, Sra. Blythe. Alguns moradores da cidade grande com casas de veraneio na região do porto são tão negligentes que chegam a ser cruéis. É o pior tipo de crueldade: o abandono inconsequente. Não dá para lidar com isso. As pessoas adotam gatinhos durante o verão, então brincam, dão comida e colocam fitas e coleiras neles. Depois vão embora no outono e os largam para morrer de fome ou de frio. Isso faz o meu sangue ferver, Sra. Blythe. No inverno passado, encontrei uma gatinha morta na praia. Ela estava com seus três filhotes, que eram só pele e osso. Morreu tentando salvá-los. As pobres patinhas estavam ao redor dos filhotes. Chorei, sim, Senhor. E depois esbravejei. E então levei os coitadinhos para casa, alimentei-os e encontrei bons lares para todos. Eu conhecia a mulher que abandonou a gatinha, e quando ela voltou neste verão, eu fui até o porto e me pus diante dela. Interferi na vida dos outros, mas por uma boa causa.

— E como ela reagiu? — perguntou Gilbert.

— Ela chorou e disse que "não tinha pensado direito". Eu respondi: "Você supõe ser essa uma boa desculpa para o dia do juízo final, quando tiver que responder pela vida daquela pobre gatinha? Deus perguntará o por quê de ter dado a você um cérebro, se não foi para usá-lo". Acho que ela nunca mais vai abandonar outro gato.

— O senhor resgatou o Imediato? — perguntou Anne, adiantando-se a ele, que respondia com muita gentileza, para não dizer com complacência.

– Sim. Encontrei-o em um dia muito frio de inverno, preso nos galhos de uma árvore por uma dessas malditas coleiras de correia. Estava faminto. Se tivesse visto os olhos dele, Sra. Blythe! Era só um filhotinho que sobreviveu sei lá como até ficar enroscado. Quando o libertei, ele lambeu a minha mão com a língua pequena e vermelha. Ele não era o habilidoso marinheiro que é agora. Era manso como Moisés. Isso foi há nove anos. Tem tido uma longa vida para um gato. É um bom companheiro, o Imediato.

– Imaginei que o senhor tivesse um cachorro – disse Gilbert.

O capitão Jim balançou a cabeça.

– Já tive um cachorro. Gostava tanto dele que, quando morreu, não suportei a ideia de colocar outro em seu lugar. Ele era um verdadeiro *amigo*, sabe, Sra. Blythe? O Imediato é só um companheiro. Gosto dele, apesar da natureza diabólica dos gatos. Mas *amava* meu cachorro. No fundo, sempre me compadeci por Alexander Elliott e seu cão. Não há nada diabólico em um bom cachorro. E por isso são mais dóceis que os gatos, acho. Contudo, não são tão interessantes. Olha eu de novo falando mais que a boca. Por que não disse nada? Quando tenho a chance de falar com alguém, acabo falando demais. Agora, se já terminaram o chá, tenho algumas coisinhas que talvez lhes interessem, coisas trazidas dos lugares mais exóticos em que já meti o nariz.

As "coisinhas" do capitão acabaram se mostrando uma coleção muito interessante de itens curiosos, repugnantes, finos e belos. E quase todos tinham uma história notável ligada a eles.

Anne nunca se esqueceu do prazer com que ouviu as velhas histórias naquela noite de luar junto ao fogo mágico da lareira, enquanto o mar prateado chamava pela janela aberta e soluçava contra as rochas.

O capitão Jim nunca se gabava, mas era impossível não ver o herói que havia sido: corajoso, autêntico, engenhoso, altruísta. Sentado naquela pequena sala, dava vida às histórias que contava. Arqueava a sobrancelha, curvava os lábios, sempre tinha um gesto ou uma palavra que transmitia todo um cenário ou personagem para que os ouvintes pudessem visualizar o fato como realmente aconteceu. Algumas das aventuras do capitão eram tão maravilhosas que Anne e Gilbert se perguntavam intimamente se ele não estaria exagerando para que realmente acreditassem. Contudo, como acabaram descobrindo mais tarde, estavam cometendo uma injustiça. As histórias eram todas verdadeiras. O capitão Jim nasceu com o dom de contar histórias, e assim o "antigo, triste e distante" era mostrado de forma viva ao ouvinte com uma mordacidade cristalina.

Anne e Gilbert riam e estremeciam com os velhos casos, e houve um momento em que Anne até se viu chorando. O capitão observou as lágrimas dela com uma expressão radiante.

– Gosto de ver as pessoas chorando assim – comentou. – É um elogio. Mas não posso fazer justiça às coisas que vi ou ajudei a realizar. Está tudo anotado no meu livro da vida, mas não tenho habilidade para descrevê-las propriamente. Se eu conseguisse encontrar as palavras certas e colocá-las na ordem correta, daria um grande livro. Seria melhor do que *Um louco amor*, e creio que o Joe gostaria tanto quanto gosta das histórias de pirata. Sim, já tive algumas aventuras na minha época. E quer saber, Sra. Blythe? Sinto muita falta delas. Sim, sei que estou velho e inútil; às vezes sinto uma terrível vontade de viajar para longe... Bem longe... Para sempre e todo sempre.

– O senhor é como Ulisses... "Meu intento é navegar além-poente, sob estrelas do ocidente, até morrer" – Anne citou, sonhadora, o poema do poeta inglês Tennyson.

– Ulisses? Já ouvi falar dele. Sim, é exatamente assim como me sinto, creio que esse é o sentimento de todos os velhos marujos. Creio que morrerei em terra firme. Bem, o que tiver que ser, será. O velho William Ford, de Glen, nunca entrou na água porque tinha medo de se afogar. Uma vidente disse a ele que morreria afogado. Um dia ele desmaiou e caiu de cara no cocho do estábulo e morreu afogado de fato. Quando chega a vez da pessoa, não tem hora nem lugar. Da próxima vez, quem vai falar é o doutor. Ele sabe um monte de coisas, quero descobri-las. Sinto-me solitário aqui, às vezes, e piorou desde a morte de Elizabeth Russell. Éramos muito amigos.

As palavras do capitão Jim tinham o peso das pessoas que assistem aos velhos amigos partirem um por um: amigos cujo lugar jamais poderá ser preenchido por outro de uma geração mais nova, nem mesmo por aqueles que conheciam José. Anne e Gilbert prometeram voltar em breve.

– Ele é uma pessoa rara, não é? – disse Gilbert a caminho de casa.

– Por algum motivo, não consigo conciliar a personalidade simples e dócil com a vida selvagem e aventureira vivida por ele – observou Anne.

– Você não acharia tão difícil se o tivesse visto na vila dos pescadores outro dia. Um dos homens que trabalham no barco do Peter Gautier fez um comentário desagradável sobre uma garota na praia. O capitão Jim acabou com o pobre coitado só com a força do olhar. Parecia outra pessoa. Falou pouco, mas a forma como falou... Parecia que ia tirar o couro do rapaz.

Só sei que ele jamais permitirá uma palavra contra qualquer mulher na presença dele.

– Por que será que ele não se casou? Os filhos dele já teriam os próprios barcos, e os netos ficariam todos reunidos ao redor dele só para ouvir histórias.

O capitão Jim era esse tipo de homem. Em vez disso, tinha apenas um gato maravilhoso. Mas Anne estava enganada. O capitão Jim tinha mais que isso. Ele tinha a sua memória.

CAPÍTULO 10

LESLIE MOORE

— Vou dar um passeio até a praia de seixos – disse Anne para Gog e Magog em um final de tarde de outubro. Não havia mais ninguém em casa, pois Gilbert tinha ido até o porto. O seu pequeno reino estava extremamente arrumado, como era de se esperar de alguém que foi criada por Marilla Cuthbert, e por isso ela sentia que podia passear pelo litoral de consciência limpa. Ela caminhava prazerosamente pela enseada sem rumo com frequência, às vezes Gilbert a acompanhava, às vezes o capitão Jim, e havia momentos em que estava só com os próprios pensamentos e os mais novos sonhos doces e multicoloridos que começavam a ganhar vida. Ela adorava o porto calmo e enevoado, as dunas de areia prateadas que sempre eram dominadas pelo vento e, acima de tudo, amava a praia rochosa, com falésias e cavernas, as enormes pedras arredondadas pelo mar, e as piscinas em que os seixos reluziam ao sol. Foi para lá que resolveu ir naquele entardecer.

Uma tempestade de outono com trovões e fortes rajadas havia durado três dias, fazendo com que as ondas arrebentassem com muita força nos rochedos e lançassem uma espuma branca sobre as dunas, transformando a até então iluminada e plácida Four Winds em uma angustiante tormenta coberta pela névoa. No momento, a orla estava limpa. O vento não soprava, e a única coisa que perturbava a paz e o silêncio absolutos eram as ondas que ainda batiam na areia provocando um magnífico tumulto.

– Ah, esse é um momento merecido após semanas de mau tempo e tensão – exclamou Anne no alto de um rochedo. O olhar de satisfação perdia-se no horizonte por sobre as águas. Ela desceu a encosta íngreme por uma trilha até chegar a uma pequena baía isolada pelas pedras, pelo oceano e pelo céu.

– Vou dançar e cantar. Não há ninguém por perto para me ver; as gaivotas não contarão a ninguém. Posso ser tão louca quanto desejar.

Ergueu a saia e rodopiou pela faixa de areia fora do alcance das ondas e a espuma quase tocou seus pés. Girando e girando, rindo como uma criança, Anne chegou ao pequeno cabo que levava ao lado leste da baía. Então, parou abruptamente e enrubesceu. Não estava sozinha; o riso e a dança tinham uma testemunha.

A garota de cabelos dourados e olhos azuis marinhos estava sentada em uma enorme pedra no cabo, um tanto escondida por uma rocha saliente. Encarava Anne com uma expressão de estranhamento: um misto de deslumbre e simpatia, talvez... Seria possível... Inveja? Estava descalça; os cabelos maravilhosos, que mais do que nunca lembravam os "cordões de ouro" de Browning, estavam presos por uma fita vermelha. O vestido era simples, de tecido escuro; e havia uma faixa de seda vermelha ao redor cintura que delineava suas curvas. As mãos, unidas em cima dos joelhos, tinham um tom acastanhado e pareciam marcadas pelo trabalho, porém o pescoço e as bochechas eram brancos como creme. Um raio de sol brilhou por uma nuvem baixa sobre os cabelos das duas. Por um momento, ela pareceu personificar todo o mistério, a paixão e o charme furtivo de um espírito do mar.

– Você... deve achar que sou maluca – hesitou Anne, tentando recuperar a compostura. Ser vista por aquela garota tão arrogante em tamanha entrega infantil; ela, a Sra. Blythe, que deveria manter a dignidade de uma esposa... Era pavoroso!

– Não – respondeu a garota. – Não acho.

E não disse mais nada. A voz era inexpressiva, e parecia agir com sutil desdém. Entretanto, algo no olhar dela; confiante, apesar de tímido; desafiador, apesar de convidativo, impediu Anne de dar meia-volta e ir embora. Em vez disso, sentou-se ao lado da menina.

– Vamos nos apresentar – disse, com o sorriso que era sempre certeiro para ganhar a confiança e a amizade das pessoas. – Sou a Sra. Blythe, e moro naquela casinha branca próxima do porto.

– Sim, eu sei. Sou Leslie Moore – respondeu a garota. – A Sra. Dick Moore – acrescentou com formalidade.

Anne ficou em silêncio por um instante por mero espanto. Nunca imaginou que aquela jovem pudesse ser casada; ela não tinha nem de longe a aparência de uma esposa. E também era a vizinha que Anne tinha imaginado ser uma pessoa comum de Four Winds! Anne mal conseguia se concentrar diante de tamanha mudança de conceito.

– En... então, você mora naquela casa cinza subindo o riacho – gaguejou.

– Sim. Deveria ter feito uma visita há muito tempo – disse a jovem, sem oferecer explicação ou desculpa alguma.

– Eu *adoraria* – disse Anne, finalmente recompondo-se. – Moramos tão perto uma da outra, deveríamos ser amigas. Esse é o único defeito de Four Winds: não há vizinhos suficientes. Fora isso, é um lugar perfeito.

– Você gosta daqui?
– *Gostar?* Eu amo! É o lugar mais lindo em que já estive.
– Nunca viajei muito – disse Leslie Moore lentamente –, mas sempre achei aqui adorável. Eu... também amo Four Winds.

A maneira como Leslie falava era semelhante à sua aparência: tímida, ainda que intensa. Anne tinha a estranha sensação de que aquela garota curiosa (a palavra "garota" persistia) poderia falar muito se assim quisesse.

– Venho sempre à praia – ela acrescentou.
– Eu também – disse Anne. – Estranho nunca termos nos encontrado antes.
– Você provavelmente vem mais cedo do que eu. Costumo vir quando já está quase escurecendo. E adoro vir depois de uma tempestade, como hoje. Não gosto tanto do mar quando está calmo. Prefiro a agitação, o confronto das águas e o barulho.
– Gosto dele em qualquer estado de espírito – declarou Anne. – O mar em Four Winds é para mim o mesmo que a Travessa dos Amantes lá em casa. Hoje parecia tão livre e indomável que algo dentro de mim também se libertou, por pura empatia. Por isso estava dançando como louca. Não imaginei que alguém estivesse olhando, obviamente. Se a Srta. Cornelia Bryant tivesse me visto, temeria pelo futuro do jovem Dr. Blythe.
– Você conhece a Srta. Cornelia? – Leslie indagou, rindo. Tinha uma risada única, que surgiu espontânea e de forma inesperada, como um riso gostoso de um bebê, e Anne também riu.
– Ah, sim. Ela já foi à minha casa dos sonhos diversas vezes.
– Sua casa dos sonhos?

— É só um apelido bobo, é como Gilbert e eu chamamos a nossa casa. Só falamos entre nós. Agora escapou antes que eu me desse conta.

— Então, a casinha branca da Srta. Russell é a *sua* casa dos sonhos — disse Leslie pensativa. — Tive uma casa dos sonhos uma vez, mas era um palácio — acrescentou com uma risada cuja doçura foi apagada por uma nota de escárnio.

— Ah, também já sonhei com um palácio — disse Anne. — Acho que todas as garotas já sonharam. E acabamos nos contentando com casas de oito cômodos que parecem satisfazer todos os desejos dos nossos corações porque nossos príncipes estão nesse lugar. Sem dúvida, *você* deveria ter tido o seu palácio; aliás, você é tão bonita. Preciso confessar uma coisa: estou quase explodindo de admiração. Você é a criatura mais linda que já vi, Sra. Moore.

— Se vamos ser amigas, então me chame de Leslie — disse a outra, com uma estranha veemência.

— Claro que sim. E *meus* amigos me chamam de Anne.

— Acho que sou bonita — continuou Leslie, olhando para o mar de forma intempestiva. — Odeio minha beleza. Gostaria de ser morena e comum como a mais morena e mais comum das garotas daquela vila de pescadores. Enfim, o que acha da Srta. Cornelia?

A mudança repentina de assunto acabou com qualquer chance de novas confidências.

— Ela é muito simpática, não acha? Gilbert e eu fomos convidados para tomar chá na casa dela semana passada. Você já deve ter ouvido falar na palavra banquete.

— Lembro-me de ter visto a expressão nos jornais, nas colunas sobre casamentos — disse Leslie, sorrindo.

— Bem, a Srta. Cornelia praticamente nos preparou um. Era inacreditável a quantidade de comida que havia feito para duas pessoas. Acho que fez todos os tipos de torta imagináveis, exceto de limão. Ela contou que ganhou o prêmio de melhor torta de limão na Feira de Charlottetown dez anos atrás, mas nunca mais fez outra por medo de perder a reputação.

– Conseguiu comer tortas o suficiente para agradá-la?

– Não. Gilbert ganhou o coração dela nas repetições, mas não vou dizer quantas foram. Ela disse que nunca conheceu um homem que não gostasse de tortas. Sabe, eu amo a Srta. Cornelia.

– Eu também – disse Leslie. – É a melhor amiga que tenho no mundo.

Anne ficou curiosa; se fosse mesmo verdade, por que a Srta. Cornelia nunca tinha falado na Sra. Dick Moore? Ela certamente havia falado livremente sobre todos os outros indivíduos da região de Four Winds.

– Não é lindo? – disse Leslie após um breve silêncio, apontando para o efeito de um feixe de luz que entrava pela fenda de uma rocha sob uma piscina esmeralda. – Se eu tivesse vindo aqui e não tivesse visto mais nada além disso, já teria ido embora feliz.

– O efeito das luzes nessa praia é maravilhoso – concordou Anne. – Meu quartinho de costura dá para o porto, e eu me sento perto da janela e fico admirando a vista. As cores e sombras nunca são as mesmas de um minuto para o outro.

– Você nunca se sente solitária? – perguntou Leslie de forma súbita. – Quando está sozinha?

– Não. Acho que nunca me senti solitária de verdade na vida – respondeu Anne. – Mesmo quando estou sozinha, sinto-me em ótima companhia: meus sonhos e minha imaginação ajudam em um faz de conta. Gosto de ficar sozinha de vez em quando só para pensar nas coisas e saboreá-las. Mas adoro ter amigos e passar bons momentos com as pessoas. Ah, não gostaria de me visitar com frequência? Por favor. Acredito que você vai gostar de mim, se me conhecer melhor – acrescentou, rindo.

– Penso se *você* vai gostar de *mim* – disse Leslie, séria. Ela não estava buscando elogios. Olhou para as ondas que começavam a ser enfeitadas com a espuma sob a luz prateada do luar, e seus olhos se encheram de sombras.

– Irei, certamente – disse Anne. – E por favor, não pense que sou irresponsável só porque me viu dançando na praia ao entardecer. Sem dúvida, pouco a pouco, começarei a agir como uma "senhora". Sabe, não estou casada há muito tempo. Ainda me sinto uma moça; às vezes, sinto-me até criança.

– Sou casada há doze anos – disse Leslie.

Outro fato inacreditável.

– Ora, você não pode ser mais velha do que eu! Deve ter se casado quando ainda era uma criança.

– Aos 16 – disse Leslie, levantando-se e pegando a capa e o casaco que estavam atrás dela. – Tenho 28 agora. Bem, tenho que ir embora.

– Eu também. Gilbert já deve ter chegado em casa. E estou muito feliz por termos nos encontrado.

Leslie não disse nada, e Anne sentiu-se um pouco incomodada. Havia oferecido a amizade com franqueza, mas não foi aceita de bom grado; parecia até que tinha sido repelida. Em silêncio, as duas subiram os rochedos e atravessaram campos cuja grama macia e clara parecia um carpete aveludado ao luar. Ao chegarem à praia, Leslie virou-se.

– Vou por esse caminho, Sra. Blythe. Virá algum dia me visitar, não é mesmo?

Anne sentiu como se o convite tivesse sido feito por educação, e teve a impressão de que Leslie Moore relutou ao fazê-lo.

– Irei, se realmente quiser – respondeu com frieza.

– Ah, quero, sim; quero, sim! – exclamou Leslie, com tamanha ansiedade que parecia ter se libertado de alguma restrição imposta.

– Então, irei. Boa noite, Leslie.

– Boa noite, Sra. Blythe.

Anne voltou para casa absorta em seus pensamentos e desabafou com Gilbert.

– Então, a Sra. Dick Moore não faz parte das pessoas que conhecem José? – provocou Gilbert.

– Não exatamente. Ainda assim... Acho que ela *já* foi uma delas, porém deixou de ser ou está exilada – disse Anne de forma pensativa. – É certamente diferente das outras mulheres da região. Não dá para falar de ovos e manteiga com *ela*. E pensar que eu a imaginava como uma segunda Sra. Rachel Lynde! Você já conheceu o Sr. Dick, Gilbert?

– Não. Já vi vários homens trabalhando na fazenda, mas não sei qual deles era ele.

– Ela não o mencionou. *Sei* que é infeliz.

– Pelo que disse, casou-se antes de ser madura o suficiente para saber o que realmente desejava, e descobriu tarde demais ter cometido um erro. É uma tragédia bem comum, Anne. Qualquer mulher distinta teria procurado tirar proveito da situação. A Sra. Moore evidentemente permitiu que isso a deixasse amargurada e ressentida.

– Não vamos julgá-la antes de conhecê-la – pediu Anne.

– Não creio que o caso dela seja tão simples. Você perceberá o encanto que ela possui quando conhecê-la, Gilbert. É algo que extrapola a beleza. Sinto que é dona de uma natureza incomum, e uma amiga pode adentrar seu reino. Contudo, por algum motivo, ela ergueu uma barreira para todo mundo e se fechou para todas as possibilidades. Bem, venho tentando defini-la desde que a vi, e isso é o mais perto que consegui chegar. Vou perguntar sobre ela para a Srta. Cornelia.

CAPÍTULO 11

A HISTÓRIA DE LESLIE MOORE

– Sim, o oitavo bebê chegou ontem à noite – disse a Srta. Cornelia sentada em uma cadeira de balanço em frente à lareira da casinha branca em uma tarde fria de outubro. – É uma menina. Fred estava furioso; disse que queria um menino, quando sabemos que não queria filho algum, na verdade. Se fosse um menino, ele reclamaria por não ter sido uma menina. Eles já têm quatro garotas e três garotos, então não vejo que diferença faria o gênero desse último filho; mas claro, ele tinha que ser impertinente. Bem típico dos homens, não é? A bebê é uma belezinha, vestida com suas roupinhas bonitas. Ela tem olhos escuros e mãozinhas fofas.

– Tenho que visitá-los. Adoro bebês – disse Anne, sorrindo para si mesma diante de um pensamento tão afetuoso e sagrado para ser colocado em palavras.

– Também gosto – admitiu a Srta. Cornelia. – Mas algumas pessoas parecem ter mais do que deveriam, acredite em *mim*. Minha pobre prima Flora, de Glen, teve onze filhos, e trabalhava como uma condenada! O marido dela suicidou-se três anos atrás. Bem típico dos homens, não é?

– O que o levou a fazer isso? – perguntou Anne chocada.

– Não conseguiu superar algo que não aconteceu como ele queria, então pulou no poço. E foi tarde! Já nasceu tirano.

E o pior de tudo, acabou com o poço, obviamente. Flora nunca mais voltou a usá-lo, coitadinha! Mandou construir outro que custou uma fortuna e a água era péssima. Se ele tinha *mesmo* que se afogar, por que não escolheu o porto, onde há água bastante para um feito desses? Não tenho paciência para homens assim. Só tivemos dois suicídios em Four Winds, pelo que me lembro. O outro foi Frank West, o pai de Leslie Moore. Aliás, a Leslie já fez uma visita a vocês?

– Não, mas eu a encontrei na praia um dia desses, e nos apresentamos – disse Anne, aguçando os ouvidos.

A Srta. Cornelia assentiu.

– Fico feliz, querida. Estava torcendo para se conhecerem. O que achou dela?

– É muito bonita.

– Ah, evidentemente. Nenhuma beleza em Four Winds jamais se comparou à de Leslie. Você viu os cabelos dela? Eles chegam até os pés quando estão soltos. Mas quero saber se você gostou dela.

– Sinto que poderia gostar muito da Sra. Moore, se ela permitisse – disse Anne com cuidado.

– Só que ela não vai permitir; vai se afastar e manter-se à distância. Pobre Leslie! Você não ficaria muito surpresa se soubesse como foi a vida dela. Uma tragédia, uma verdadeira tragédia! – enfatizou a Srta. Cornelia.

– Gostaria que a senhorita contasse a história de Leslie, se isso não for trair a confiança dela.

– Querida, todo mundo em Four Winds conhece a história da pobre Leslie. Não é nenhum segredo, pelo menos o lado *exterior* dela. Ninguém conhece o lado *interior* de Leslie, e ela não confia em ninguém. Creio que eu seja a melhor amiga dela na Terra, e mesmo assim nunca a ouvi reclamar de nada. Já viu o Sr. Dick Moore?

– Não.

– Bem, acho melhor começar do princípio e contar tudo, assim você poderá compreender melhor. O pai de Leslie era Frank West. Era um malandro preguiçoso, típico entre os homens. Ah, ele era muito inteligente, mas do que isso adiantou? Chegou até a ir para a faculdade, mas ficou doente depois de dois anos. Os West eram todos predispostos a doenças. Assim, Frank voltou para casa e começou a cuidar da fazenda. Casou-se com Rose Elliott, que vivia do outro lado do porto. Rose era conhecida como a mulher mais bonita de Four Winds. Leslie herdou a beleza da mãe, mas com dez vezes mais intensidade, além de ter uma postura melhor. Você sabe, Anne, que sempre defendo que nós, mulheres, temos que apoiar umas às outras. Já aguentamos coisas que só Deus sabe nas mãos dos homens, por isso afirmo que não devemos ter rivalidades entre nós. Dessa forma, você raramente me verá falando mal de outra mulher. No entanto, nunca simpatizei com Rose Elliott. Para começar, ela era arrogante, acredite em *mim*; não passava de uma pessoa preguiçosa, egoísta e que só sabia reclamar. Frank não era muito entusiasmado com seu trabalho, e por isso não tinham um tostão. Eram pobres! Viviam à base de batatas e nada mais, acredite em *mim*. Tiveram dois filhos: Leslie e Kenneth. Leslie tinha a beleza da mãe e o cérebro do pai, e algo a mais que não havia herdado de ninguém. Puxou à avó pelo lado da família West, uma senhora esplêndida. A menina era muito esperta, amigável e alegre quando criança, Anne. Todo mundo gostava dela. Era a favorita do pai, e era muito apegada a ele. Eram "companheiros", como ela costumava dizer. Não conseguia enxergar nenhuma das falhas dele, até porque ele *era*, de certa forma, um homem charmoso.

"Quando Leslie tinha 12 anos, a primeira tragédia aconteceu. Ela idolatrava o pequeno Kenneth, que era um garotinho encantador, quatro anos mais novo que ela. Um dia, ele caiu de um imenso fardo de feno que estava levando para o celeiro, não resistiu e morreu; a roda da carroça esmagou o corpinho dele. E veja bem, Anne: Leslie presenciou tudo. Ela estava no mezanino do celeiro. O empregado que ouviu o grito dela afirmou jamais ter escutado nada semelhante na vida, disse que ressoaria em seus ouvidos até o dia em que a trombeta de Gabriel soasse. Todavia, ela nunca mais chorou ou tocou nesse assunto. Pulou do celeiro para a carroça, da carroça para o chão e agarrou o corpinho ensanguentado e ainda quente, Anne... Tiveram de separá-la à força do irmão. Foram me chamar... Não consigo nem falar sobre isso."

A Srta. Cornelia secou as lágrimas dos bondosos olhos castanhos e ficou em pesaroso silêncio por um momento.

– Bem – retomou enfim –, tudo isso já ficou para trás. Enterraram o pequeno Kenneth no cemitério perto do porto, e, um tempo depois, Leslie voltou para a escola. Ela nunca mais tocou no nome do Kenneth; eu, pelo menos, nunca o ouvi de seus lábios. Creio que a velha ferida ainda doa e queime de vez em quando; mas ela era apenas uma menina, e o tempo é muito gentil com as crianças, querida Anne. Após um tempo ela voltou a rir... E tinha a mais linda risada. Não a ouvimos mais com tanta frequência agora.

– Eu ouvi uma vez na outra noite – disse Anne. – De fato, é muito bonita.

– Frank West começou a piorar após a morte de Kenneth. Ele já não era forte, e a morte do menino foi um tremendo baque, pois gostava muito do filho, mesmo Leslie sendo a favorita, como já disse. Ficou melancólico e calado e não conseguia nem queria trabalhar. Um dia, quando Leslie tinha 14 anos, ele se enforcou... Bem no centro da sala de estar, Anne, pelo bocal de uma lâmpada no teto. Bem típico dos homens, não é? E no dia do aniversário de casamento. Escolheu um ótimo momento, não acha? E claro, tinha que ser a pobre Leslie a encontrar o pai. Entrou na sala cantarolando naquela manhã, com algumas flores frescas nas mãos para os vasos, e lá estava o pai pendurado no teto, com o rosto preto como um carvão. Foi horrível, acredite em *mim*!

– Ah, que horror – disse Anne, estremecendo. – Pobre criança!

– Leslie chorou tão pouco no funeral do pai quanto no de Kenneth. Já Rose gemia e gritava pelas duas, enquanto a criança fazia o possível para acalmar e reconfortar a mãe. Fiquei enojada com a postura de Rose, assim como todo mundo, mas Leslie não perdeu a paciência nem por um segundo. Ela amava a mãe. A família é tudo para Leslie. Ao olhar dela, ninguém ali seria capaz de fazer nada errado. Bem, eles enterraram Frank West ao lado de Kenneth, e Rose mandou construir um monumento em homenagem a ele. Era maior que o caráter dele, acredite em *mim*! De qualquer forma, custou muito mais do que Rose podia pagar, pois a fazenda estava hipotecada por um valor acima do que realmente valia. Pouco depois, vovó West morreu e deixou para Leslie um pouco de dinheiro, o suficiente para estudar um ano na Queen's Academy. Leslie estava decidida a se tornar professora, se conseguisse, e também a economizar o suficiente para custear os estudos na Redmond College. Era o grande sonho do pai dela. Ele queria que ela tivesse o que ele perdeu. Leslie estava cheia de ambições, e com a cabeça cheia de ideias. Ela foi para a Queen's, e conseguiu concluir dois anos em um, recebendo o primeiro diploma. Deu aulas na escola de Glen quando voltou para casa. Era tão alegre, esperançosa, tão cheia de vida e entusiasmo! Quando lembro quem já foi e vejo quem é agora, penso... Malditos homens!

A Srta. Cornelia cortou o fio do bordado com um movimento brusco, como se tivesse arrancado a cabeça da humanidade com um só golpe, agindo no melhor estilo de Nero.

– Dick Moore apareceu na vida dela naquele verão. O pai dele, Abner Moore, tinha uma loja em Glen, mas Dick herdou o desejo pelo mar da família da mãe. Ele costumava navegar durante o verão e trabalhar na loja durante o inverno. Era grande e bonito, mas com uma alma feia e pequena. Nunca desistia de algo até conseguir, e quando conseguia, aí já não queria mais. Bem típico dos homens, não é? Ah, ele não ficava zangado quando o clima estava bom e era um homem muito cortês quando estava tudo bem. Mas bebia demais, e havia algumas histórias desagradáveis sobre ele e uma garota na vila dos pescadores. Ele não servia nem para limpar os sapatos de Leslie, essa é a verdade. E era metodista! Mas era louco por ela, em primeiro lugar pela beleza, e em segundo porque ela não queria nada com ele de início. Ele jurou que a teria e conseguiu!

– Como ele fez isso?

– Ah, foi uma perversidade! Jamais perdoarei Rose West. Sabe, querida, Abner Moore detinha a hipoteca da fazenda West, e os juros estavam atrasados havia alguns anos. Dick simplesmente procurou a Sra. West e disse que se Leslie não se casasse com ele, iria fazer o pai executar a hipoteca. Rose não lidou nada bem com a situação, desmaiou, chorou e implorou à filha que não a deixasse perder a casa. Disse que partiria seu coração deixar a casa em que morava desde jovem. Não a culpo por sentir-se tão mal com tudo aquilo, mas... Quem imaginaria tamanho egoísmo a ponto de sacrificar o sangue de seu próprio sangue? Bem, é essa a verdade.

"E Leslie cedeu. Ela amava tanto a mãe que teria feito qualquer coisa para poupá-la da dor. Casou-se com Dick

Moore. Ninguém soube o motivo na época; eu mesma só descobri muito tempo depois essa história da pressão que Rose fez sobre a filha. Tinha certeza de que havia alguma coisa errada, pois vi quanto ela desdenhara do rapaz, e porque Leslie não é do tipo de pessoa que muda de ideia, não dessa forma. Além do mais, eu sabia que Dick Moore não era o tipo de homem que despertava o interesse de Leslie, apesar da beleza e do charme. Claro que não houve cerimônia, mas Rose me convidou para ver o casamento. Fui, mas desejei não ter ido. Eu vi a expressão de Leslie no funeral do irmão e do pai, e naquele momento parecia que eu estava no funeral dela. Já Rose tinha um sorriso de orelha a orelha, acredite em *mim*! Leslie e Dick foram morar na casa dos West, pois Rose não suportaria se separar da filha, e lá viveram durante o inverno. Na primavera, Rose teve pneumonia e morreu... Porém já era tarde demais! Leslie ficou arrasada. Não é terrível como algumas pessoas indignas são amadas, enquanto outras que aparentemente merecem muito mais nunca recebem carinho suficiente? Quanto a Dick, logo cansou da tranquilidade da vida de casado. Bem típico dos homens, não é? Queria novos ares. Foi para Nova Escócia visitar parentes da família do pai e escreveu para Leslie avisando que o primo, George Moore, estava de viagem para Havana e ele iria acompanhá-lo. O nome do barco era *Four Sisters*, e eles partiriam depois de nove semanas. Deve ter sido um alívio para Leslie. Mesmo assim, ela nunca disse nada. Desde o dia do casamento ela é do jeito como você a conheceu: distante e orgulhosa, mantendo todos afastados, menos eu. Eu não queria ficar distante, acredite em *mim*! Aproximei-me de Leslie com todas as forças, apesar de tudo."

— Ela me disse que você é a melhor amiga dela — comentou Anne.

— É mesmo? — exclamou a Srta. Cornelia com prazer. — Bem, fico feliz em saber disso. Às vezes me pergunto se ela realmente me quer por perto, pois nunca deixou transparecer. Você deve tê-la conquistado mais do que imagina, ou ela não teria dito isso. Ah, aquela pobre garota infeliz! Ainda bem que não vejo Dick Moore, pois tenho vontade de enfiar-lhe a faca!

A Srta. Cornelia limpou os olhos novamente e, aliviada dos sentimentos de sede de sangue, continuou a história.

— Bem, Leslie foi abandonada e ficou sozinha. Dick semeou os campos antes de partir, e o velho Abner cuidou da colheita. O verão passou, e o *Four Sisters* não voltou. Os Moore da Nova Escócia investigaram e descobriram que o barco havia chegado em Havana, descarregado e zarpado com uma carga nova; e era tudo que sabiam. Com o tempo, as pessoas começaram a falar de Dick Moore como se tivesse falecido. Quase todo mundo acreditava nisso, apesar de ninguém ter certeza, pois homens já haviam reaparecido no porto após terem sido considerados mortos durante anos. Leslie nunca acreditou nisso, e ela tinha razão. Foi uma desgraça! No verão seguinte, o capitão Jim esteve em Havana. Obviamente que tudo isso aconteceu antes de ele desistir do mar. Ele havia decidido dar uma investigada por conta própria. O capitão sempre foi enxerido, bem típico dos homens, e começou a perguntar nas pensões de marinheiros e lugares do tipo para ver se descobria alguma coisa sobre a tripulação do *Four Sisters*. Na minha opinião, era melhor ter deixado as coisas como estavam! Bem, ele chegou a um lugar bem afastado e encontrou um homem que, a princípio, poderia jurar que fosse Dick Moore, embora estivesse com uma barba grande. Então fez o homem tirar a barba e não houve dúvidas de que era Dick Moore. O corpo, pelo menos. A cabeça estava perdida. Já a alma, na minha opinião, ele nunca teve!

– O que aconteceu com ele?

– Ninguém sabe os detalhes. Cerca de um ano antes do capitão encontrá-lo, pela manhã, os donos da pensão acharam Dick caído na frente da casa em péssimas condições, com a cabeça gravemente ferida, isso foi tudo o que sabiam informar. Suspeitavam ter sido uma briga de bêbados, o que provavelmente deve ser a verdade. Eles o acolheram sem esperanças de que fosse sobreviver. Mas sobreviveu, e mais parecia uma criança quando melhorou. Não tinha memória, intelecto ou raciocínio. Nunca conseguiram descobrir quem ele era. Não era capaz de dizer o próprio nome, e só falava algumas palavras simples. Levava consigo uma carta que começava com "Querido Dick", assinada por "Leslie", mas sem nenhum endereço, e o envelope havia sumido. Eles foram deixando Dick ficar por lá, e ele até aprendeu algumas tarefas básicas... E foi lá que capitão Jim o encontrou e o trouxe de volta. Sempre digo, aquele foi um dia lastimável, mesmo sabendo que Jim não tinha outra alternativa. Ele achou que talvez Dick pudesse recuperar a memória se voltasse para casa e visse rostos familiares. Não adiantou nada. Desde então, Dick vive na casa perto do riacho. É praticamente uma criança. Às vezes se irrita, mas em geral é muito gentil e inofensivo. Precisa ser constantemente vigiado, pois gosta de escapar. É o fardo que Leslie carrega há onze anos, completamente sozinha. O velho Abner morreu pouco depois da volta de Dick, e descobrimos que estava à beira da falência. Quando tudo foi acertado, restou somente a velha fazenda dos West para Leslie e Dick. Ela arrendou para John Ward, e o aluguel é sua única fonte de renda. Às vezes, no verão, recebe algum hóspede para ajudar nas despesas. Só que a maioria dos visitantes prefere o outro lado do porto, onde ficam os hotéis e as casas de veraneio. A casa de Leslie é afastada demais. Nesses onze anos, ela nunca saiu de perto do Dick; está presa àquele imbecil por toda a vida. E quantos sonhos e esperanças tinha! Pode imaginar como tem sido para ela, querida Anne? Com toda a beleza, vitalidade, orgulho e inteligência que tem... É a própria morte em vida.

– Que pobre garota infeliz! – Anne repetiu. Sentia como se a própria felicidade parecesse uma ofensa. Que direito tinha de ser tão feliz quando outra alma humana era tão miserável?

– Você me contaria o que Leslie disse e como agiu naquela noite na praia? – pediu a Srta. Cornelia à Anne.

A Srta. Cornelia ouviu a história atentamente, assentindo com satisfação.

– Você achou que ela foi distante e fria, querida, mas posso garantir, pelo jeito de ser dela, Leslie foi muito cortês. Você deve ter tocado fortemente o coração dela. Fico muito feliz. Talvez possa ajudá-la. Fiquei muito contente quando soube que um jovem casal estava se mudando para esta casa, pois assim Leslie teria alguns amigos; especialmente se o casal fosse do tipo de pessoas que conhecem José. Você será amiga dela, não é mesmo, querida Anne?

– Claro que serei, se ela permitir – disse Anne com a doce e impulsiva honestidade de sempre.

– Não, você deve se tornar amiga da Leslie, mesmo que ela não permita – disse a Srta. Cornelia resoluta. – Não dê importância se ela parecer dura às vezes. Lembre-se de como a vida dela foi, é, e para sempre será; pelo que sei, pessoas como Dick Moore vivem para sempre. Deveria ver como o Dick ganhou peso quando voltou para casa. Ele era tão magro antes. *Faça com que ela se torne sua amiga*; sei que você é habilidosa o suficiente para isso. Você só não pode ser muito sensível. E não se importe se Leslie parecer que não quer a sua presença lá. Ela sabe que algumas mulheres não gostam de se aproximar de Dick, reclamam que sentem calafrios. Assim, faça-a vir aqui sempre que possível. Ela não pode se ausentar por muito tempo, porque só Deus sabe o que o Dick faria. Pode até incendiar a casa. À noite, depois que ele dorme, é o único momento de liberdade que ela tem. Ele sempre vai para a cama cedo e dorme feito uma pedra até de manhã. Foi por isso que você a conheceu na praia, provavelmente. Ela vai muito lá.

– Farei tudo que for possível por ela – disse Anne. Seu interesse em Leslie Moore, que surgiu no momento em que a viu levando gansos selvagens pela colina, ficou mil vezes mais forte após ouvir o relato da Srta. Cornelia. A beleza, a melancolia e a solidão dela a fascinavam de uma forma que era impossível resistir. Anne nunca conheceu ninguém como ela; suas amigas sempre foram garotas saudáveis, comuns e alegres como ela mesma, cujos sonhos juvenis eram encobertos apenas pelos problemas corriqueiros da condição humana. Leslie Moore destacava-se como um exemplo trágico e intrigante de feminilidade frustrada. Anne resolveu que iria adentrar no reino daquela alma solitária e lá encontraria a amizade que Leslie poderia dar de forma abundante, não fossem os grilhões cruéis que a mantinham em uma prisão que ela mesma havia construído para si.

– Veja bem, querida – disse a Srta. Cornelia com a mente ainda um pouco atormentada –, não pense que Leslie é infiel só porque vai raramente à igreja, ou ainda porque é metodista. Ela não pode levar Dick à igreja, é claro; e ele também nunca foi um frequentador assíduo em seus melhores dias. Apenas lembre-se: ela é uma presbiteriana fervorosa de coração, Anne, querida.

CAPÍTULO 12

A VISITA DE LESLIE

Leslie foi até a casa dos sonhos em uma noite fria de outubro em que a névoa sob a luz do luar pairava sobre o porto, envolvendo os vales estreitos que esticavam até o mar. Assim que Gilbert atendeu a porta ela pareceu arrependida; mas Anne veio correndo para receber a visita, trazendo-a para dentro em seguida.

– Que alegria ter escolhido essa noite para nos fazer uma visita – disse, animada. – Fiz bastante *fudge* e precisamos de alguém para nos ajudar a comer em frente a lareira juntamente com uma boa conversa. Pode até ser que o capitão Jim também venha. É a noite dele.

– Não, o capitão Jim está na minha casa – disse Leslie. – Ele... Ele me fez vir aqui – acrescentou com um tom de desafio.

– Agradecerei da próxima vez que eu o vir – disse Anne, colocando algumas cadeiras em frente à lareira.

– Ah, não quis dizer que não queria vir – protestou Leslie com um leve rubor. – Eu... Eu vinha pensando em visitá-la há algum tempo, mas sair de casa não é fácil para mim.

– Deve ser muito difícil ter de deixar o Sr. Moore – disse Anne de forma casual. Decidiu ser melhor mencionar Dick Moore ocasionalmente como um fato cotidiano, em vez de dar um ar mórbido para o assunto ao tentar evitá-lo.

E estava certa, pois a tensão desapareceu de súbito da face de Leslie. É claro que ela devia se perguntar até que ponto Anne sabia das suas condições de vida, e pareceu aliviada quando não foi preciso dar explicação alguma. Tirou a capa e o casaco e acomodou-se como uma criança na grande poltrona ao lado do Magog. Vestia-se com cuidado e capricho, com o costumeiro toque de cor de um gerânio escarlate em volta do pescoço branco. Os lindos cabelos brilhavam como ouro derretido à luz da lareira. Por um instante, sob a influência da casinha dos sonhos, ela voltou a ser uma menina. Uma menina livre do passado e das amarguras. A atmosfera dos muitos amores que santificaram aquele lugar parecia exercer alguma influência sobre ela. Ela sentiu a companhia de dois jovens felizes e sadios da sua própria geração e se entregou à magia do lugar; a Srta. Cornelia e o capitão Jim nem a reconheceriam. Anne achava difícil acreditar que aquela Leslie que estava ali toda animada, falando e ouvindo com a ânsia de uma alma faminta, era a mesma mulher calada e inexpressiva que conhecera na praia. Como olhava com desejo para as estantes de livros entre as janelas!

– Nossa biblioteca não é muito extensa – disse Anne –, mas cada livro nela é um amigo. Fomos escolhendo nossos livros no decorrer dos anos, aqui e ali, nunca os compramos sem antes lê-los para saber se pertenciam ao tipo dos que conhecem José.

Leslie riu, e sua bela risada parecia harmonizar com toda a felicidade que ressoou por aquela casinha no passado.

– Tenho alguns livros do meu pai, mas não são muitos – disse. – Já os conheço quase de cor. Não tenho muito acesso a livros. Há uma biblioteca itinerante na loja de Glen, mas não acho que o comitê que seleciona os livros para o Sr. Parker saiba quais são os que agradam às pessoas que conhecem

José. Acho que não se importam muito com isso também. Era tão raro encontrar algum que realmente gostasse que acabei desistindo de frequentá-la.

– Quero que se sinta em casa com nossas estantes de livros – disse Anne. – Você é mais do que bem-vinda para pegar qualquer um emprestado.

– Isso é um banquete para os meus olhos – disse Leslie alegremente. Então, quando o relógio bateu a décima badalada, ela se levantou contra a vontade.

– Tenho que ir. Perdi a noção das horas. O capitão Jim sempre diz que uma visita de uma hora passa rápido. E eu já fiquei duas... Ah, como aproveitei bem esses momentos – comentou com franqueza.

– Venha mais vezes – disseram Anne e Gilbert em uníssono. Eles estavam em pé, juntos, sob a luz da lareira. Leslie olhou bem para eles: jovens, felizes e cheios de esperanças, representando tudo o que ela havia perdido para sempre. O brilho em seus olhos dissipou-se; a menina foi embora, desapareceu. Voltou a mulher infeliz e enganada que respondeu com frieza ao convite, partindo com uma pressa pesarosa.

Anne a observou até que Leslie desaparecesse por entre as sombras da noite fria e enevoada. Então, voltou-se para o brilho de seu lar radiante.

– Ela não é adorável, Gilbert? O cabelo dela me fascina. A Srta. Cornelia me disse que chega até os pés. Ruby Gillis tinha lindos cabelos vivos e dourados; só que Leslie está *viva*.

– Ela é realmente muito bonita – concordou Gilbert com tanta ênfase que Anne desejou que ele demonstrasse um *pouco* menos de entusiasmo.

– Gilbert, você gostaria mais dos meus cabelos se fossem como os de Leslie? – perguntou inquieta.

– Não mudaria a cor dos seus cabelos por nada neste mundo – disse Gilbert com um ou dois chamegos bem convincentes. – Você não seria a *Anne* se tivesse cabelos loiros, ou de outra cor que não fosse...

– Ruivo – completou Anne com uma triste satisfação.

– Sim, ruivo, para acalmar sua pele branca como o leite e seus olhos verdes acinzentados. Cabelos dourados não ficariam bem para a rainha Anne, *minha* rainha Anne: rainha do meu coração, da minha vida e do meu lar.

– Sendo assim, pode admirar Leslie o quanto quiser – disse ela de forma magnânima.

CAPÍTULO 13

UMA NOITE FANTASMAGÓRICA

Em um final de tarde, uma semana depois, Anne decidiu atravessar os campos para fazer uma visita à casa que ficava perto do riacho. Uma neblina acinzentada vinha do golfo e tomava todo o porto, os vales e os campos de outono. Abaixo dela, o mar soluçava e estremecia. Anne via Four Winds sob um novo ponto de vista: misterioso e fascinante. Entretanto, era um aspecto que também denotava uma sensação de solidão. Gilbert estava em uma convenção médica em Charlottetown e só voltaria na manhã seguinte. Ela precisava de uma hora na companhia de alguma amiga. O capitão Jim e a Srta. Cornelia eram "bons colegas" à maneira deles, mas pessoas jovens desejam a companhia de outros jovens.

– Seria tão bom se ao menos Diana, Phil, Pris ou Stella pudessem vir aqui para conversar um pouco – disse para si mesma. – Que noite mais *fantasmagórica*. Tenho certeza que daria para ver todos os navios naufragados que já partiram daqui para sua desgraça aproximando-se do cais, com as tripulações de afogados no deque, se esse manto de névoa se dissipasse subitamente. Parece esconder inúmeros mistérios; sinto como se as gerações passadas de Four Winds estivessem me observando com ira por trás desse véu acinzentado. Se as adoráveis damas que já habitaram a casinha resolvessem voltar para visitá-la, escolheriam uma noite como esta. Se continuar sentada aqui por muito tempo, verei uma delas na poltrona de Gilbert, bem na minha frente. Esse não é exatamente um lugar agradável em uma noite como hoje. Até mesmo Gog e Magog parecem estar prestes a levantar as orelhas para ouvir os passos de convidados invisíveis. Vou visitar Leslie antes que me assuste com as minhas próprias fantasias, como aconteceu anos atrás na Floresta Assombrada. Deixarei a minha casa dos sonhos para que receba seus antigos habitantes. A lareira os acolherá em meu nome, e quando eu retornar, já terão ido embora e a casa será minha novamente. Tudo indica que ela tem um encontro marcado com o passado na noite de hoje.

Rindo das próprias fantasias, mesmo sentindo um frio na espinha, Anne deu um beijo em Gog e Magog e saiu para a neblina com algumas revistas novas debaixo do braço para dar para Leslie.

– Leslie é louca por livros e revistas – a Srta. Cornelia lhe contou uma vez –, porém raramente os lê. Não tem condições de comprá-los nem de fazer uma assinatura; vive em uma situação de pobreza extrema, Anne. Não faço a mínima ideia de como vive com o parco aluguel da fazenda. Ela nunca reclama, mas sei como é. A pobreza a limitou a vida inteira. Leslie não se importava quando era livre e ambiciosa, só que isso deve incomodá-la agora, acredite em *mim*. Fico contente em saber que ficou animada quando os visitou na outra noite. O capitão Jim me contou que praticamente teve de colocar o casaco em Leslie e empurrá-la para fora de casa. Não demore para visitá-la também. Se você demorar, ela vai achar que é por causa do Dick, e então voltará para dentro da sua concha de novo. Dick é um grande bebê inofensivo, mas o enorme sorriso e a risada dele deixam muitas pessoas desconfortáveis. Graças a Deus, isso não é um problema para mim. Gosto mais dele agora do que quando não tinha nenhum problema da cabeça, embora o Senhor saiba que a diferença não é grande. Fui lá outro dia para ajudar Leslie a limpar a casa e fritei bolinhos. Dick estava por perto para ganhar um, como sempre, e de repente ele pegou um que eu havia acabado de tirar do fogo e o colocou na minha nuca quando me abaixei. Ele riu para valer. Acredite em *mim*, Anne, precisei de toda a graça de Deus em meu coração para não pegar a panela de óleo fervente e despejar na cabeça dele.

Anne riu do ódio da Srta. Cornelia ao andar apressadamente na escuridão. Só que o riso não combinava com a noite. Ela estava séria novamente quando chegou à casa entre os salgueiros. Tudo estava muito silencioso. A parte da frente parecia deserta, então Anne entrou pela porta lateral que ficava na varanda e abria-se para uma pequena sala de estar. Ali, ficou parada sem fazer barulho.

A porta estava aberta. Na sala pouco iluminada estava Leslie Moore, sentada à mesa, com a cabeça escondida entre os braços dobrados. Chorava com toda a força, entre soluços graves e sufocados, como se sua alma estivesse tentando se libertar de uma atribulação. Um velho cachorro preto estava sentado ao lado dela, com o focinho apoiado no seu colo e os grandes olhos suplicantes cheios de devoção e simpatia silenciosa. Anne afastou-se, arrasada, sentindo que não deveria interferir. O coração palpitava com uma compaixão que não podia ser verbalizada. Entrar ali naquele momento fecharia as portas de uma vez por todas para qualquer possibilidade de amizade ou ajuda. Uma espécie de intuição lhe dizia que aquela garota orgulhosa e angustiada nunca a perdoaria se fosse surpreendida em um momento de tanta entrega e desespero.

Anne saiu silenciosamente para a varanda e atravessou o jardim. Ao longe, ouviu vozes na escuridão e viu uma luz fraca.

No portão, encontrou dois homens: o capitão Jim e outro que deveria ser Dick Moore. Era um homem grande, muito gordo, de rosto largo, redondo e vermelho e com um olhar perdido. Mesmo com a luz fraca, Anne percebeu algo incomum nos olhos dele.

– É a senhora, Sra. Blythe? – disse o capitão Jim. – Não deveria estar andando sozinha em uma noite como esta. Poderia facilmente se perder na neblina. Só espere que eu leve Dick em segurança até a casa e a acompanharei pelos campos. Não deixarei o Dr. Blythe voltar para casa e descobrir que a esposa despencou do cabo Leforce no meio do nevoeiro. Isso aconteceu com uma mulher uma vez, quarenta anos atrás.

Anne aguardou do lado de fora enquanto o capitão terminava a missão. Ao retornar, ele disse:

– Então, você veio visitar a Leslie.

– Não cheguei sequer a entrar – Anne contou o que tinha acontecido e o capitão suspirou.

– Pobrezinha! Ela não chora com frequência, Sra. Blythe; é muito corajosa para isso. Isso somente acontece quando Leslie não está nada bem. Uma noite como esta é muito dura para pobres mulheres que carregam muitas tristezas. Algo nessas noites parece evocar tudo que já sofremos... Ou tememos.

– Está cheia de fantasmas – disse Anne, sentindo um arrepio. – É por isso que vim aqui, para segurar a mão e ouvir a voz de outro ser humano. Tenho a sensação de que há tantas presenças inumanas nesta noite... Até a minha casa está cheia delas. Elas quase me enxotaram. Por isso corri para cá, em busca de companhia de seres iguais a mim.

– A senhora agiu certo em não entrar, Sra. Blythe... Leslie não teria gostado. Não teria gostado nem se eu tivesse entrado com Dick, e é o que teria acontecido se eu não tivesse me encontrado com a senhora. Dick ficou comigo o dia todo. Fico com ele sempre que posso para ajudar Leslie um pouco.

– Não há algo estranho nos olhos dele? – perguntou Anne.

– A senhora notou? Sim, um é azul e o outro é castanho; os do pai dele eram assim também. É uma peculiaridade dos Moore. Foi graças a eles que eu reconheci o Dick em Cuba. Talvez eu não o tivesse reconhecido se não fosse por eles, ele estava muito gordo e barbudo. Você já sabe, suponho, que fui eu quem o encontrou e o trouxe de volta para cá. A Srta. Cornelia diz que eu não deveria ter feito isso, mas eu discordo. Era o certo a fazer, então não tive escolha. Não tenho dúvidas. Todavia, meu velho coração fica partido ao ver Leslie. Ela só tem 28 anos e já sofreu mais do que a maioria das mulheres de 80.

Eles caminharam em silêncio. Então, Anne disse:

– Sabe, capitão Jim, nunca gostei de caminhar com uma lamparina. Tenho a sensação de que fora do círculo de luz, no limiar da escuridão, estou rodeada de coisas furtivas e sinistras me observando das sombras com olhos hostis. Sinto isso desde a infância. Qual será a razão? Não fico nem um pouco assustada quando estou realmente coberta pela escuridão.

– Também sinto isso – admitiu o capitão. – A escuridão é amiga quando estamos nela. No entanto, quando escolhemos nos afastar dela, quando nos separamos, digamos assim, com a luz de um lampião, a escuridão passa a ser uma inimiga. Mas a névoa está desaparecendo. Percebe que a boa brisa que vem da direção do pôr do sol começa a soprar? As estrelas já estarão no céu quando chegar em casa.

E realmente estavam. Quando Anne entrou novamente em sua casa dos sonhos, as brasas vermelhas ardiam na lareira e todas as presenças fantasmagóricas já haviam se dissipado.

CAPÍTULO 14

DIAS DE NOVEMBRO

O esplendor de cores que brilhou durante semanas nas praias de Four Winds desapareceu com o cinza-azulado das colinas no outono. Houve muitos dias em que os campos e a orla foram obscurecidos por uma chuva enevoada, ou tremeram com o sopro da brisa marítima melancólica. Muitas tempestades fizeram Anne acordar durante a noite e rezar pedindo que nenhum barco se aproximasse da sombria costa do norte, pois nem o grande e leal farol que girava destemido na escuridão conseguiria levá-lo até o porto de forma segura.

— Em novembro, às vezes sinto que a primavera nunca mais vai voltar — suspirou ela, sofrendo com o aspecto nada agradável de seus canteiros encharcados e congelados.

O alegre jardim da noiva do diretor da escola havia se transformado em um lugar desolado, e os pinheiros da Lombardia e as bétulas estavam com as velas arriadas, como tinha brincado o capitão Jim. Só a alameda de pinheiros atrás da casinha continuava verde como sempre. Mas mesmo em novembro e dezembro houve dias graciosos de sol e névoa púrpura, e o porto parecia dançar e reluzir de forma animada como se fosse verão, e o golfo ficava tão azul e claro que os ventos selvagens e as tempestades pareciam um sonho distante.

Anne e Gilbert passaram muitas tardes de outono no farol. Era sempre um lugar alegre. Mesmo quando o vento leste cantava e o mar parecia morto e acinzentado, raios de luz pareciam querer adentrar. Talvez porque o Imediato sempre desfilava como se fosse ele próprio um troféu de ouro. Era tão grande e refulgente que compensava a falta de sol, e seus ronronados ressoavam e faziam agradável companhia às risadas e conversas ao redor da lareira do capitão. O capitão e Gilbert tinham longas conversas e debates sobre assuntos que extrapolavam a compreensão do gato, ou melhor, de Vossa Majestade.

– Gosto de ponderar sobre todos os tipos de problema, embora não saiba como resolvê-los – disse o capitão Jim. – Meu pai dizia que não devemos falar sobre coisas que vão além de nossa compreensão. Contudo, se não fizermos isso, doutor, não teremos muito sobre o que conversar. Eu acho que os deuses riem muitas vezes quando nos ouvem, mas o importante é lembrarmos de que somos simples mortais e nada sabemos sobre o bem e o mal. Penso que nossas conversas não fazem mal a ninguém. Sendo assim, nesta noite iremos discutir sobre onde, por que e quando, doutor.

Enquanto conversavam, Anne ouvia e sonhava. Às vezes Leslie ia ao farol na companhia deles, e as duas passeavam pela praia sob o enigmático entardecer ou sentavam-se nos rochedos ao redor do farol até que a noite as obrigasse a voltar ao aconchego da lareira. Então o capitão Jim preparava um chá e contava "histórias sobre a terra, o mar e o que quer que pudesse acontecer no grande mundo esquecido lá fora", como descreveria o poeta Longfellow.

Leslie parecia sempre gostar muito das reuniões no farol, apresentava-se de uma forma que forçava o desabrochar da sua inteligência, da bela risada e até mesmo dos silêncios que deixavam um brilho no olhar. Havia certo sabor na conversa quando ela estava presente, sua ausência era sempre sentida. Mesmo nos seus momentos de silêncio, Leslie parecia inspirar os outros a serem brilhantes. O capitão contava as melhores histórias, Gilbert era mais perspicaz em seus argumentos e retóricas, e Anne sentia pequenos arroubos de fantasia e imaginação sob a influência da personalidade de Leslie.

– Aquela garota nasceu para liderar círculos sociais e intelectuais, bem longe de Four Winds – comentou Anne com Gilbert enquanto voltavam para casa após um dos encontros noturnos. – É um desperdício estar aqui, um desperdício.

– Você não prestou atenção quando o capitão Jim e seu caro marido, que vos fala, discutíamos sobre isso de forma generalizada outra noite dessas? Concluímos que o Criador provavelmente tem o dom de gerenciar o próprio universo muito bem, tão bem quanto nós mesmos, e que, no fim das contas, não existe essa história de "vidas desperdiçadas", com exceção das situações em que a pessoa desperdiça a própria vida de forma intencional, e, indubitavelmente, esse não é o caso de Leslie Moore. Algumas pessoas podem achar que uma graduada em Redmond, a quem os editores estavam começando a honrar, está na verdade "desperdiçando a vida" no papel da esposa de um médico iniciante da comunidade rural de Four Winds.

– Gilbert!

– Agora, se tivesse se casado com Roy Gardner – continuou ele de forma impiedosa –, *você* poderia ser "uma líder em círculos sociais e intelectuais, bem longe de Four Winds".

– Gilbert *Blythe*!

– Você *sabe* que já esteve apaixonada por ele, Anne.

– Gilbert, você está sendo maldoso, o que é "típico de um homem", como diz a Srta. Cornelia. Nunca estive apaixonada por ele, só pensava que estava. Você *sabe* disso. E sabe que eu prefiro ser sua esposa, em nossa casa dos sonhos realizados, a ser rainha em um palácio.

Gilbert não precisou expressar sua resposta em palavras; ambos aparentemente se esqueceram da pobre Leslie, que atravessava os campos sozinha de forma apressada para chegar a uma casa que não era um palácio e estava bem longe de ser a realização de um sonho.

A lua nascente transfigurava o mar triste e sombrio atrás deles. O luar ainda não havia alcançado o extremo mais distante do porto, encoberto por sombras sugestivas, com enseadas escuras. Uma atmosfera de luzes melancólicas cintilava como joias.

– Como as luzes das casas se destacam na escuridão! – disse Anne. – Aquela fileira acima do porto parece um colar. E os lampejos em Glen! Ah, veja, Gilbert, ali está a nossa casa. Estou tão contente por termos deixado a lareira acesa. É o brilho do *nosso* lar, Gilbert! Não é adorável?

– É só mais um dos milhões de lares do mundo, minha Anne; só que é nosso, e o *nosso* é como uma boa ação brilhando em um "mundo corrompido"[5]. Quando um homem tem uma casa e uma esposa querida de cabelos ruivos, o que mais ele pode querer da vida?

– Bem, ele pode querer mais *uma* coisa – sussurrou Anne alegremente. – Ah, Gilbert, mal posso esperar pela primavera!

---

5. Trecho de *O Mercador de Veneza*, de William Shakespeare.

CAPÍTULO 15

NATAL EM FOUR WINDS

De início Anne e Gilbert conversaram sobre irem a Avonlea no Natal, mas acabaram decidindo ficar em Four Winds.

– Quero passar o primeiro Natal de nossa vida juntos em nossa casa – decretou Anne.

Assim, Marilla, a Sra. Rachel Lynde e os gêmeos foram passar o Natal em Four Winds. Marilla chegou com cara de quem havia atravessado o mundo. Ela nunca havia se afastado mais do que cem quilômetros de casa, e também nunca tinha passado uma ceia de Natal fora de Green Gables.

A Sra. Rachel havia feito e trazido um imenso pudim de ameixa. Ninguém a teria convencido de que uma jovem graduada poderia fazer um pudim de ameixa natalino corretamente; independentemente disso, ela aprovou a casa de Anne.

– Anne é uma boa dona de casa – Rachel disse para Marilla no quarto de hóspedes na noite em que chegaram. – Dei uma boa olhada na cesta de pão e na lata de lixo. Sempre avalio uma dona de casa por esses itens, isso é fato. Não há nada na lata que não deveria ter ido para o lixo, e nenhum pedaço de pão velho na cesta. É claro que foi bem treinada por você; mas depois foi para a faculdade. Percebi que ela colocou a colcha marrom que dei para ela na cama de hóspedes e o tapete redondo trançado, que você fez, em frente à lareira. Tudo isso faz com que me sinta em casa.

O primeiro Natal de Anne em sua casa foi tão maravilhoso quanto ela poderia ter desejado. O dia estava agradável e limpo; os primeiros flocos de neve haviam caído na véspera, embelezando o mundo; e o porto seguia aberto e cintilante.

O capitão Jim e a Srta. Cornelia vieram para o jantar. Leslie e Dick também foram convidados, mas Leslie desculpou-se, dizendo que eles sempre passavam o Natal na casa do tio Isaac West.

– Ela prefere assim – disse a Srta. Cornelia a Anne. – Detesta levar Dick onde há pessoas que não o conhecem. O Natal é sempre difícil para Leslie. Era uma época muito importante para ela e para o pai.

A Srta. Cornelia e a Sra. Rachel não simpatizaram muito uma com a outra. "Dois sóis não orbitam a mesma esfera", mas não chegaram a ter nenhum desentendimento de fato. A Sra. Rachel ficou na cozinha ajudando Anne e Marilla com o jantar, e Gilbert ficou encarregado de entreter o capitão e a Srta. Cornelia; ou melhor, de ser entretido por eles, pois o diálogo entre aqueles dois velhos amigos antagonistas com certeza era tudo, menos entediante.

– Faz muito anos que não passo a ceia de Natal aqui, Sra. Blythe – disse o capitão. – A Srta. Russell sempre passava o Natal com amigos na cidade. Mas eu estava presente no primeiro jantar natalino que já ocorreu nesta casa, e quem o preparou foi a esposa do diretor. Isso foi há precisamente sessenta anos, em um dia muito parecido com o de hoje, com bastante neve para cobrir as colinas e deixar o porto anil como se fosse junho. Eu não passava de um rapaz, e nunca tinha sido convidado para jantar fora, e fiquei tão envergonhado que não comi nada, mas já superei isso.

– A maioria dos homens é assim – disse a Srta. Cornelia, descontando a fúria na costura. Ela não conseguia deixar as mãos ociosas nem mesmo no Natal.

Bebês não têm a menor consideração pelas datas festivas, e um deles era esperado em uma família muito pobre de Glen St. Mary. A Srta. Cornelia havia mandado um jantar substancial para os muitos habitantes da casa e pretendia cear confortavelmente, com a consciência limpa.

– Bem, vocês sabem, é pelo estômago que se conquista um homem – explicou o capitão Jim.

– É verdade... Quando ele tem um – retrucou a Srta. Cornelia. – Deve ser por isso que tantas mulheres se matam de cozinhar, como a pobre Amelia Baxter. Ela morreu na manhã do Natal passado, tinha acabado de dizer que aquele seria o primeiro Natal, desde quando tinha se casado, que não teria de preparar um jantar para vinte pessoas. Deve ter sido uma mudança bem agradável para ela. Como já faz um ano que faleceu, logo Horace Baxter vai deixar o luto.

– Fiquei sabendo que já abandonou – disse o capitão à Srta. Cornelia, piscando para Gilbert. – Ele não esteve na sua casa em um domingo desses, com as costumeiras roupas pretas de luto e um colarinho engomado?

– Não, não esteve. E também não tem motivos para ir lá. Poderia ter me casado com ele há anos, quando ainda era novo. Não quero mercadoria de segunda mão, acredite em *mim*. Quanto a Horace Baxter, ele estava com dificuldades financeiras no verão passado e pediu que Deus o ajudasse. Um ano depois, quando a esposa morreu e ele recebeu a apólice de seguro, disse que acreditava que aquela tinha sido a resposta para suas preces. Bem típico dos homens, não é?

– Tem provas de que ele disse isso, Cornelia?

— Tenho a palavra do ministro metodista, se é que *isso* pode ser considerado como prova. Robert Baxter disse a mesma coisa para mim, mas admito que não seja uma evidência. Ele não é conhecido por dizer a verdade.

— Ora, Cornelia, acho que ele diz a verdade em geral, mas como muda muito de opinião, nem sempre parece sincero.

— Acho que nunca é, acredite em *mim*. Não me admiro ao ver um homem defender outro. Não tenho interesse nenhum em Robert Baxter, que passou a frequentar a igreja metodista só porque o coro presbiteriano cantou o hino *Eis o Noivo* quando Margaret e ele entraram na igreja no domingo após o casamento deles. Bem, ninguém mandou chegar atrasado! Ele insiste em dizer que o coro fez isso de propósito apenas para insultá-lo, como se fosse alguém de muita importância. Aquela família sempre se achou mais importante do que os outros. O irmão dele, Eliphalet, imaginava que o diabo estava sempre atrás dele, mas eu mesma nunca acreditei que o diabo fosse perder tempo com um homem daqueles.

— Não sei... — disse o capitão pensativo. — Eliphalet vivia muito sozinho, não tinha nem mesmo a companhia de um cão ou gato para manter sua humanidade. Quando um homem fica só, está propenso a ter a companhia do diabo se não estiver ao lado de Deus. Suponho que tenha de escolher com quem se quer estar. Se o diabo sempre esteve atrás de Life Baxter, deve ser porque Life gostava da companhia dele.

— Típico dos homens! — disse a Srta. Cornelia, que ficou em silêncio ao trabalhar em uns pontos complicados, até que o capitão deliberadamente a provocou novamente ao comentar de forma casual:

— Fui à igreja metodista no domingo passado.

— Teria sido melhor ficar em casa lendo a Bíblia — replicou a Srta. Cornelia.

– Ora, Cornelia, não vejo nada de mais em ir à igreja metodista quando não há culto na sua própria igreja. Sou presbiteriano há setenta e seis anos e acho improvável que minha fé levante âncora para navegar em outros mares.

– Isso é um mau exemplo – repreendeu a Srta. Cornelia.

– Além disso – continuou o provocador capitão Jim –, eu queria ouvir um bom coro. Os metodistas têm um ótimo coral, e isso é inegável, Cornelia, que os cânticos em nossa igreja decaíram muito depois da divisão do coral.

– Que diferença faz se cantam bem ou mal? Estão dando o melhor que podem, e Deus não vê diferença entre a voz de um corvo e a de um rouxinol.

– Até parece, Cornelia – disse o capitão calmamente –, o Todo-Poderoso deve ter um ouvido mais apurado para música.

– Qual é o problema do nosso coral? – perguntou Gilbert, que não conseguia mais segurar o riso.

– É do tempo da igreja nova, três anos atrás – respondeu o capitão. – Tivemos muitas dificuldades na construção dela, incluindo a questão da localização. As duas opções ficavam a menos de duzentos metros uma da outra, mas pareciam ficar a quilômetros de distância, tamanha era a briga. Estávamos divididos em três grupos: os que queriam que fosse construída no lado leste, os que queriam o local mais ao sul e os que ainda estavam presos à antiga. O assunto era discutido na cama e na mesa, nos cultos e no mercado. Todos os escândalos de três gerações atrás foram arrancados dos túmulos e ganharam vida. Três noivados foram desmanchados por causa disso. E as reuniões em que tentamos resolver a questão! Cornelia, você lembra quando o velho Luther Burns se levantou e fez um discurso? *Ele* foi bem-incisivo.

– Falemos a verdade, capitão. Você quer dizer que ele ficou louco de raiva e descontou em todo mundo. E eles mereceram, aquele bando de incompetentes. O que você esperava de um comitê formado apenas por homens? O comitê teve vinte e sete reuniões, e ao final da vigésima sétima, não tinham chegado à conclusão alguma. Quer dizer, na pressa em tentar tomar alguma decisão, eles derrubaram a igreja antiga. E assim ficamos nós, sem igreja e sem lugar para orar a não ser o salão municipal.

– Os metodistas nos ofereceram a igreja deles, Cornelia.

– A igreja de Glen St. Mary não teria sido construída até hoje – continuou a Srta. Cornelia, ignorando o capitão –, se as mulheres não tivessem tomado a frente. *Nós* dissemos que queríamos uma igreja, ainda que os homens quisessem continuar discutindo até o dia do juízo final, e estávamos cansadas de sermos motivo de chacotas para os metodistas. Fizemos *uma* reunião e elegemos um comitê para angariar fundos. E conseguimos! Se algum homem tentava perturbar a ordem, dizíamos que tiveram a chance deles por dois anos e agora era a nossa vez. Calamos a boca deles, acredite em *mim*, e em seis meses nossa igreja já estava pronta. É lógico que, quando os homens se deram conta da nossa determinação, pararam de brigar e começaram a agir; é típico deles quando percebem que, se não trabalharem, não poderão mais dar ordens. Ah, as mulheres não podem fazer sermões ou ocupar cargos religiosos, mas podem conseguir o dinheiro necessário e erguer igrejas.

– Os metodistas permitem que as mulheres preguem – disse o capitão.

A Srta. Cornelia o encarou.

– Nunca disse que os metodistas não têm bom senso, capitão. Só duvido que tenham uma religião de verdade.

– Acredito que seja a favor do voto feminino, Srta. Cornelia – disse Gilbert.

– Não estou ansiosa por isso, acredite em *mim* – disse, desdenhando. – Sei o que é ter de limpar a bagunça dos homens. Mas algum dia, quando eles perceberem que transformaram o mundo em uma confusão que não tem possibilidade de ser organizada, nos darão o voto de bom grado e jogarão todos os problemas para cima de nós. É o plano deles. Ah, ainda bem que as mulheres são pacientes, acredite em mim!

– E quanto a Jó? – sugeriu o capitão Jim.

– Jó! Era tão raro encontrar um homem paciente; então, quando um foi descoberto, decidiu-se que ele jamais deveria ser esquecido – respondeu a Srta. Cornelia com ar de triunfo. – De qualquer forma, a virtude não acompanha o nome. Está para nascer um homem mais impaciente que Jó Taylor, que mora do outro lado do porto.

– Bem, você sabe que ele já teve de suportar muitas coisas, Cornelia. Nem você defenderia a esposa dele. Nunca vou me esquecer do que o velho William MacAllister comentou no funeral dela: "Era sem dúvida uma mulher cristã, mas com o temperamento do próprio demônio!".

– Admito que ela não era fácil – reconheceu a Srta. Cornelia com relutância –, mas isso não justifica o que Jó disse quando ela morreu. Voltou do cemitério no dia do funeral com o meu pai. Suspirou profundamente e disse: "você pode não acreditar, Stephen, mas este é o melhor dia da minha vida!". Bem típico de um homem, não é mesmo?

– Creio que a pobre esposa havia dificultado muito a vida dele – refletiu o capitão Jim.

– Bem, existe uma coisa chamada decência, não é mesmo? Mesmo que o coração de um homem esteja explodindo de alegria com a morte da esposa, ele não precisa anunciar aos quatro ventos. E se foi o melhor dia da vida dele ou não, Jó Taylor não demorou para se casar novamente, você se lembra muito bem. A segunda esposa sabia como lidar com ele, e o fazia andar na linha, acredite em *mim*! A primeira coisa que fez foi obrigá-lo a colocar uma lápide na sepultura da primeira esposa, e ainda mandou deixar um espaço para o próprio nome. Disse que não haveria ninguém para obrigar Jó a erguer um túmulo para ela.

– Por falar nos Taylor, como vai a Sra. Lewis Taylor em Glen, doutor? – perguntou o capitão Jim.

– Está melhorando aos poucos, apesar de trabalhar demais – respondeu Gilbert.

– O marido também trabalha pesado, criando porcos de exposição – disse a Srta. Cornelia. – É conhecido pelos belos porcos. Tem mais orgulho deles do que dos próprios filhos. É verdade que os animais são os melhores que existem, enquanto os filhos não são lá grande coisa. Ele escolheu uma pobre mãe e a fez passar fome enquanto os carregava e criava. Os porcos ficavam com o filé-mignon, e os filhos com a sobra.

– Por mais que doa, às vezes eu tenho que concordar com você, Cornelia – disse o capitão Jim. – É a mais pura verdade. Quando vejo os pobres e miseráveis filhos dele, desprovidos de tudo o que as crianças devem ter, sinto meu estômago revirar.

Gilbert foi para a cozinha quando Anne o chamou. Ela fechou a porta e lhe deu um sermão.

– Gilbert, você e o capitão precisam parar de provocar a Srta. Cornelia. Ah, estou ouvindo vocês dois e não vou permitir!

– Anne, ela está se divertindo tremendamente, e você sabe disso.

– Bem, não importa. Vocês não precisam provocá-la assim. O jantar está pronto e, Gilbert, não deixe a Sra. Rachel cortar os gansos. Sei que ela irá se oferecer, pois acha que você não sabe fazer direito. Mostre a ela que você sabe.

– E que sou capaz. Venho estudando métodos de como destrinchar aves no último mês – disse Gilbert. – Só não fale comigo enquanto faço isso, Anne, pois você me faz ficar sem palavras e se eu me esquecer de algum passo, estarei mais encrencado do que quando você estudava geometria e o professor trocava as letras.

Gilbert fatiou os gansos com extrema competência. Até a Sra. Rachel teve de admitir, e todos se deliciaram. O primeiro Natal de Anne foi um grande sucesso, e ela sorria com o orgulho de uma boa dona de casa. A refeição foi longa e prazerosa. Ao final, eles se reuniram ao redor das chamas animadas da lareira e o capitão Jim contou histórias até que a chama vermelha do entardecer começou a encobrir o porto e as longas sombras dos pinheiros estenderam-se sobre a neve cobrindo a entrada.

– Tenho que voltar para o farol – anunciou por fim. – Tenho tempo suficiente para chegar antes de o sol se pôr. Muito obrigado pelo Natal, Sra. Blythe. Leve Davy para visitar o farol uma noite dessas, antes que ele vá embora.

– Quero ver os deuses de pedra – disse Davy, encantado.

CAPÍTULO 16

VÉSPERA DE ANO-NOVO NO FAROL

Os moradores de Green Gables foram embora após o Natal. Marilla jurou solenemente que voltaria para passar um mês na primavera. Mais neve caiu antes do Ano-novo, e o porto congelou; só o golfo continuou livre além dos campos brancos aprisionados. O final do ano velho foi um desses dias frios e deslumbrantes de inverno que bombardeiam com seu brilho e ganham admiração, mas nunca são dignos do amor. O céu apresentava um anil límpido; os diamantes de neve cintilavam com insistência; as árvores nuas pareciam despojadas e sem pudor, com uma beleza ousada; lanças de cristal pareciam disparar das colinas. Até as sombras estavam mais nítidas e vívidas, como jamais deveriam ser. Tudo que era lindo estava dez vezes mais belo e atraente naquele esplendor intenso, e tudo que era feio parecia dez vezes pior. Tudo era agradável ou horroroso: não havia meio-termo, nem gentil obscuridade, nem nebulosidade indescritível em meio a tanto brilho. Os únicos que mantinham a própria individualidade eram os abetos, pois são árvores do mistério e das sombras que nunca cedem à invasão do esplendor bruto.

Contudo, finalmente o dia começou a perceber que estava ficando velho. Então, certa melancolia passou a tomar conta da sua beleza, ofuscando-a e intensificando-a ao mesmo tempo:

ângulos agudos e pontos cintilantes fundiam-se em curvas e clarões atraentes; as colinas distantes tornaram-se ametistas.

– O ano velho está partindo da forma mais linda que existe – disse Anne.

Ela, Leslie e Gilbert estavam a caminho de Four Winds Point, pois haviam combinado de passar a virada do ano com o capitão Jim no farol. O sol havia se posto e no céu sudoeste surgiu Vênus, glorioso e dourado, o mais perto possível de sua irmã Terra. Pela primeira vez, Anne e Gilbert presenciaram o brilho suave e misterioso da estrela d'alva, visto apenas quando a neve consegue revelar, e mesmo assim só visível de forma indireta.

– É como o espírito de uma sombra, não? – sussurrou Anne. – É possível distingui-lo com clareza ao seu lado quando se olha para a frente, mas quando tentamos vê-lo diretamente... desaparece.

– Ouvi dizer que é possível ver a sombra de Vênus somente uma vez na vida, e dentro de um ano após tê-la visto, a pessoa recebe o melhor presente de sua vida – disse Leslie. O tom de voz era ríspido, como se achasse que nem a sombra de Vênus pudesse lhe conceder uma dádiva na vida. Anne sorriu sob a luz do crepúsculo; ela não tinha dúvidas sobre o que aquela sombra mística estava reservando para ela.

Eles encontraram Marshall Elliott no farol. De início, Anne ressentiu-se com a invasão daquele excêntrico homem de barba e cabelos longos no pequeno círculo familiar. Mas logo ele provou pertencer legitimamente ao grupo de pessoas que conhecem José. Era um homem astuto, inteligente e culto, que rivalizava com o próprio capitão Jim na hora de contar histórias. Todos ficaram felizes quando Marshall decidiu passar a virada do ano com eles. Joe, o pequeno sobrinho do capitão, também acompanhava a virada com o tio-avô, e estava adormecido no sofá com o Imediato enrolado aos seus pés como uma grande bola dourada.

— Ele não é um mocinho adorável? — orgulhou-se o capitão. — Amo ver crianças dormindo, Sra. Blythe. Penso que não exista nada mais lindo de se ver no mundo. Joe adora passar a noite aqui porque eu o coloco para dormir comigo. Em casa ele tem que dormir com mais outros dois irmãos, e ele não gosta. "Por que não posso dormir com meu pai, tio Jim? Todo mundo na Bíblia dorme com os pais." E as perguntas que ele faz? O próprio ministro da igreja não sabe respondê-las. "Tio Jim, se eu não fosse *eu*, quem eu seria? Tio Jim, o que aconteceria se Deus morresse?" Disparou essas duas para mim na noite passada, antes de ir para a cama. A imaginação dele navega por conta própria. Cria histórias notáveis, e depois a mãe o coloca de castigo no armário por inventar coisas demais. Daí ele senta e inventa outra para contar quando ela for tirá-lo de lá. Ele tinha uma para mim hoje, quando chegou. "Tio Jim", disse ele, sério como um túmulo, "tive uma aventura em Glen hoje". "É mesmo? E o que aconteceu?" indaguei, esperando algo surpreendente, mas mesmo assim despreparado para o que viria em seguida. "Encontrei um lobo na rua. Um lobo enorme, com uma boca grande e vermelha e dentes longos *horríveis*, tio Jim." Comentei que não havia lobos em Glen, e ele completou: "Ah, ele veio de muito, muito longe e achei que fosse me devorar, tio Jim". Perguntei se ele tinha medo, e a resposta foi: "Não, porque eu tinha uma arma imensa e matei o lobo com um tiro, tio Jim, e aí ele foi para o céu e mordeu Deus". Bem, eu fiquei perplexo, Sra. Blythe.

As horas passaram alegremente ao redor da lareira que ardia com lenha trazida pelo mar. O capitão Jim contou histórias, e Marshall Elliott cantou velhas cantigas escocesas com sua bela voz de tenor; por fim, o capitão Jim pegou o antigo violino marrom da parede e começou a tocá-lo. Tinha certa habilidade com o instrumento, e todos apreciaram; menos o Imediato, que saltou do sofá como se tivesse levado um tiro, emitiu um grito de protesto e subiu rapidamente as escadas.

– Não consigo de jeito nenhum fazer aquele gato gostar de música – disse o capitão. – Ele nunca fica por perto tempo suficiente para apreciar o instrumento. Quando colocamos o órgão na igreja de Glen, o velho Elder Richards pulou em disparada no instante em que o organista começou a tocar, correu pelo corredor e saiu da igreja a toda velocidade. Isso me fez lembrar o Imediato de forma tão vívida que quase gargalhei na igreja.

Havia algo tão contagiante nas melodias joviais tocadas pelo capitão Jim que os pés de Marshall Elliott começaram a se mexer. Tinha sido um dançarino exemplar na juventude. Em pouco tempo, levantou-se e estendeu as mãos para Leslie, que aceitou imediatamente. Eles rodopiaram pela sala iluminada pela lareira em um ritmo gracioso que era lindo de se ver. Inspirada, Leslie dançava como se o doce e livre abandono da música a tivesse dominado. Anne a observou com admiração e fascínio. Ela nunca tinha visto Leslie daquela forma. Toda a riqueza, cores e encantos inatos à sua natureza pareciam estar livres e expressos em suas bochechas rosadas, no brilho dos olhos e na elegância dos movimentos. Nem mesmo a aparência de Marshall Elliott, com a barba e os cabelos longos, era capaz de estragar a cena; pelo contrário, tudo aquilo só a enaltecia. Ele parecia um antigo viking, bailando com uma filha das terras nórdicas de olhos azuis e cabelos dourados.

– A dança mais pura que já vi, e já vi muitas na minha vida – declarou o capitão Jim quando finalmente deixou cair o arco da mão cansada. Leslie voltou para a cadeira, rindo e sem fôlego.

– Amo dançar – disse à Anne. – Não dançava desde os dezesseis anos, mas amo mesmo assim. A música parece correr pelas minhas veias como mercúrio, e me esqueço de tudo, *tudo*, menos do prazer de acompanhá-la. O chão, as paredes e o teto deixam de existir ao meu redor, e sinto como se flutuasse entre as estrelas.

O capitão Jim pôs o violino em seu lugar, ao lado de uma grande moldura com várias cédulas de dinheiro.

– Vocês conhecem mais alguém que pode se dar ao luxo de enfeitar as paredes com notas de dinheiro em vez de usar quadros? Tenho notas de vinte dólares aqui que não valem nem o vidro da moldura. São notas do antigo banco da ilha do Príncipe Edward. Eu estava com elas quando o banco faliu e pendurei-as na parede em parte para me lembrar de não confiar nos bancos, em parte para me sentir como um verdadeiro milionário. Olá, Imediato... não precisa ficar assustado. Pode voltar agora. O ano velho ainda vai estar conosco por mais uma hora. Já vi setenta e seis anos novos surgirem por aquele golfo, Sra. Blythe.

– E verá uma centena – disse Marshall Elliott.

O capitão balançou a cabeça.

– Não vou e também não quero; pelo menos é o que acho. A morte vai se tornando uma amiga à medida que envelhecemos. Não que alguém queira realmente morrer, Marshall. Tennyson falou a verdade quando disse isso. A Sra. Wallace, de Glen, por exemplo. A idosa passou por muitíssimos problemas na vida, pobrezinha, e perdeu quase todos os entes queridos. Ela diz que ficará feliz quando a hora dela chegar, e que não quer prolongar a estadia neste vale de lágrimas. No entanto, quando fica doente, faz um escândalo! Manda vir médicos da cidade, uma enfermeira treinada e medicamentos suficientes para matar um cachorro. Tudo bem, a vida pode ser um vale de lágrimas, mas suponho que algumas pessoas gostem de chorar.

    Eles passaram a última hora do ano em silêncio, em volta da lareira. Alguns minutos antes da meia-noite, o capitão levantou-se e abriu a porta.

    – Deixemos o ano-novo entrar.

    A noite estava agradável e azul. Um feixe brilhante de luar enfeitava o golfo. O porto brilhava como um campo de pérolas. Todos aguardaram próximos à porta, o capitão com a vasta experiência de anos, Marshall na metade da vida vigorosa e vazia, Gilbert e Anne com as lembranças e sonhos preciosos, e Leslie com o passado de privações e o futuro sem esperanças. O relógio na pequena prateleira acima da lareira anunciou as doze horas.

    – Bem-vindo, Ano-novo – disse o capitão Jim, curvando-se em reverência conforme soava a última badalada. – Desejo a todos o melhor ano de suas vidas, companheiros. Acredito que, independentemente do que o ano nos reserve, o Grande Capitão nos dará o Seu melhor, e de uma forma ou de outra iremos ancorar em algum porto seguro.

CAPÍTULO 17

INVERNO EM FOUR WINDS

O inverno mostrou-se com muita força depois do ano-novo. Grandes montes brancos de neve cobriam todos os arredores da casinha, e o gelo cristalizado formava uma barreira nas janelas. O gelo no porto ficou mais espesso e rígido, e os moradores de Four Winds começaram os passeios tradicionais sobre ele. Um governo benevolente marcou os caminhos seguros usando os arbustos da região, e dia e noite podia-se ouvir o toque alegre dos sinos dos trenós. Nas noites de luar, Anne os ouvia de sua casa dos sonhos como se fossem sinos de fadas. O golfo também congelou, e o farol de Four Winds deixou de brilhar. Durante os meses em que a navegação era interrompida, o ofício do capitão Jim exigia pouco dele.

– O Imediato e eu não teremos nada para fazer até a primavera, a não ser nos mantermos aquecidos e entretidos. O faroleiro anterior costumava se mudar para Glen durante o inverno, mas eu prefiro continuar por aqui. O Imediato pode ser envenenado ou comido por cães em Glen. É um pouco solitário sem a companhia da luz e das águas, certamente, mas, se nossos amigos nos visitarem com frequência, vamos passar por esse período sem problemas.

O capitão Jim tinha um barco próprio para deslizar sobre o gelo, e Gilbert, Anne e Leslie deram muitas voltas divertidas e gloriosas pelo porto congelado junto com ele. Anne e Leslie também faziam longas caminhadas pelos campos ou pelo porto depois de uma tempestade, ou nos bosques perto de Glen, usando botas para neve. Eram muito amigas em seus passeios e encontros em volta da lareira. Cada uma tinha algo a dar a outra, e sentiam-se enriquecidas com a amigável troca de ideias e os silêncios acolhedores; cada uma olhava pelos campos brancos entre suas casas com a agradável certeza de ter uma amiga do outro lado. Entretanto, apesar de tudo isso, Anne sentia sempre que havia uma barreira entre ela e Leslie que jamais iria desaparecer inteiramente.

– Não sei por que não consigo me aproximar dela – disse Anne ao capitão Jim em uma noite de visita. – Gosto tanto e tenho tanta admiração por ela que *quero* guardá-la no meu coração e conseguir entrar no dela, mas não consigo transpor essa barreira.

– Você foi muito feliz a vida inteira, Sra. Blythe – refletiu o capitão Jim. – Deve ser por isso que as suas almas não conseguem fazer essa conexão. A barreira entre vocês é a experiência de Leslie com a dor e com todos os problemas que teve. Ninguém tem culpa de nada, mas a barreira está lá, e nenhuma de vocês consegue ultrapassá-la.

– Minha infância não foi muito feliz antes de ir para Green Gables – disse Anne, contemplando com seriedade pela janela a beleza imóvel, triste e morta das sombras das árvores nuas sob o luar.

– Talvez não, mas era a infelicidade comum às crianças que não tinham alguém para cuidar delas. Não houve *tragédia* alguma na sua vida, Sra. Blythe. E na de Leslie *só* houve tragédias. Acho que ela sente, mesmo sem ter consciência disso, que há muitas coisas que você não pode saber nem compreender sobre a vida dela e por isso precisa manter você distante, digamos assim, para evitar que ela se machuque. Se estamos com dor em alguma parte do corpo, evitamos o toque e a proximidade dos outros. Acho que com a alma deve ser a mesma coisa. A de Leslie deve estar praticamente em carne viva; não é de se admirar que ela a esconda.

– Se fosse só isso, não me importaria, capitão Jim. Eu entenderia; mas há momentos, não é sempre que isso acontece, que tenho de me forçar a acreditar que Leslie não desgosta de mim. Às vezes, flagro um olhar que parece demonstrar ressentimento e inimizade; é muito rápido, mas tenho certeza de ter visto. E isso me magoa. Não me acostumo com o fato de que não gostem de mim, e já tentei tanto conquistar a amizade da Leslie.

– E a senhora conquistou. Não coloque na cabeça essa ideia tola de que Leslie não gosta de você. Se não gostasse, vocês não seriam tão companheiras. Conheço Leslie muito bem.

– Na primeira vez em que a vi, tocando os gansos pela colina no dia em que cheguei a Four Winds, ela me olhou com a mesma expressão – persistiu Anne. – Pude senti-la mesmo em meio à minha admiração pela beleza dela. Ela me encarou com ressentimento, capitão Jim.

– O ressentimento deve ter sido por outra coisa, Sra. Blythe, e você só fez parte dele por estar passando ali no momento. Leslie *tem* seus momentos sombrios, pobrezinha. E não a culpo, pois sei o que ela precisa aguentar. Tal coisa não deveria ser permitida. O doutor e eu já conversamos muito sobre a origem do mal, mas ainda não o compreendemos completamente. Há uma imensidão de coisas na vida que não entendemos, não é mesmo, Sra. Blythe? Às vezes, as coisas acontecem da forma certa, como entre você e o doutor. Já em outras, parece que tudo dá errado. Veja Leslie, tão inteligente e bonita que poderia ser uma rainha. Em vez disso está presa aqui, desprovida de quase tudo o que uma mulher valoriza, sem qualquer perspectiva, a não ser cuidar de Dick Moore pelo resto da vida. Ainda que eu acredite que ela prefira a vida de agora àquela que levava com Dick antes de sua partida. Mas *esse* é um assunto em que um velho marujo desajeitado não deveria se meter. Você a ajuda muito. Ela é outra pessoa desde que você chegou em Four Winds. Nós, os amigos mais antigos, conseguimos perceber a diferença que você não percebe. A Srta. Cornelia e eu estávamos conversando sobre isso outro dia, e é um dos poucos assuntos em que concordamos. Então, esqueça essa ideia de que ela não gosta de você.

Anne não conseguiu descartar a história completamente, pois, sem dúvidas, havia momentos nos quais sentia, com um instinto impossível de ser combatido pela razão, que Leslie guardava um ressentimento indefinido contra ela. Em alguns momentos, essa convicção secreta estragava o prazer da camaradagem entre elas; em outros, era como se não existisse. Anne sabia que o espinho estava sempre ali, oculto, e poderia espetá-la a qualquer momento. E, de fato, sentiu uma pontada cruel quando contou a Leslie o que esperava que a primavera trouxesse para a casinha dos sonhos. Leslie a encarou de um jeito duro, amargo e hostil.

– Então, até *isso* você vai ter também – disse com a voz embargada. E sem dizer mais nada, deu meia-volta e atravessou os campos de volta para casa.

Anne ficou profundamente magoada. Por um instante, achou que não conseguiria mais gostar de Leslie. No entanto, quando lhe fez uma visita algumas noites depois, ela foi tão agradável e amigável, tão franca, espirituosa e cativante, que Anne não teve escolha senão perdoá-la, deixando aquela ocasião para trás. Só que nunca mais voltou a mencionar sua doce esperança à Leslie, que jamais tocou no assunto novamente.

Em um fim de tarde, quando o inverno já podia ouvir a primavera se aproximar, Leslie foi até a casinha para conversar um pouco ao entardecer e, quando foi embora, deixou uma pequena caixa branca sobre a mesa. Anne a encontrou mais tarde e a abriu, tentando imaginar o que fosse. Dentro havia uma roupinha branca encantadora de bordado delicado, feita com muito capricho e habilidade. Cada ponto era uma obra de arte, e os pequenos babados de renda na gola e nas mangas eram feitos ao verdadeiro estilo valenciano. Sobre ela havia um cartão: "Com amor, Leslie".

– Quantas horas de trabalho deve ter levado! – disse Anne. – E o material provavelmente custou mais do que ela realmente pode pagar. É muita bondade da parte dela.

Contudo, Leslie foi brusca e fria quando Anne lhe agradeceu, e novamente houve outro desconforto.

O presente de Leslie não ficou sozinho na casinha. A Srta. Cornelia havia parado temporariamente de costurar para os oitavos filhos indesejados e agora dedicava-se apenas a um primogênito muito querido, cuja chegada era esperada com ansiedade. Philippa Blake e Diana Wright também enviaram peças maravilhosas, assim como a Sra. Rachel Lynde, que mandou várias, cujo material de qualidade e o trabalho honesto ocupavam o lugar do bordado e dos babados. A própria Anne também fez muitas peças sem profaná-las com o toque de uma máquina, dedicando às roupas as horas mais animadas daquele inverno feliz.

O capitão Jim foi o convidado mais frequente da casinha; e também o mais bem-vindo. A cada dia, Anne amava mais aquele velho marinheiro de alma simples e coração verdadeiro. Sua presença era revigorante como uma brisa do mar, e tão interessante quanto as crônicas de antigamente. Ela nunca se cansava de ouvir as histórias dele, e os comentários que fazia eram um deleite contínuo. O capitão era uma dessas pessoas raras e fascinantes que "nunca falavam, mas sempre diziam alguma coisa". O leite da bondade humana e a sabedoria da serpente foram misturados em proporções generosas quando ele foi criado.

Nada parecia chateá-lo ou deprimi-lo.

– Eu desenvolvi o hábito de aproveitar coisas – ele comentou um dia, quando Anne falou sobre seu invariável bom humor. – É algo tão crônico que acredito gostar até das coisas desagradáveis. É muito divertido pensar que elas não duram muito. "Velho reumatismo, você vai *ter* que parar de doer em algum momento", digo quando a coisa complica. "Quanto maior for a dor, mais cedo passará, eu suponho. Vou levar a melhor no final das contas, estando ou não neste corpo".

Uma noite, junto à lareira, Anne viu o "livro da vida" do capitão Jim. Não foi preciso insistir para que ele o mostrasse com orgulho.

– Estou escrevendo-o para deixá-lo ao pequeno Joe. Não gosto da ideia de que tudo que eu fiz e vi seja completamente esquecido quando eu partir para a minha última viagem. Joe se lembrará e contará as histórias para os filhos dele.

Era um velho caderno de couro com todos os registros de suas viagens e aventuras. Anne pensou no tesouro que seria para um escritor. Cada frase era uma pepita. O livro em si não tinha nenhum valor literário; a habilidade do capitão Jim em contar histórias falhava ao colocá-las no papel. Ele somente anotava um esboço de seus famosos contos, e tanto a ortografia quanto a gramática eram sofríveis. Mesmo assim, Anne achava que se alguém tivesse o dom de pegar aqueles registros simples de uma vida corajosa e aventureira, lendo nas entrelinhas dos relatos ousados sobre os perigos enfrentados com bravura e os deveres cumpridos de forma máscula, uma história maravilhosa poderia surgir. A riqueza da comédia e o peso da tragédia estavam ocultos no "livro da vida" do capitão Jim, esperando o toque de um mestre para despertar o riso, a dor e o horror em milhares de pessoas.

Anne comentou algo sobre esse assunto com Gilbert enquanto voltavam para casa.

– Por que você não tenta arrumá-lo?

Anne balançou a cabeça negativamente.

– Não. Ah, se eu tivesse essa capacidade! Mas esse não é o meu dom. Você sabe qual é o meu forte, Gilbert: a fantasia, a magia, a beleza. Para escrever o "livro da vida" do capitão Jim do modo como deve ser feito, é preciso que a pessoa seja um mestre de um estilo vigoroso, mas sutil, um psicólogo perspicaz, com uma habilidade inata para escrever tanto sobre comédia como tragédia. É necessária uma rara combinação de dons. Talvez Paul consiga, quando for mais velho. De qualquer forma, vou convidá-lo para nos visitar no próximo verão e conversar com o capitão.

"Venha para a praia", escreveu Anne para Paul. "Temo que não encontrará aqui Nora, a Dama Dourada ou os Marinheiros Gêmeos, mas vai conhecer um velho marujo que sabe contar histórias incríveis."

Paul escreveu de volta alegando que, infelizmente, não poderia ir naquele ano. Ele viajaria para o exterior para estudar por dois anos.

"Irei a Four Winds quando retornar, querida professora", escreveu.

– Enquanto isso, o capitão Jim continua envelhecendo – disse Anne com tristeza –, e não há ninguém para escrever o livro da vida dele.

CAPÍTULO 18

DIAS DE PRIMAVERA

O gelo no porto ficou cada vez mais escuro e quebradiço com o sol de março. Em abril, as águas azuis, a espuma branca e os ventos do golfo voltaram a aparecer, e o farol de Four Winds novamente iluminou os crepúsculos.

– Fico tão feliz em ver o sol voltar a brilhar – disse Anne na primeira manhã de sol. – Senti a falta dele durante todo o inverno. O céu a noroeste parecia vazio e solitário sem ele.

Folhas verdes e douradas, recém-nascidas, enchiam a terra de ternura. Uma névoa em tons de esmeralda cobria os campos perto de Glen. Os vales que davam para o mar enchiam-se de brumas encantadas ao amanhecer.

A vibração dos ventos chegava e partia, carregando o sal da espuma. O mar ria e brilhava, vaidoso e sedutor como uma mulher bela e aprumada. Com a chegada dos arenques, a vila despertou para a vida. O porto estava repleto de velas brancas que se encaminhavam para o canal. Os barcos recomeçaram seu vaivém.

– Em dias de primavera como este – disse Anne –, sei exatamente o que a minha alma sentirá na manhã da ressurreição.

– Há momentos na primavera em que eu sinto que poderia ter sido um poeta, se tivesse começado cedo – comentou o capitão Jim. – Pego-me repetindo versos que ouvi do diretor da escola sessenta anos atrás. Em outras épocas do ano isso não acontece, mas agora, sinto vontade de ir para os rochedos, para os campos ou para o mar só para recitá-los.

O capitão Jim tinha aparecido naquela tarde para trazer um punhado de conchas para o jardim de Anne, e um pequeno ramo de erva-doce que encontrou durante um passeio pelas dunas.

– Está cada vez mais difícil encontrar erva-doce pela orla – explicou. – Quando eu era menino, havia tantas. Agora só encontro de vez em quando, e nunca quando estou realmente procurando. Acontece simplesmente por acaso. Você está caminhando pelas dunas, sem pensar em erva-doce, quando o ar fica cheio de doçura subitamente e você vê a planta sob os seus pés. É um dos meus aromas favoritos. Sempre me faz pensar na minha mãe.

– Ela gostava de erva-doce? – perguntou Anne.

– Não que eu saiba. Não sei se ela algum dia sequer viu essa planta. Mas é porque a erva-doce tem um perfume maternal, não parece ser coisa de jovem, é algo que inspira confiança, maturidade, bem-estar, como uma mãe, entende? A noiva do diretor da escola sempre colocava um ramo entre os lenços. E a senhora também pode colocar esse entre os seus, Sra. Blythe. Não gosto de aromas artificiais, mas o aroma da erva-doce sempre fica bem em uma dama.

Anne não ficou particularmente entusiasmada com a ideia de enfeitar os canteiros de flores com conchas; nunca seriam sua primeira opção como peças de decoração. Mas jamais iria ferir os sentimentos do capitão Jim e, por isso, fingiu estar animada e agradeceu o presente com carinho quando o capitão, orgulhosamente, cercou todos os canteiros com uma fileira de grandes conchas brancas como leite. Contudo, Anne percebeu que, para sua surpresa, havia gostado do resultado.

No gramado de uma casa da cidade, ou até mesmo em Glen, elas não ficariam bem; ali, porém, no jardim antiquado da casinha dos sonhos perto do mar era o *lar* delas.

– Ficou bonito *mesmo* – disse com sinceridade.

– A noiva do diretor sempre colocava conchas espirais nos canteiros – disse o capitão Jim. – Era muito habilidosa com flores. Era só *olhar*, tocá-las e pronto: elas cresciam como loucas! Algumas pessoas têm *esse* dom, e creio que a senhora também tenha, Sra. Blythe.

– Ah, eu não sei, mas adoro o meu jardim e adoro trabalhar nele. Olhar o verde, cultivar coisas vivas, observar todos os dias o surgimento de novos brotos, é como participar da criação, eu acho. No momento, meu jardim é como a fé citada em Hebreus: "a substância das coisas esperadas". Mas espere e verá.

– Sempre me surpreende olhar para as pequenas sementes marrons e enrugadas e pensar no arco-íris que existe dentro delas – disse o capitão Jim. – Quando penso em sementes, não acho difícil acreditar que temos almas que viverão em outros mundos. É quase impossível acreditar que haja vida nessas pequenas coisas, algumas pouco maiores do que um grão de areia, muito menos que existam cores e aromas. E será que uma pessoa que não presenciou o milagre, conseguiria?

Anne, que contava os dias como quem conta os mistérios em um rosário, não podia fazer a longa caminhada até o farol ou a estrada para Glen. Mas a Srta. Cornelia e o capitão Jim vinham com frequência até a casinha. A Srta. Cornelia era a alegria da existência de Anne e Gilbert. Eles riam muito sobre seus comentários depois de cada visita. Quando o capitão e ela visitavam a casinha ao mesmo tempo, a conversa era um bálsamo para os ouvidos. Travavam uma guerra de palavras.

Ela atacava e ele se defendia. Anne chegou a repreender o capitão por provocar a Srta. Cornelia.

– Ah, mas eu gosto de provocá-la, Sra. Blythe – riu o pecador inveterado. – É a maior diversão que tenho na vida. A língua dela poderia partir uma pedra ao meio. E a senhora e o danado do jovem doutor também gostam de escutá-la tanto quanto eu!

O capitão Jim fez uma visita em um final de tarde e trouxe algumas anêmonas para Anne. O ar perfumado e úmido do entardecer à beira-mar dominava o jardim. Havia uma névoa como o leite sobre a água, beijada pela lua nova, e uma festa prateada de estrelas encobria Glen. O sino da igreja do outro lado do porto tocava com uma doçura pertencente aos sonhos; os badalos suaves flutuavam pelo crepúsculo para misturar-se ao lamento primaveril do oceano. As flores do capitão Jim deram o toque final ao charme da noite.

– Ainda não tinha visto nenhuma nesta primavera e estava sentindo falta delas – disse Anne, sentindo o aroma das flores.

– Elas não são encontradas em Four Winds, só nas terras distantes para lá de Glen. Fiz um pequeno passeio até a Terra--do-nada e as colhi para a senhora. Acredito que sejam as últimas que verá nessa primavera.

– Que delicadeza, capitão Jim. Ninguém mais, nem mesmo Gilbert – comentou, balançando a cabeça negativamente para ele –, lembrou-se de que eu gosto de anêmonas nessa época.

– Bem, eu também fiz uma outra coisa. Levei algumas trutas para o Sr. Howard. Ele gosta de saboreá-las de vez em quando, e é tudo o que posso fazer para retribuir um favor que ele me fez uma vez. Passamos a tarde toda conversando. Ele gosta de conversar comigo, apesar de ser um homem muito culto e eu um velho marujo ignorante, pois é um desses sujeitos que *precisam* conversar, senão ficam deprimidos, e ouvintes são escassos por aqui. As pessoas de Glen o evitam, pois o consideram um infiel. Não acho que ele seja, poucos homens o são; entretanto, Howard é o que podemos chamar de herege. Hereges são pessoas perversas, mas muito interessantes. É que eles se perdem ao buscar Deus, com a impressão de que é difícil encontrá-Lo, o que *nunca* é verdade. A maioria deles acaba esbarrando Nele, mais cedo ou mais tarde. Não acredito que ouvir os argumentos do Sr. Howard me fará mal algum. Veja bem, penso que fui criado para acreditar. É extremamente prático, até porque sabemos que Deus é sempre bom. O problema do Sr. Howard é que ele é esperto *demais*. Ele pensa que é preciso viver à altura da própria sabedoria, e que é mais inteligente debater sobre um novo jeito de alcançar os céus em vez de seguir a antiga trilha das pessoas comuns e ignorantes. Mas ele chegará lá em algum momento, certo? E então vai rir de si mesmo.

– O Sr. Howard era metodista, para começo de conversa – disse a Srta. Cornelia, considerando esse fato praticamente uma heresia.

– Sabe, Cornelia – disse o capitão Jim com seriedade –, se eu não fosse presbiteriano, acho que seria metodista.

– Pois bem – disse a Srta. Cornelia –, se você não fosse presbiteriano, pouco importaria o que decidisse ser. Falando em heresia, doutor, trouxe o livro que me emprestou, *A Lei Natural no Mundo Espiritual*. Não consegui ler mais de um terço. Posso ler coisas sem sentido e coisas com sentido, contudo esse livro não é nem um nem o outro.

– Ele, de fato, *é mesmo* considerado herege em alguns círculos – admitiu Gilbert –, mas eu avisei antes de emprestá-lo à senhorita.

– Ah, eu não teria me importado se fosse herege. Consigo suportar a perversidade, mas não a tolice – disse a Srta.

Cornelia calmamente com ares de quem tinha a última palavra sobre o livro.

– Por falar em livros, *Um Louco Amor* finalmente chegou ao fim duas semanas atrás – comentou o capitão Jim. – Chegou a cento e três capítulos. A história terminou quando se casaram, então suponho que todos os problemas deles tenham chegado ao fim. É realmente muito bonito quando as coisas terminam assim nos livros, mesmo que isso não aconteça em nenhum outro lugar.

– Nunca leio romances – disse a Srta. Cornelia. – Você sabe como o Geordie Russell está hoje, capitão Jim?

– Sim, eu o visitei a caminho de casa. Está melhorando, ainda que esteja cheio de problemas como sempre, pobre homem. É verdade que ele é a causa da maioria deles, mas isso não torna as coisas mais fáceis de serem suportadas.

– Ele é muito pessimista – disse a Srta. Cornelia.

– Bem, ele não é exatamente um pessimista, Cornelia. As coisas é que nunca estão do jeito que ele gosta.

– E isso não é ser um pessimista?

– Não, não. Um pessimista nunca espera encontrar algo que lhe agrade. Geordie ainda não chegou a *tal* ponto.

– Você encontraria algo de bom para dizer até do próprio diabo, Jim Boyd.

– Bem, você ouviu a história daquela senhora que disse que ele estava perseverando. E não, Cornelia, eu não tenho nada de bom para dizer do diabo.

– Pelo menos acredita nele? – perguntou a Srta. Cornelia seriamente.

– Como pode perguntar isso, sabendo que sou um bom presbiteriano? Como um presbiteriano viveria sem um diabo?

– Acredita? – insistiu a Srta. Cornelia.

Subitamente, o capitão Jim apresentou uma expressão de seriedade.

– Acredito no que ouvi um ministro chamar uma vez de "uma força poderosa, maligna e *inteligente* que atua no universo" – disse solenemente. – É *nisso* que acredito, Cornelia. Pode chamar de demônio, de "príncipe das trevas", de Belzebu ou qualquer outro nome que quiser. Ele está por aí, e nem todos os infiéis e hereges do mundo poderiam fazê-lo desaparecer com argumentos, da mesma forma que não conseguiriam fazer Deus desaparecer. Ele está por aí, e está confabulando. Mas creio que levará a pior no fim das contas, Cornelia.

– Assim espero – disse a Srta. Cornelia sem muita esperança. – E por falar no diabo, tenho certeza de que Billy Booth está possuído. Ouviram falar da última que ele aprontou?

– Não, o que houve?

– Ele queimou o novo conjunto de lã marrom que a esposa havia comprado em Charlottetown por vinte e cinco dólares, afirmando que ela chamou muito a atenção dos homens quando o vestiu pela primeira vez para ir à igreja. Bem típico dos homens, não é?

– A Sra. Booth é muito linda, e o marrom fica muito bem nela – refletiu o capitão.

– É uma boa justificativa para jogar o conjunto novo dela no forno? Billy Booth é um idiota ciumento e que faz da vida da esposa um inferno. Ela chorou a semana inteira por causa disso. Ah, Anne, gostaria de escrever como você, acredite em *mim*. Como eu repreenderia alguns dos homens daqui!

– Todos os Booth são excêntricos – disse o capitão Jim. – Billy parecia ser o mais sensato da família, até que se casou e passou a sentir esse ciúme doentio. Já o irmão dele, Daniel, sempre foi esquisito.

— Frequentemente tinha uns ataques de raiva e se recusava a sair da cama – contou a Srta. Cornelia com prazer. – A esposa tinha que fazer todo o trabalho no celeiro até o chilique passar. As pessoas escreveram cartas de condolências para ela quando ele morreu. Se eu tivesse escrito, teria sido para felicitá-la. O pai dela, o velho Abram Booth, era um bêbado asqueroso. Tomou um porre no funeral da esposa, e não parava de soluçar e dizer: "Não *bebiiiiiii* muito, mas me *sintooooooo* bem *estranhooooooo*". Dei uma bela cutucada nas costas dele com o guarda-chuva quando se aproximou de mim, que serviu para deixá-lo comportado enquanto o caixão era retirado da casa. Era para o jovem Johnny Booth ter se casado ontem, mas ele pegou caxumba. Bem típico dos homens, não é?

— Como o pobre rapaz poderia ter evitado pegar caxumba?

— Eu o chamaria de pobre rapaz, acredite em *mim*, se fosse a noiva, Kate Sterns. Não sei como poderia ter evitado pegar caxumba; só sei que o jantar do casamento já foi todo preparado, e tudo vai estragar antes que ele se cure. Que desperdício! Ele deveria ter tido caxumba quando era criança.

— Vamos, Cornelia, não acha que está sendo um pouco irracional?

A Srta. Cornelia não se dignou a responder e virou-se para Susan Baker, uma senhora solteirona de expressão séria, mas de coração bom, que tinha sido contratada para fazer os serviços domésticos na casinha por algumas semanas. Ela tinha ido até Glen visitar uma senhora doente e acabava de retornar.

— Como está a velha tia Mandy? – perguntou a Srta. Cornelia.

Susan suspirou.

— Muito mal... Muito mal, Cornelia. Temo que logo irá para o céu, pobrezinha!

— Ah, não deve estar tão ruim assim! — exclamou a Srta. Cornelia com compaixão.

O capitão Jim e Gilbert entreolharam-se. Então levantaram e saíram de repente.

— Há momentos — disse o capitão Jim entre espasmos —, em que o pecado seria *não* rir. Duas mulheres excelentes!

CAPÍTULO 19

AMANHECER E ENTARDECER

No começo de junho, quando as dunas de areia estavam cobertas por gloriosas rosas silvestres e Glen foi tomada pelo perfume do florescer das macieiras, Marilla chegou na casinha acompanhada de um baú revestido com crina de cavalo preto e pregos de latão, que passou meio século em um repouso imperturbável no sótão de Green Gables. Susan Baker, que já nas poucas semanas que passou na casinha começou a idolatrar a "jovem Sra. do doutor" com um fervor cego, tratou Marilla com ciúme a princípio. Mas como Marilla não tentava interferir na cozinha, nem demonstrou desejo de interromper a ajuda prestada à jovem esposa do doutor, a boa criada reconciliou-se com a presença dela, e contou para as pessoas em Glen que a Srta. Cuthbert era uma mulher elegante e sabia bem o lugar dela.

Uma noite, quando a límpida abóbada celeste era coberta com um vermelho glorioso e os tordos animados com o crepúsculo dourado cantavam hinos festivos para as estrelas, a casinha dos sonhos viveu uma emoção repentina. Telefonemas foram feitos para Glen, e o Dr. Dave e uma enfermeira de avental branco apressaram-se em chegar. Marilla andava de um lado para o outro no jardim pelas fileiras de conchas, rezando com os lábios cerrados, e Susan estava sentada na cozinha com algodão nos ouvidos e o avental cobrindo a cabeça.

Leslie, observando da sua casa, riacho acima, viu que todas as janelas da casinha estavam iluminadas e não conseguiu dormir naquela noite.

As noites de junho eram curtas; mas aquela parecia uma eternidade para quem aguardava e observava.

– Ah, não vai acabar *nunca*? – indagou Marilla, mas quando viu a expressão de seriedade da enfermeira e do Dr. Dave, não ousou fazer mais perguntas. "E se Anne..." Não, ela não podia fazer suposições.

– Não me diga – disse Susan com firmeza, respondendo à angústia nos olhos de Marilla –, que Deus poderia ser cruel a ponto de tirar de nós aquela doce senhora a quem amamos tanto!

– Ele já levou outros tão queridos quanto – disse Marilla em tom solene.

Ao amanhecer, entretanto, quando o sol nascente transformou as brumas sobre as dunas de areia em arco-íris, a alegria chegou à casinha. Anne estava salva, e uma pequena dama bem branquinha, com os mesmos olhos grandes da mãe, estava deitada ao seu lado. Gilbert, lívido e abatido após a noite de agonia, desceu para avisar Marilla e Susan.

– Graças a Deus – disse Marilla, tremendo.

Susan tirou o algodão dos ouvidos.

– Agora, o café da manhã – disse decidida. – Todos vamos nos sentir melhor se comermos alguma coisa. Diga à jovem esposa do doutor para não se preocupar com nada, pois a Susan está ao leme. Diga para que se preocupe apenas com a bebê.

Gilbert deu um sorriso triste e saiu. Anne, com o rosto empalidecido pelas dores do parto e os olhos com o brilho da paixão da maternidade, não precisava que lhe dissessem para pensar apenas na filha. Não conseguia focar em mais nada. Por algumas horas ela viveu uma felicidade tão rara e intensa que chegou a imaginar se os anjos não sentiam inveja dela.

– Pequena Joyce – murmurou quando Marilla veio ver a bebê. – Decidimos chamá-la assim se fosse menina. Não conseguimos escolher dentre todas as pessoas queridas as quais gostaríamos de homenagear, e por isso escolhemos Joyce. Assim podemos chamá-la de Joy[6], acho bem apropriado. Ah, Marilla, eu achava que era feliz antes. Mas agora sei que tudo não passou de um sonho bom. *Esta é* a verdadeira realidade.

– Procure não falar, Anne. Espere até ficar mais forte – aconselhou Marilla.

– Você sabe como tenho dificuldade em *não* falar – sorriu Anne.

A princípio, Anne estava muito debilitada e muito feliz para perceber a preocupação de Gilbert e da enfermeira e a tristeza de Marilla. Então, com a sutileza e a frieza de um nevoeiro marítimo invadindo a terra, o medo dominou seu coração. Por que Gilbert não parecia feliz? Por que não falava da bebê? Por que a tiraram de perto depois daquela primeira hora celestial? Havia... algo de errado?

– Gilbert – sussurrou Anne suplicante –, a nossa filha... Está bem, não está? Vamos, diga.

Gilbert demorou para reagir; então inclinou-se e olhou bem dentro dos olhos dela. Marilla, assustada, ouviu pela porta um gemido de dor e de agonia e correu para a cozinha, onde Susan chorava.

– Ah, aquela pobre criatura! Como ela suportará, Srta. Cuthbert? Tenho medo de que não seja forte o bastante. Ela

---

6. "Alegria" em inglês.

estava tão feliz esperando a filha e fazendo planos. Não há nada que possa ser feito?

– Temo que não, Susan. Gilbert disse que não há esperanças. Ele soube que a bebê não ia sobreviver assim que nasceu.

– E é uma criança tão doce – soluçou Susan. – Nunca vi um bebê tão branquinho; eles geralmente nascem vermelhos ou amarelados. E abriu os olhos grandes como se tivesse meses de idade! Aquela coisinha tão pequenina! Ah, coitada da jovem esposa do doutor!

No final do dia, a pequena alma, que veio com o amanhecer, ao entardecer se foi, deixando corações despedaçados pelo caminho. A Srta. Cornelia tomou a pequena dama branquinha das mãos da enfermeira, que era gentil, mas uma desconhecida, e vestiu a minúscula figura com o lindo vestido que Leslie havia feito. Foi um pedido da própria Leslie. Em seguida, colocou-a ao lado da pobre mãe, que estava inconsolável.

– "O Senhor dá, o Senhor tira", querida – disse em meio às próprias lágrimas. – "Bendito seja o nome do Senhor"[7].

E então foi embora, deixando Anne e Gilbert sozinhos com a filha morta.

No dia seguinte, a pequena Joy, que nasceu tão branca, foi sepultada em um caixão de veludo, que Leslie forrou com flores de macieira, no cemitério da igreja do outro lado do porto. A Srta. Cornelia e Marilla guardaram todas as roupas feitas com amor, juntamente com o berço que tinha sido decorado com babados e rendas para os bracinhos e perninhas gorduchos e a cabecinha cheia de penugem. A pequena Joy nunca dormiu ali; seu leito era mais frio e estreito.

---

7. Jó 1:21.

— Foi uma grande desilusão para mim — suspirou a Srta. Cornelia. — Esperei tanto por aquele bebê, e queria que fosse uma menina.

— Só agradeço que a vida de Anne foi poupada — disse Marilla, estremecendo ao relembrar as horas sombrias em que a moça tão amada por ela atravessou o vale das sombras.

— Pobre criatura! Está inconsolável — disse Susan.

— Eu *invejo* Anne — declarou Leslie de súbito —, e a invejaria mesmo se tivesse morrido! Ela foi mãe por um lindo dia. Eu daria a minha vida por isso com prazer!

— Não fale assim, Leslie, minha querida — repreendeu a Srta. Cornelia, pois temia que a distinta Srta. Cuthbert pensasse que Leslie fosse uma pessoa horrível.

A convalescência de Anne foi longa, e muitas coisas a deixaram ainda mais amarga. As flores e o sol de Four Winds a incomodavam profundamente; quando a chuva caía com força, ela a imaginava açoitando de forma impiedosa a pequena sepultura do outro lado do porto; e quando o vento soprava pelos beirais, trazia vozes tristes que ela nunca tinha ouvido antes.

Os doces visitantes, com frases feitas bem-intencionadas, tentando mascarar a crueldade do luto, também a incomodavam. Uma carta de Phil Blake foi mais um golpe. Ela ficou sabendo do nascimento da criança, mas não do falecimento, e escreveu uma carta de parabéns cheia de felicidade que doeu profundamente em Anne.

— Eu teria gostado muito da carta se tivesse a minha filha aqui comigo — soluçou para Marilla. — Como não tenho, me parece cruel demais, mesmo sabendo que Phil jamais me magoaria por nada no mundo. Ai, Marilla, não sei se algum dia serei feliz *novamente*; pelo resto da vida, *tudo* vai me machucar.

– O tempo cura tudo – disse Marilla cheia da compaixão que só sabia expressar usando clichês.

– Não é *justo* – revoltou-se Anne. – Bebês nascem e crescem em lares em que não são desejados, são negligenciados e nunca têm uma chance. Eu teria amado e cuidado dela com tanto carinho, e teria dado a ela todas as oportunidades para ser feliz. Mesmo assim, não pude ficar com ela.

– Foi a vontade de Deus, Anne – disse Marilla desamparada diante dos enigmas do universo, do *porquê* daquela dor imerecida. – A pequena Joy está em um lugar melhor.

– Não consigo acreditar *nisso* – chorou Anne com amargura. Ao ver como Marilla ficou chocada, acrescentou com fervor: – Por que teve que nascer, afinal? Por que nascemos, se vamos para um lugar melhor quando morremos? *Não* acredito ser melhor para uma criança morrer no parto a viver uma vida plena, amando e sendo amada, com alegrias e dores, construindo uma personalidade que a tornaria distinta na eternidade. E como sabemos qual é a vontade de Deus? Talvez a força do mal tenha frustrado os desígnios Dele. Não espere que nos resignemos a *isso*.

– Ah, não fale assim – disse Marilla, genuinamente alarmada por Anne estar navegando em águas profundas e perigosas. – Mesmo sem compreender, *temos* que ter fé que tudo isso é para o nosso bem. Sei que é difícil aceitar agora, mas tente ser corajosa, pelo bem de Gilbert. Ele está preocupado. Você não está se fortalecendo tão rápido quanto deveria.

– Ah, sei que tenho sido muito egoísta – suspirou Anne. – Amo Gilbert mais do que nunca e quero viver para o bem dele. Porém, é como se parte de mim tivesse sido enterrada naquele pequeno cemitério do porto, e dói tanto que sinto medo da vida.

– Não vai doer tanto assim para sempre, Anne.

– Pensar que vai parar de doer, às vezes, só aumenta a dor ainda mais, Marilla.
– Sim, eu sei, já me senti assim em outras ocasiões. Mas todos nós amamos você, Anne. O capitão Jim veio todos os dias perguntar por você, a Sra. Moore vagueia pela casa como se fosse uma assombração, e a Srta. Bryant passa a maior parte do tempo preparando delícias para você. Susan não gosta muito disso. Disse que cozinha tão bem quanto a Srta. Bryant.
– Querida Susan! Ah, todos têm sido tão bondosos e amáveis comigo, Marilla. Não sou ingrata; depois que essa dor horrível diminuir um pouco, talvez eu descubra que tenho forças para continuar vivendo.

CAPÍTULO 20

MARGARET, A DESAPARECIDA

Anne descobriu que podia continuar vivendo; e até conseguiu sorrir ao ouvir um dos discursos da Srta. Cornelia. Entretanto, havia algo no sorriso de Anne que nunca esteve ali antes, e que nunca mais a abandonou.

No primeiro dia em que conseguiu sair para dar um passeio, Gilbert a levou até o farol de Four Winds, e a deixou para atravessar o canal de barco e visitar um paciente na vila dos pescadores. Um vento forte soprava sobre o porto e as dunas, criando picos de espumas, banhando a costa com longas faixas prateadas.

– Estou muito satisfeito em vê-la aqui novamente, Sra. Blythe – disse o capitão Jim. – Sente-se, sente-se. Temo que minha casa esteja um pouco empoeirada, mas não há motivos para prestar atenção na poeira quando temos essa vista, não é mesmo?

– Não me importo com a poeira – disse Anne. – Contudo, Gilbert me aconselhou a ficar em lugares arejados. Acho que vou me sentar naquelas rochas lá embaixo.

– Gostaria de companhia ou prefere ficar sozinha?

– Se a companhia for sua, com certeza a prefiro – disse, sorrindo. Então, suspirou. Nunca tinha se importado em ficar sozinha. Agora parecia detestável, pois sentia-se terrivelmente solitária sempre que estava sozinha.

– Aqui é um bom lugar, longe do vento – disse o capitão Jim quando chegaram às pedras. – Venho aqui com frequência. É um ótimo lugar para simplesmente sentar e sonhar.

– Ah... sonhos – suspirou Anne. – Não posso sonhar agora, capitão Jim. Estou cansada deles.

– Ah, não está não, Sra. Blythe; não mesmo – disse o capitão pensativo. – Sei como se sente agora, mas as coisas vão melhorar se continuar vivendo, e, quando menos perceber, vai sonhar novamente, graças ao bom Deus! Se não fossem os sonhos, seria melhor sermos enterrados de uma vez. Como suportaríamos viver sem a promessa da imortalidade? É um sonho *destinado* a acontecer, Sra. Blythe. Você verá a sua pequena Joyce novamente algum dia.

– Só que ela não será a minha bebê – disse Anne com os lábios trêmulos. – Ah, ela pode ser, como Longfellow disse: "uma bela donzela envolta pela graça celestial", mas será uma estranha para mim.

– Creio que Deus tenha algo melhor reservado para você – disse o capitão Jim.

Ficaram em silêncio por um tempo. Então, ele disse com muita sutileza:

– Sra. Blythe, posso lhe contar sobre Margaret, a desaparecida?

– É claro – disse Anne gentilmente. Ela não sabia quem era "Margaret, a desaparecida", mas sentia que iria ouvir o romance da vida do capitão.

– Faz tempo que quero lhe contar sobre ela. E sabe por quê? Quero que alguém pense nela de vez em quando depois que eu morrer. Não suporto a ideia de que todos os seres vivos se esqueçam do nome dela. Sou o único que se lembra dele agora.

O capitão Jim contou a história: um acontecimento antigo e esquecido, pois fazia mais de cinquenta anos que Margaret tinha adormecido na embarcação do pai e se perdido no mar. Era o que todos supunham, pois ninguém jamais soube de fato qual foi seu destino. O barco à deriva deixou o canal e a barreira de dunas para trás e ela pereceu sob uma tempestade sombria que surgiu de forma repentina e abrupta em uma tarde de verão há muito tempo. Para o capitão, entretanto, parecia que aquela situação de cinquenta anos atrás tinha acontecido ontem.

– Andei por meses pela orla depois que tudo aconteceu – disse com tristeza –, procurando pelo seu frágil corpo. O mar nunca o devolveu, mas um dia vou encontrá-la, Sra. Blythe. Ela está esperando por mim. Gostaria de me lembrar como ela era, mas não consigo. Já vi uma delicada névoa prateada sobre as dunas ao entardecer que se parecia com ela. Houve um dia em que vi uma bétula branca no bosque que me fez pensar nela. Tinha o cabelo castanho-claro e um rosto tão branquinho; os dedos eram compridos como os seus, Sra. Blythe, porém com a pele mais morena, pois ela era uma garota da praia. Às vezes, acordo no meio da noite e ouço o mar me chamar como antigamente, e é como se Margaret, a desaparecida também me chamasse. E quando há uma tempestade, posso ouvir o lamento dela com os soluços e gemidos das ondas. E quando elas riem em um dia alegre, é o riso doce e maroto da Margaret desaparecida que ouço. O mar a tirou de mim, mas algum dia a encontrarei, Sra. Blythe. Ele não pode nos manter separados para sempre.

– Fico feliz por ter me contado sobre ela – disse Anne. – Já me perguntei diversas vezes por que o senhor passou a vida inteira sozinho.

– Nunca me interessei por mais ninguém. Margaret perdeu-se e levou o meu coração junto com ela – disse o eterno enamorado, que há cinquenta anos era fiel à amada afogada. – Não vai se importar se eu falar demais sobre ela, não é mesmo, Sra. Blythe? É um prazer para mim, pois a dor que a lembrança dela me causava foi embora anos atrás, deixando apenas a bênção. E se os anos trouxerem mais pequeninos para o seu lar, como espero que tragam, quero sua promessa de que contará a eles a história da Margaret, a desaparecida, e o nome dela não será esquecido pela humanidade.

CAPÍTULO 21

BARREIRAS SÃO DERRUBADAS

— Anne – disse Leslie, quebrando de repente o breve silêncio entre as duas –, você não imagina como é bom vê-la aqui de novo, trabalhando, conversando e ficando em silêncio comigo.

Elas estavam sentadas no meio das flores azuis da grama que cobria a margem do riacho no jardim de Anne. A água brilhava e parecia cantar, as bétulas lançavam sombras com os feixes de luz sobre elas, e as rosas floresciam pelos canteiros. O sol começava a descer, e o ar parecia dominado por tons musicais que se misturavam. Havia a melodia do vento entre os pinheiros atrás da casa, a da rebentação das ondas nas dunas, e ainda o som dos sinos distantes da igreja ao lado da qual a pequena dama branquinha dormia. Anne sempre amou aquele sino; agora, contudo, ele lhe remetia a pensamentos tristes.

Ela olhou com curiosidade para Leslie, que havia deixado de lado a costura e falava com uma liberdade incomum para ela.

— Naquela noite terrível em que você ficou tão doente, – continuou Leslie –, achei que nunca mais iríamos conversar, passear e trabalhar juntas. Foi quando percebi quanto a sua amizade significa para mim, o que *você* significa para mim, e como eu tenho sido um monstro odioso.

– Leslie! Leslie! Não permito que ninguém insulte meus amigos.

– É a verdade. É exatamente o que tenho sido: um monstro odioso. Anne, houve momentos no inverno e na primavera em que cheguei a *odiar* você.

– Eu *sabia*! – disse Anne com tranquilidade.

– Você sabia?

– Sim, vi nos seus olhos.

– E ainda assim continuou gostando de mim e sendo minha amiga.

– Bem, você me odiou apenas em algumas ocasiões, Leslie. O restante do tempo você me amou, eu acho.

– Com certeza. Só que aquele outro sentimento horroroso esteve sempre presente no fundo do meu coração e sempre corrompia tudo. Eu o abafava e até conseguia me esquecer dele, mas em alguns momentos, ele vinha à tona e tomava conta de mim. Eu odiei você porque sentia inveja. Ah, estava doente de inveja. Você tem um lar adorável, e amor, e felicidade, e sonhos alegres. Tudo que eu queria ter, mas nunca tive, e nunca terei. Ah, eu jamais terei! Era isso que me machucava. Não teria odiado você se tivesse alguma esperança de mudança em minha vida. Só que eu não tenho... simplesmente não tenho... e isso não me parecia justo. Isso me deixava revoltada e me machucava, e por isso odiei você algumas vezes. Ah, tive tanta vergonha de me sentir assim... E estou morrendo de vergonha agora... mas era algo incontrolável. Naquela noite, tive medo que você não fosse sobreviver. Achei que eu estava sendo punida por minha maldade... E então percebi quanto amava você. Anne, Anne, eu não tinha nada para amar depois que a minha mãe morreu a não ser o velho cachorro do

Dick. E é tão horrível não ter nada para amar! A vida fica tão vazia, e não há *nada* pior do que o vazio. E eu teria amado tanto você e aquele sentimento horroroso estragou tudo...
Leslie tremia, e começava a ficar incoerente com a violência das próprias emoções.

– Pare, Leslie – implorou Anne. – Pare. Eu entendo. Não fale mais nisso.

– Mas eu preciso. Quando soube que viveria, jurei que contaria tudo quando você melhorasse, e não aceitaria mais sua amizade e sua companhia sem antes confessar tudo o que se passava em minha cabeça. E tive muito medo de você virar as costas para mim.

– Não precisa ter medo disso, Leslie.

– Ah, como fico feliz, Anne! – Leslie juntou as mãos morenas e ásperas de tanto trabalhar para que não tremessem.

– E agora que comecei, quero contar tudo. Você não deve se lembrar da primeira vez em que nos vimos. Não foi naquela tarde na praia...

– Não, foi na noite em que Gilbert e eu chegamos. Você estava levando os gansos pela colina. Eu me lembro *muito bem*. Achei você tão linda, e passei semanas tentando descobrir quem você era.

– Eu sabia quem *vocês* eram, apesar de nunca os ter visto antes. Tinha ouvido falar do novo médico e da esposa que se mudariam para a casinha da Srta. Russell. Eu... eu odiei você naquele exato momento, Anne.

– Senti o ressentimento em seus olhos, só que não acreditei no que tinha visto. Achei que estivesse errada, afinal, *qual* seria o motivo?

– É porque você parecia muito feliz. Ah, agora você tem que concordar que sou um monstro odioso... Odiar outra mulher só porque ela é feliz, quando a felicidade dela não fez mal algum a mim! Por isso não a visitei. Eu sabia muito bem que era isso que eu deveria ter feito, até mesmo nos costumes da nossa modesta Four Winds essa atitude é prevista. Mas eu não consegui. Ficava observando vocês da minha janela... Dava para ver você e seu marido passeando pelo jardim de tarde... Você correndo pela estradinha da entrada para encontrá-lo. E isso me magoava. Apesar disso, eu queria vir aqui. Eu sentia que, se não fosse tão infeliz, poderia ter gostado de você e encontrado em você aquilo que nunca tive na vida: uma amiga íntima e *real* da minha idade. Lembra-se daquele fim de tarde na praia? Você teve medo que eu pensasse que você era louca; mas deve ter achado que a louca era eu.

– Não. Eu só não consegui entender você, Leslie. Em um momento você permitia minha aproximação e em outro me repelia.

– Eu estava muito triste. Tinha tido um dia muito difícil, Dick estava impossível para lidar. Geralmente ele tem bom humor e é bem fácil de ser controlado, sabe, Anne. Mas há dias em que o comportamento fica muito diferente. Estava tão angustiada que corri para a praia assim que ele foi dormir. Era o meu único refúgio. Sentei-me lá e pensei no meu pai, que tirou a própria vida, e fiquei me perguntando se eu também faria o mesmo. Ah, meu coração estava cheio de sentimentos sombrios! E então você apareceu, dançando sozinha na praia como uma criança feliz e despreocupada! Eu... eu nunca tinha sentido tanto ódio antes na vida. E ainda assim, ansiava por sua amizade. O primeiro sentimento me dominou a princípio, mas depois o segundo foi mais forte. Quando cheguei em casa naquela noite, chorei de vergonha pelo que você deveria estar pensando de mim. E era a mesma coisa sempre que vinha aqui. Às vezes, eu ficava feliz e aproveitava a visita. Já em outras, tudo que se relacionava a você e à sua casa me magoava. Você tinha tantas coisas lindas que eu não poderia ter! Sabe, é ridículo, mas os seus cachorrinhos de porcelana eram as peças que mais me incomodavam. Houve momentos em que quis agarrar Gog e Magog e bater os focinhos pretos arrebitados de um no outro! Ah, você ri, Anne, mas eu nunca achei graça nisso. Eu vinha aqui e via você e Gilbert, com seus livros e flores, e suas coisas, e suas brincadeiras tão íntimas... E o amor que sentem um pelo outro, evidente em cada olhar e palavra, mesmo quando não percebiam... E aí eu voltava para casa... E você sabe como é a minha casa! Ah, Anne, não me veja como uma pessoa invejosa por natureza. Eu sentia falta de muitas coisas que meus amigos tinham quando era criança, mas nunca me importei com isso e jamais os odiei. Mas parece que eu me tornei tão detestável...

– Leslie, querida, pare de se culpar. Você *não* é odiosa nem invejosa. A vida que é obrigada a levar talvez tenha deixado você um pouco ressentida; ela teria destruído qualquer pessoa com uma natureza tão delicada e nobre como a sua. Estou deixando você me contar tudo isso porque acredito que é melhor desabafar e deixar sua alma livre. Apenas pare de se culpar.

– Não vou me culpar. Só queria que você me conhecesse como realmente sou. O dia em que me contou sobre sua desejada esperança para a primavera foi o pior de todos, Anne. Jamais me perdoarei pela forma como me comportei. Eu me arrependi com lágrimas. E sim, coloquei muitos pensamentos de ternura e afetividade na roupinha que fiz. Mas eu deveria saber que qualquer coisa feita por mim acabaria virando uma mortalha.

– Isso já é amargo e mórbido demais, Leslie. Afaste esses pensamentos. Fiquei tão feliz com o seu presente. E já que

tive de perder a pequena Joyce, gosto de pensar que a roupa usada por ela foi a que você fez quando se permitiu me amar.

– Sabe, Anne? Acho que amarei você para sempre depois disso. Acho que nunca mais vou me sentir daquela forma horrorosa. Ter confessado tudo parece ter ajudado a destruir aquele sentimento de alguma maneira. É muito estranho, e para mim foi muito real e amargo. É como abrir a porta de um quarto escuro onde você acha que mora uma criatura horrenda... E quando a luz entra, o seu monstro não passa de uma sombra que desaparece com a claridade. Isso nunca mais vai existir entre nós.

– Não, pois agora somos amigas de verdade, Leslie, e estou muito feliz.

– Espero que não me entenda mal se eu disser mais uma coisa. Anne, meu coração entrou profundamente em luto quando você perdeu a sua filha, e se eu pudesse tê-la salvado cortando uma de minhas mãos, teria feito isso. Contudo, a sua tristeza acabou nos aproximando. Sua felicidade perfeita não era mais uma barreira entre nós. Ah, não me entenda mal, querida... não estou feliz por sua felicidade não ser mais perfeita, e digo isso com sinceridade. Mas não há mais um abismo entre nós.

– Eu entendo isso também, Leslie. Agora, vamos deixar o passado para trás e esquecer tudo que foi desagradável. Tudo vai ser diferente. Nós duas fazemos parte das pessoas que conhecem José. Você tem sido maravilhosa. E, Leslie, não posso deixar de acreditar que a vida ainda tem algo bom e belo guardadinho para você.

Leslie balançou a cabeça negativamente.

– Não – disse inexpressiva. – Não há mais esperanças. Dick nunca vai melhorar. E se recuperasse a memória... Ah, as coisas seriam muito piores. Você nunca entenderia, você é feliz no casamento. Anne, a Srta. Cornelia contou a você como eu me casei com Dick?

– Sim.

– Fico feliz por isso. Eu queria que soubesse, só que eu mesma não consigo falar sobre isso. Anne, sinto que a vida tem sido amarga desde que eu tinha doze anos. Antes disso, tive uma infância feliz. Éramos muito pobres, mas não nos importávamos. Papai era um homem esplêndido, tão inteligente, amoroso e sensível. Pelo que me lembro, éramos grandes amigos. E a mamãe era tão doce. Era muito, muito linda. Eu me pareço com ela, mas não sou tão bonita.

– A Srta. Cornelia disse que você é ainda mais bonita do que ela.

– Ela está errada, ou sendo preconceituosa. Acho que minha postura é *sim* melhor, pois mamãe andava encurvada por trabalhar pesado, mas tinha um rosto angelical. Eu costumava idolatrá-la. Todos nós na verdade: papai, Kenneth e eu.

Anne lembrou-se que a Srta. Cornelia havia passado uma impressão muito diferente da mãe de Leslie. Mas não era a visão do amor a mais verdadeira? Mesmo assim, Rose West *foi* egoísta ao obrigar a filha a se casar com Dick Moore.

– Kenneth era meu irmão. Ah, nem sei dizer quanto eu o amava. Ele morreu de uma maneira muito cruel. Você soube disso?

– Sim.

– Anne, eu vi o rosto dele enquanto a roda o esmagava. Ele caiu de costas. Anne... Anne... Até hoje eu vejo aquela cena. E sempre verei. Tudo que peço aos céus é que essa lembrança seja apagada da minha mente. Ah, meu Deus!

– Leslie, não precisa falar disso. Eu já conheço a história; não precisa entrar em detalhes que servirão apenas para atormentar sua alma inutilmente. Você vai conseguir *sim* apagar isso da memória.

Após um momento de luta interna, Leslie recuperou um pouco do autocontrole.

– Foi quando a saúde do papai piorou. Ele foi ficando desanimado, e aos poucos foi apresentando certo desequilíbrio... Já sabe disso, também?

– Sim.

– Então, só me restou a minha mãe. Mas eu era muito ambiciosa. Pretendia lecionar e economizar para pagar meus estudos na faculdade. Queria chegar ao topo... Ah, também não vou falar disso. Não vale a pena. Você sabe o que aconteceu. Não suportaria ver a minha mãezinha querida de coração partido, despejada da própria casa após ter trabalhado a vida toda feito condenada. E é claro que eu poderia ganhar o suficiente para sustentar a nós duas, mas a mamãe *não* iria deixar seu lar, de jeito algum. Ela chegou ali assim que casou, e amou tanto o meu pai... Todas as lembranças dela estavam lá. Até hoje, Anne, quando penso como a deixei feliz durante o último ano de vida dela, não me arrependo de nada. Quanto ao Dick... Eu não o detestava quando nos casamos. Nutria por ele o mesmo sentimento indiferente de amizade que tinha pelos colegas de escola. Apesar de saber que ele bebia demais, nunca soube da história da garota na vila dos pescadores. Se soubesse, *jamais* teria me casado com ele, nem mesmo pelo bem da minha mãe. Depois disso, cheguei a sentir ódio *mesmo*, mas nunca contei nada para a mamãe. E logo ela morreu, e eu fiquei sozinha. Eu tinha apenas dezessete anos e estava sozinha. Dick havia partido no *Four Sisters*, e eu tinha esperança de que ele não fosse parar muito tempo em casa. O mar sempre esteve no sangue dele. Era minha única esperança. Bem, como você sabe, o capitão Jim o trouxe para casa... E o resto da história todos já sabem. Agora você me conhece, Anne... O pior de mim... E todas as barreiras foram derrubadas. Ainda quer ser minha amiga?

Anne olhou pelas bétulas para a branca lanterna de papel de uma lua crescente que flutuava sobre o golfo com uma expressão de doçura.

– Seremos amigas para sempre – disse ela. – Será uma amizade que nunca tive antes. A vida inteira tive muitos amigos queridos e amados; porém, Leslie, há algo em você que nunca encontrei em ninguém. Você tem mais a me oferecer com sua rica natureza, e eu tenho mais para lhe dar do que jamais tive em minha infância negligenciada. Somos duas mulheres e amigas para sempre.

Elas deram as mãos e sorriram em meio às lágrimas que embaçavam os olhos acinzentados e azuis.

CAPÍTULO 22

A SRTA. CORNELIA RESOLVE UMA SITUAÇÃO

Gilbert insistiu para que Susan continuasse trabalhando na casinha durante o verão. Anne protestou a princípio.

– A vida só entre nós dois é tão doce, Gilbert. Ter outra pessoa aqui estraga um pouco. Susan é uma boa alma, mas é uma estranha. O trabalho de casa não me faz mal.

– Você deve seguir as orientações do seu médico – disse Gilbert. – Há um velho ditado que diz: "Casa de ferreiro, espeto de pau". E não quero que ele seja verdadeiro na minha casa. Vamos manter a Susan até que você recupere a antiga forma e as maçãs do seu rosto voltem a ficar cheinhas.

– Descanse, querida Sra. do doutor – disse Susan, entrando abruptamente. – Relaxe e não se preocupe com a despensa. Susan está ao leme. Sabemos que não adianta ter um cão de guarda se decidir vigiar a casa por conta própria. Levarei o café da manhã para a senhora todos os dias.

– De jeito nenhum! – riu Anne. – Concordo com a Srta. Cornelia, é um escândalo uma mulher tomar o café da manhã na cama se não estiver doente, e isso quase justifica o comportamento dos homens!

– Ah, Cornelia – disse Susan com um desprezo inefável. – Espero que tenha o bom senso de não dar ouvidos a tudo que Cornelia Bryant diz. Não sei por que ela precisa reclamar sempre dos homens, sendo que é uma solteirona. *Eu* também sou solteira, e vocês não *me* escutam difamando os homens. Gosto deles. Teria me casado, se tivesse tido a chance. Não é engraçado que ninguém nunca tenha me pedido em casamento, querida Sra. do doutor? Não sou uma beldade, mas sou tão bonita quanto a maioria das mulheres casadas. Mas nunca tive um namorado. Por que será?

– Pode ser o seu destino – sugeriu Anne com uma solenidade sobrenatural.

Susan concordou, balançando a cabeça.

– É o pensamento que mais me ocorre, querida Sra. do doutor? e o que mais me reconforta. Não me importo se ninguém me quiser, desde que esse seja o plano do Senhor. Mas, às vezes, fico em dúvida, e eu me pergunto se não seria obra do demônio. Não consigo me resignar nessas horas. Mas talvez – acrescentou Susan, sentindo-se mais animada –, eu ainda tenha a chance de me casar. Nunca deixo de pensar em um antigo ditado que minha tia sempre dizia: "Toda panela tem a sua tampa!" A mulher só pode perder a esperança de se casar se estiver a sete palmos, querida Sra. do doutor. Enquanto isso, vou fazer uma fornada de tortas de cereja. São as prediletas do doutor e *amo* cozinhar para um homem que aprecia a comida.

A Srta. Cornelia chegou esbaforida para uma vista naquela tarde.

– Não me importo muito nem com o mundo nem com o demônio, mas a carne humana, essa *sim* me incomoda – admitiu. – Você sempre me parece tão calma, querida Anne. É cheiro de torta de cereja que estou sentindo? Se for, convide--me para o chá. Ainda não provei nenhuma neste verão.

Todas as minhas cerejas foram roubadas por aqueles dois safados dos garotos Gilman, de Glen.

– Cuidado, Cornelia – reclamou o capitão Jim, que lia um romance marítimo em um canto da sala –, você não deveria acusar aqueles pobres garotos sem mãe antes de ter provas. Só porque o pai deles não é muito honesto não é motivo para chamá-los de ladrões. É mais provável que pássaros tenham comido suas cerejas. Há tantos por aqui neste ano.

– Pássaros! – desdenhou a Srta. Cornelia. – Até parece! Pássaros com duas pernas, acreditem em *mim*!

– Bem, a maioria dos pássaros de Four Winds baseiam-se nesse princípio – disse o capitão com expressão séria.

A Srta. Cornelia o encarou por um momento. Então, reclinou-se na cadeira de balanço e gargalhou.

– Bem, você me pegou dessa vez, Jim Boyd. Tenho que admitir. Veja como ele está satisfeito, querida Anne, sorrindo como o Gato do país das maravilhas. Quanto aos pássaros, se tiverem pernas peladas e queimadas de sol e usarem calças rasgadas como as que vi na minha cerejeira na semana passada ao amanhecer, irei me desculpar com os garotos dos Gilman. Quando cheguei, já tinham fugido. Não consegui entender como fugiram tão rápido, mas o capitão Jim já esclareceu as coisas. É claro que saíram voando.

O capitão Jim riu e foi embora, recusando com pesar o convite para jantar e saborear um pedaço de torta.

– Vou até a casa de Leslie perguntar se ela quer receber um hóspede – começou a Srta. Cornelia. – Recebi uma carta de uma Sra. Daly, de Toronto, que se hospedou comigo dois anos atrás. Ela quer que eu receba um amigo dela durante o verão. O nome dele é Owen Ford. Ele é jornalista, e aparentemente é o neto do diretor da escola que construiu esta casa. A filha mais velha de John Selwyn casou-se com um rapaz de Ontario, de sobrenome Ford, e esse moço é filho dela. Ele quer conhecer o lugar em que os avós moraram. Ele teve um caso sério de febre tifoide durante a primavera, e o médico o orientou a passar uma temporada perto do mar. Ele não quer ficar em um hotel, prefere um lugar tranquilo e caseiro. Não posso recebê-lo, pois vou viajar em agosto. Fui nomeada representante da convenção da Sociedade Missionária, em Kingsport. Não sei se Leslie vai querer recebê-lo, mas não conheço mais ninguém. Se ela não puder, ele terá que ficar do outro lado do porto.

– Passe aqui depois e nos ajude a comer as tortas de cereja – disse Anne. – Traga Leslie e Dick, se quiserem vir. Então, a senhorita vai para Kingsport? Vai se divertir por lá. Pedirei que leve uma carta para uma amiga minha que mora lá, a Sra. Jonas Blake.

– Convenci a Sra. Thomas Holt a ir comigo – disse a Srta. Cornelia. – Ela está precisando de um pouco de férias, acredite em *mim*. Ela se mata de trabalhar. Tom Holt sabe fazer crochê maravilhosamente, só que não consegue sustentar a família. Nunca consegue acordar cedo para trabalhar, apesar de isso não ser um problema quando o assunto é pescaria, pelo que percebi. Bem típico dos homens, não é?

Anne sorriu. Ela aprendeu a não levar em conta boa parte das opiniões da Srta. Cornelia sobre os homens de Four Winds. Do contrário, acreditaria que formavam a mais variada coleção de imorais e inúteis do mundo. Sabia que o tal Tom Holt, por exemplo, era um marido amoroso, um pai adorado e um excelente vizinho. Se era um pouco preguiçoso e preferia pescar, pois havia nascido com esse talento, a ser um agricultor, que era algo que não gostava; ou se tinha a inofensiva excentricidade de costurar, ninguém, além da

Srta. Cornelia, parecia se importar. A esposa dele era uma mulher ativa, que se sentia completa ao trabalhar arduamente. A família ganhava o suficiente com a fazenda para viver com conforto, e seus filhos e filhas robustos, herdeiros da energia da mãe, estavam destinados a se dar bem no mundo. Não havia casa mais alegre em Glen St. Mary do que a casa da família Holt.

A Srta. Cornelia voltou satisfeita da casa subindo o riacho.

– Leslie vai recebê-lo – anunciou. – Aceitou a oportunidade imediatamente. Ela queria juntar um dinheirinho para arrumar o telhado no outono, mas não sabia como. Creio que o capitão Jim ficará muito interessado quando souber que um neto dos Selwyn virá para cá. Leslie pediu para avisar que estava louca de vontade de comer uma torta de cereja, mas não pode vir, pois precisa ir atrás dos perus que fugiram. Disse que, se sobrar algum pedaço, é para você guardá-lo na despensa e ela virá pegá-lo na hora em que os gatos saírem para caçar, quando se pode andar por aí. Querida Anne, não sabe o bem que fez para o meu coração ouvir Leslie mandar um recado desses, rindo como não fazia há tempos. Há uma grande chance de que venha mais tarde. Ela ri e brinca como uma garota, e percebo que vem aqui com frequência.

– Ela vem aqui todos os dias; ou então eu vou até lá – disse Anne. – Não sei o que faria sem a Leslie, especialmente agora que Gilbert está tão ocupado. Quase nunca está em casa, exceto algumas poucas horas de madrugada. Está trabalhando muito. Muitas pessoas do outro lado do porto chamam por ele agora.

– Eles deveriam se contentar com o médico que têm – disse a Srta. Cornelia. – Se bem que não posso culpá-los, pois ele é metodista. Desde quando o Dr. Blythe curou a

Sra. Allonby, o pessoal acha que ele é capaz de ressuscitar os mortos. Suspeito que o Dr. Dave esteja com um pouco de ciúmes, bem típico dos homens, não é? Ele acha que o Dr. Blythe segue métodos modernos demais! "Pois bem", disse a ele, "foi um método moderno que salvou Rhoda Allonby. Se *você* a tivesse atendido, ela estaria agora debaixo de uma lápide com algum epitáfio dizendo que foi a vontade de Deus". Ah, eu *adoro* dizer o que penso para o Dr. Dave! Ele se considera o dono de Glen há anos, e acha que sabe mais do que todo mundo. Por falar em médicos, gostaria que o Dr. Blythe examinasse o furúnculo no pescoço de Dick Moore. Leslie não tem condições de cuidar daquilo. Não sei por que Dick começou a ter furúnculos. Como se já não tivesse problemas suficientes!

– Sabia que Dick gosta de mim? – contou Anne. – Ele me segue como um cachorro e sorri como uma criança feliz quando vê que notei sua presença.

– Você não tem medo dele?

– De forma alguma. Gosto do pobre Dick Moore. Ele é tão digno de pena e, de alguma forma, gentil.

– Você não o acharia gentil quando ele só se metia em brigas, acredite em *mim*. Mas fico feliz por não se importar com a presença dele; é melhor para Leslie. Ela terá mais trabalho quando o hóspede chegar. Espero que seja uma pessoa decente. É bem provável que você goste dele, pois é um escritor.

– Por que será que as pessoas acham que só porque dois indivíduos são escritores têm muito em comum? – disse Anne com certo desdém. – Ninguém espera de dois ferreiros uma conexão intensa um com o outro meramente por serem ambos ferreiros.

De qualquer forma, ela esperava a vinda de Owen Ford com agradável expectativa. Se fosse jovem e simpático, poderia ser um bom acréscimo para a sociedade de Four Winds. A casinha estava sempre aberta para as pessoas que conhecem José.

CAPÍTULO 23

A CHEGADA DE OWEN FORD

A Srta. Cornelia telefonou para Anne uma tarde e disse:
– O escritor acabou de chegar aqui. Vou levá-lo até a sua casa e você pode mostrar como chegar à casa de Leslie. É mais rápido do que ir pela outra estrada, e estou com uma pressa mortal. O bebê dos Reese caiu em um balde com água quente em Glen e quase morreu escaldado, e eles querem que eu vá para lá o mais rápido possível... creio que seja para cuidar da pele do coitadinho. A Sra. Reese é sempre tão descuidada, e sempre espera que os outros corrijam os erros dela. Você não se importa, não é mesmo? Posso levar a bagagem dele amanhã.

– Muito bem – disse Anne. – Como ele é, Srta. Cornelia?

– Você verá como ele é por fora quando eu o levar aí. Já como é por dentro, só Deus sabe. Não vou dizer mais nada, pois todos os telefones de Glen estão fora do gancho.

– A Srta. Cornelia evidentemente não encontrou muitas falhas na aparência do Sr. Ford, do contrário teria comentado, independentemente de haver outras pessoas ouvindo a conversa – disse Anne quando desligou. – Portanto, Susan, concluo que o Sr. Ford deva ser um bonito rapaz.

– Bem, minha querida Sra. do doutor, eu *gosto* de olhar para um homem bonito – disse Susan candidamente. – Não seria melhor preparar alguma coisa para ele comer? Posso fazer uma torta de morango de derreter na boca.

– Não, Leslie está esperando por ele com o jantar pronto. Além disso, quero que faça essa torta de morango para o meu pobre marido. Ele só vai chegar mais tarde, então deixe a torta e um copo de leite para ele, Susan.

– Farei isso, querida Sra. do doutor. Susan está ao leme. Afinal, é melhor dar uma torta para o seu próprio homem do que para estranhos que talvez só estejam interessados em comer; e o doutor é tão bonito quanto qualquer outro homem que encontramos por aí.

Quando a Srta. Cornelia chegou com Owen Ford, Anne admitiu secretamente que, de fato, o rapaz era "belo". Ele era alto e tinha ombros largos, espessos cabelos castanhos, nariz e queixo bem definidos, e grandes e brilhantes olhos cinzentos escuros.

– E notou as orelhas e os dentes dele, querida Sra. do doutor? – Susan indagou mais tarde. – Ele tem as orelhas mais bem delineadas que já vi na cabeça de um homem. Interesso-me por orelhas. Quando eu era jovem, temia ter de me casar com um homem com orelhas de abano. Uma bobagem me preocupar com isso, pois jamais tive uma chance com qualquer tipo de orelha.

Anne não tinha reparado nas orelhas de Owen Ford, mas ela notou os dentes quando os lábios dele se abriram em um sorriso franco e amigável. Quando estava sério, o rosto dele era triste e inexpressivo, assim como o herói melancólico e inescrutável dos sonhos de juventude de Anne. No entanto, a alegria, o bom humor e o charme o iluminavam quando sorria. Certamente, do lado de fora, como disse a Srta. Cornelia, Owen Ford era um homem muito apresentável.

— Sra. Blythe, não imagina como estou encantado por estar aqui — disse ele com olhos ávidos e interessados. — Tenho a estranha sensação de ser um retorno ao lar. Minha mãe nasceu e passou a infância aqui, sabia? Ela costumava falar bastante sobre a antiga casa. Conheço a geografia desse lugar tão bem quanto a da casa em que vivi, e é claro que ela me contou a história da construção dessa casa e da vigília agoniada do meu avô pelo *Royal William*. Imaginei que uma casa tão antiga tivesse desaparecido anos atrás, senão teria vindo visitá-la antes.

— Casas antigas não desaparecem com facilidade nesta costa encantada — sorriu Anne. — Aqui é uma "terra onde tudo sempre parece o mesmo", ou quase sempre, pelo menos. A casa de John Selwyn não mudou muito, e as roseiras que seu avô plantou para a noiva dele estão florindo nesse exato momento.

— Como esse pensamento me conecta diretamente a eles! Com a sua permissão, pretendo explorar esse lugar muito em breve.

— Nossa porta estará sempre aberta para você — prometeu Anne. — Sabia que o velho capitão, que toma conta do farol de Four Winds, foi muito amigo de John Selwyn e da esposa em sua juventude? Ele me contou a história do casal na noite em que chegamos aqui, pois eu seria a terceira noiva a morar nessa velha casa.

— Não acredito! Esta *sim* é uma descoberta. Tenho que conhecê-lo.

— Não será difícil. Somos todos amigos do capitão Jim. Ele está muito ansioso para encontrá-lo. Sua avó brilha como uma estrela nas lembranças dele. Mas acho que a Sra. Moore está à sua espera. Vou mostrar o nosso atalho.

Anne o acompanhou riacho acima até a casa por um campo coberto de margaridas brancas como a neve. Havia um barco repleto de pessoas cantando do outro lado do porto. O som flutuava sobre o mar iluminado pelas estrelas como uma música sutil e sobrenatural soprada pelo vento. O grande feixe de luz piscava e reluzia. Owen Ford olhou ao redor com satisfação.

– Então aqui é Four Winds – disse. – Não estava preparado para encontrar um lugar tão bonito, apesar de todos os elogios da minha mãe. Que cores, que cenário, que charme! Ficarei forte como um touro logo em breve. E se a inspiração nasce da beleza, certamente poderei começar a escrever meu grande romance canadense aqui.

– Ainda não começou? – perguntou Anne.

– Infelizmente, não. Ainda não consegui encontrar uma ideia central adequada. Ela me espreita, me seduz, acena para mim e depois recua, escapando quando estou prestes a agarrá-la. Talvez em meio a toda essa paz e tranquilidade eu possa capturá-la. A Srta. Bryant me contou que você escreve.

– Ah, pequenos contos para crianças. Não tenho escrito muito desde que me casei. E não tenho planos para um grande romance canadense – riu Anne. – Está muito além de mim.

Owen Ford também riu.

– Ouso dizer que também está além de mim. Mesmo assim, pretendo tentar algum dia, se tiver tempo. Um jornalista não tem muita chance de se dedicar a isso. Já escrevi diversos contos para revistas, mas nunca tive o tempo livre necessário para escrever um livro. Entretanto, nesses três meses de liberdade, eu preciso dar início... se ao menos eu encontrasse o tema certo... a *alma* do livro.

Uma ideia matutou no cérebro de Anne de forma tão repentina que ela deu um sobressalto. Contudo, não disse nada em voz alta, pois haviam chegado à casa dos Moore. Conforme atravessavam o jardim, Leslie surgiu da escuridão na varanda pela porta lateral à procura do hóspede esperado. Ficou ali, banhada pela luz amarela acolhedora que saía pela porta aberta. Usava um vestido simples de algodão cor de creme e a usual faixa carmim. Leslie nunca saía de casa sem usar algo nesse tom. Contou a Anne que não se sentia satisfeita sem algum detalhe vermelho, mesmo que fosse apenas uma flor. Anne sempre achou que isso simbolizava a personalidade brilhante e reprimida de Leslie, proibida de se expressar, exceto por aquela centelha flamejante. O vestido tinha um decote modesto e mangas curtas. Os braços dela brilhavam como mármore de tom marfim. Cada curva delicada da silhueta dela se destacava contra o anoitecer. Os cabelos pareciam chamas. Atrás dela, o céu púrpuro desabrochava com as estrelas sobre o porto.

Anne ouviu o acompanhante ofegar. Mesmo com pouca luz, dava para ver o espanto e a admiração no rosto dele.

– Quem é aquela bela criatura? – perguntou ele.

– Aquela é a Sra. Moore. Ela é adorável, não é mesmo?

– Eu... nunca vi ninguém como ela – respondeu deslumbrado. – Não estava preparado... eu não esperava... Deus do céu, *ninguém* espera encontrar uma deusa como senhora! Ora, se ela estivesse com um manto de algas roxas e um diadema de ametistas nos cabelos, seria uma verdadeira rainha do mar. E ainda aceita hóspedes!

– Até as deusas precisam se sustentar – disse Anne. – E Leslie não é uma deidade. É apenas uma mulher bonita, tão humana quanto o restante de nós. A Srta. Bryant contou sobre o Sr. Moore?

– Sim... que ele tem problemas mentais, ou algo do tipo, certo? Mas ela não disse nada sobre a Sra. Moore, e eu a imaginei como uma típica dona de casa batalhadora do interior, que recebe hóspedes para ganhar a vida honestamente.

– Bem, é exatamente isso que Leslie está fazendo – afirmou Anne. – E não é algo prazeroso para ela. Espero que não se incomode com Dick. Se for o caso, por favor, não deixe Leslie perceber. Isso a magoaria terrivelmente. Ele é só um bebê crescido, mas às vezes pode ser bem irritante.

– Ah, ele não me incomodará. De qualquer forma, acredito que não passarei muito tempo na casa, exceto nas refeições. Mas que pena tudo isso! Ela deve ter uma vida bem difícil.

– Tem mesmo; mas Leslie não gosta que sintam pena dela.

Leslie voltou para dentro de casa e os encontrou na porta da frente. Ela cumprimentou Owen Ford com frieza e civilidade, informando de maneira profissional que o quarto e o jantar dele estavam prontos. Dick, com um sorriso satisfeito, subiu as escadas a passos pesados carregando a valise, e Owen Ford instalou-se como hóspede na casa entre os salgueiros.

CAPÍTULO 24

O LIVRO DA VIDA DO CAPITÃO JIM

— Tenho uma ideia germinando que pode facilmente se transformar em um feito magnífico – contou Anne a Gilbert ao chegar em casa. Ele havia voltado mais cedo do que o esperado e estava saboreando a torta de cereja de Susan. A própria Susan estava parada em um canto afastado, parecendo um espírito guardião benéfico, mesmo que austero, sentindo tanto prazer em assistir a Gilbert comer a torta quanto ele em saboreá-la.

— Qual foi a sua ideia? – perguntou ele.

— Não vou contá-la ainda, primeiro preciso ter certeza de que pode ser realizada.

— E o que me diz do tal Ford?

— Ah, é bastante simpático e muito bonito.

— Ele tem orelhas lindas, querido doutor – interveio Susan com alegria.

— Tem entre 30 e 35 anos, eu acho, e pretende escrever um romance. O tom de voz é agradável e possui um sorriso encantador, e sabe se vestir. Mesmo assim, de alguma forma, senti que a vida dele não foi nada fácil.

Owen Ford fez uma visita na tarde seguinte, trazendo um bilhete de Leslie para Anne. Eles observaram o pôr do sol do jardim e navegaram pelo porto sob a luz da lua no bote que

Gilbert tinha arranjado para os passeios de verão. Eles gostaram imensamente de Owen e tiveram a sensação de que o conheciam há muitos anos, o que distingue a irmandade da casa de José.

– Ele é tão bonito quanto as orelhas, querida Sra. do doutor – comentou Susan quando ele foi embora. Ele disse a Susan que jamais havia provado nada parecido com sua torta de morango, ganhando assim o coração suscetível de Susan para sempre. "Ele tem estilo próprio", ela refletiu enquanto limpava as sobras do jantar. "É muito estranho que não seja casado, pois um homem daquele poderia ter a mulher que quisesse. Bem, talvez ele seja como eu, e ainda não tenha encontrado a pessoa certa".

O romantismo foi invadindo os pensamentos de Susan enquanto ela lavava os pratos.

Duas noites depois, Anne levou Owen Ford até o farol de Four Winds para apresentá-lo ao capitão Jim. Os campos de trevos ao longo do porto ficaram branquinhos com as novas flores sob o vento do oeste, e o capitão exibia um dos mais belos poentes. Ele tinha acabado de voltar do porto.

– Tive de ir contar a Henry Pollack que ele está morrendo. Todo mundo estava com medo de dizer isso a ele. Achavam que ele reagiria da pior maneira possível, pois estava tão determinado a continuar vivendo que havia feito planos para o outono. A esposa achou que ele deveria saber e me considerou a pessoa indicada para dizer a ele que ele não vai melhorar. Henry e eu somos velhos amigos; navegamos juntos no *Gray Gull* durante anos. Bem, eu fui até lá, sentei-me ao lado da cama de Henry e disse, de maneira simples e direta, pois acredito que essas coisas devem ser ditas dessa forma: "Amigo, acho que dessa vez você recebeu ordens para zarpar". Eu estava meio que tremendo por dentro, pois é horrível ter que dar uma notícia dessas a alguém que não tem ideia de que está morrendo. E então, Sra. Blythe, Henry, com o rosto enrugado, me encarou com aqueles olhos brilhantes e negros e falou: "Se quiser me dar uma informação nova, Jim Boyd, conte-me algo que eu não saiba. Já sei *disso* há uma semana". Fiquei surpreso demais para falar, e Henry riu. "Ver você vir até aqui, com uma expressão tão solene quanto uma lápide, e sentar-se aí, juntando as mãos sobre a barriga, para me contar uma novidade embolorada como essa! Até um gato iria rir disso, Jim Boyd", disse ele. "Quem contou para você?", perguntei feito um tolo. "Ninguém", disse ele. "Estava deitado aqui na semana passada, na noite de terça-feira, e percebi que estava ciente da minha situação. Já suspeitava, mas naquele momento eu *soube*. Não comentei nada com ninguém para o bem da minha esposa. E *queria* ter construído aquele celeiro, porque Eben não vai fazer direito. Agora que você já tirou esse peso da consciência, Jim, coloque um sorriso no rosto e me conte algo interessante." Bem, e foi isso o que aconteceu. Todos estavam com medo de dar a má notícia para ele, e ele já sabia. Estranho como a natureza cuida de nós e faz com que saibamos as coisas na hora certa, não é? Já contei a história de quando Henry prendeu um anzol no nariz, Sra. Blythe?

– Não contou.

– Bem, ele e eu rimos disso hoje. Aconteceu quase trinta anos atrás. Um dia, Henry, eu e mais um pessoal fomos pescar cavalinha. Foi um ótimo dia, eu nunca tinha visto um cardume tão grande de cavalinhas no golfo antes, e no meio da animação geral, Henry entusiasmou-se tanto que conseguiu cravar um anzol na lateral de uma das narinas. Bem, o que aconteceu foi o seguinte: havia uma farpa de um lado e um enorme pedaço de chumbo do outro, então não dava para puxar. Queríamos levá-lo de volta o mais rápido possível, mas Henry queria continuar pescando. Disse que não deixaria um cardume daqueles, mesmo sabendo que poderia contrair tétano, e seguiu pescando, cerrando os punhos e grunhindo de vez em quando. Finalmente, o cardume passou e voltamos com o carregamento. Consegui uma lima e comecei a raspar o anzol. Procurei ser muito delicado, mas vocês deveriam ter ouvido o Henry. Na verdade, é melhor que não tenham ouvido. Foi muito bom não ter damas por perto. Ele nunca foi um homem de xingar, mas ouviu muitos xingamentos durante os anos de navegação, e naquela hora os pescou da memória e os arremessou todos contra mim. Por fim, declarou que não aguentava mais e que eu não tinha compaixão alguma. Sendo assim, colocamos ele em uma charrete e eu o levei, com o bendito anzol ainda preso no nariz, até um médico em Charlottetown, a quase sessenta quilômetros daqui, pois não havia nenhum outro por perto naquela época. Quando chegamos lá, o velho Dr. Crabb pegou uma lima e começou a fazer a mesma coisa que eu tinha tentado; a única diferença foi que ele não estava nem um pouco preocupado em ser delicado!

 A visita do capitão Jim ao velho amigo trouxe à tona muitas lembranças, e ele agora vivia em uma maré cheia de reminiscências.

 – Henry me perguntou hoje se eu me lembrava da vez em que o padre Chiniquy abençoou o barco de Alexander MacAllister. Outro caso extraordinário e tão verdadeiro quanto os evangelhos, pois eu estava no barco e presenciei tudo. Certo dia, partimos no barco de Alexander MacAllister ao amanhecer. Havia também um garoto francês a bordo; católico, é claro. Sabe, o padre Chiniquy tinha se convertido ao protestantismo, então os católicos o desprezavam. Bem, ficamos no golfo, debaixo do sol escaldante até o meio-dia, e nada mordeu nossas iscas. Quando voltamos, o padre Chiniquy teve que ir embora e disse com aquele seu jeito educado de sempre: "Sinto muito não poder acompanhá-los, Sr. MacAllister, mas deixo a minha bênção. Vocês pegarão mil peixes hoje à tarde". Bem, não foram mil, foram exatamente novecentos e noventa e nove peixes, a maior carga de um barco pequeno em toda a costa norte naquele verão. Curioso, não é mesmo? Alexander MacAllister disse para Andrew Peters: "Então, o que acha do padre Chiniquy agora?". E Andrews resmungou: "Ora, creio que o velho diabo ainda tem algumas bênçãos sobrando". Ah, como Henry gargalhou lembrando de tudo isso hoje!

– O senhor sabe quem é o Sr. Ford, capitão Jim? – perguntou Anne, notando que a fonte de recordações do capitão havia se esgotado por um instante. – Quero que tente adivinhar.

Ele balançou a cabeça negativamente.

– Nunca fui bom com adivinhações, Sra. Blythe. Mesmo assim, quando cheguei aqui, pensei: "De onde eu conheço esses olhos?". Pois eu já os vi!

– Pense em uma manhã de setembro, muitos anos atrás – disse Anne calmamente. – Pense em um barco entrando no porto, um barco aguardado há muito tempo, com muito desespero. Pense no dia em que o *Royal William* chegou e na primeira vez que o senhor viu a noiva do diretor da escola.

O capitão Jim levantou-se de súbito.

– São os olhos de Persis Selwyn! – ele quase gritou. – Você não pode ser o filho dela, deve ser o...

– Neto. Sim, eu sou filho de Alice Selwyn.

O capitão aproximou-se de Owen Ford e apertou a mão dele novamente.

– O filho de Alice Selwyn! Deus do céu, seja bem-vindo! Muitas vezes fiquei imaginando por onde andariam os descendentes do diretor da escola. Sabia que não havia ninguém na ilha. Alice... Alice, o primeiro bebê a nascer naquela casinha. Nenhum outro jamais me trouxe tanta alegria! Segurei-a em meus braços centenas de vezes. Ela deu os primeiros passos sozinha, apoiando-se nos meus joelhos. Posso ver o rosto da mãe dela assistindo à cena que foi quase sessenta anos atrás. Ela ainda está viva?

– Não, ela morreu quando eu era garoto.

– Ah, não me parece certo estar vivo para ouvir isso – suspirou o capitão Jim. – Mas me alegro de coração por ter conhecido você. Por um momento, voltei a ser jovem. Você ainda não sabe o que é isso. A Sra. Blythe tem esse talento, e com frequência ela faz eu me sentir assim.

O capitão Jim ficou ainda mais animado quando descobriu que Owen Ford era o que ele chamava de um "verdadeiro escritor". Olhava para ele como se ele fosse um ser superior. O capitão Jim sabia que Anne escrevia, no entanto, nunca levou o fato muito a sério. Ele achava as mulheres criaturas adoráveis, as quais deveriam ter o direito de votar e tudo o mais que quisessem, com a bênção de Deus, porém não acreditava que fossem capazes de escrever. "Vejam o caso de *Um Louco Amor*", argumentava ele. "Foi escrito por uma mulher. E o resultado? Uma história de cento e três capítulos que poderia ter sido contada em dez. Uma escritora nunca sabe quando parar, é esse o problema. Escrever bem é saber quando parar".

– O Sr. Ford quer ouvir uma de suas histórias, capitão Jim – disse Anne. – Conte aquela sobre o capitão que enlouqueceu e começou a imaginar que era o Holandês Voador.

Era a melhor história do capitão Jim, uma mistura de terror e comédia. Embora Anne já a tivesse ouvido várias vezes, ela riu com vontade e estremeceu de medo da mesma forma que o Sr. Ford. Em seguida, vieram outros casos, pois o capitão tinha uma plateia acolhedora. Ele contou como o barco dele foi atropelado por um navio a vapor; contou sobre a vez em que foi abordado por piratas malásios; sobre quando o barco pegou fogo; como ajudou um prisioneiro político a escapar da república da África do Sul; do outono em que naufragou nas Ilhas da Madalena e ficou até o verão; da vez em que um tigre fugiu do barco; de uma outra vez em que a tripulação dele fez um motim e o abandonou em uma ilha deserta. Esses e muitos outros contos trágicos, engraçados ou grotescos foram todos relatados pelo capitão Jim. O mistério do mar, o fascínio das terras distantes, a tentação da aventura, a alegria de viajar pelo mundo: tudo isso foi vivenciado pelos ouvintes. Owen Ford ouvia com a cabeça apoiada em uma das mãos enquanto o Imediato ronronava em seu colo com os olhos vidrados no rosto enrugado e eloquente do capitão Jim.

– Por que não mostra ao Sr. Ford o seu livro da vida? – perguntou Anne quando o capitão finalmente decretou que as histórias haviam terminado por enquanto.

– Ah, não quero incomodá-lo com isso – protestou o capitão, mas secretamente estava morrendo de vontade de mostrá-lo.

– Eu adoraria vê-lo, capitão Boyd – disse Owen. – Se for tão maravilhoso quanto suas histórias, valerá a pena.

Com falsa relutância, o capitão Jim pegou o livro do velho baú e o entregou a Owen.

– Não creio que você queira perder tempo com minhas velhas anotações. Não tive muito estudo – ele tomou o cuidado de acrescentar. – Só o escrevi para divertir o meu sobrinho Joe. Ele sempre me pede para contar histórias. Veio aqui ontem e me perguntou, em um tom de reprovação, enquanto eu carregava um bacalhau de nove quilos para fora do barco: "Tio Jim, peixes não são animais?". Eu ensinei a ele que devemos ser bons com os animais e nunca os maltratar de jeito algum. Eu me safei dizendo que os peixes eram um tipo diferente de animal, mas Joe não me pareceu satisfeito com a resposta; confesso que nem eu fiquei. Temos de tomar muito cuidado com o que dizemos para essas criaturinhas. Elas prestam atenção em tudo.

Enquanto falava, o capitão observava de canto de olho Owen Ford examinar o livro da vida. Ao perceber que o convidado estava perdido na leitura, virou-se com um sorriso para o armário e começou a preparar o chá. Owen Ford deixou o livro de lado para beber uma xícara de chá com a mesma relutância com que um avarento se separa de seu ouro; então, retomou-o avidamente.

– Ah, pode levar essa coisa com você, se quiser – disse o capitão como se "essa coisa" não fosse seu maior tesouro. – Tenho que descer para prender meu barco. Uma ventania se aproxima. Vocês viram o céu hoje? "Quando muitas ondas em nuvens o céu revela, os barcos devem baixar a vela."

Owen Ford aceitou a oferta com alegria. No caminho de volta, Anne lhe contou a história da Margaret, a desaparecida.

– Aquele velho capitão é um senhor fascinante – disse. – E que vida levou! Teve mais aventuras em uma semana de vida do que a maioria de nós tem na vida inteira. Você acredita que todas as histórias sejam verdadeiras?

– Certamente. Garanto que o capitão Jim é incapaz de contar uma mentira; além disso, todas as pessoas por aqui dizem que as coisas aconteceram exatamente como ele narra. Existiam os velhos amigos marujos para comprovar, mas agora ele é um dos últimos antigos capitães dos mares da ilha Príncipe Edward. São quase uma espécie em extinção agora.

CAPÍTULO 25

ESCREVENDO O LIVRO

Owen Ford chegou na casinha na manhã seguinte parecendo muito animado.

– Sra. Blythe, este livro é maravilhoso, absolutamente maravilhoso. Se eu pudesse usar todo esse material, tenho certeza de que conseguiria escrever o livro do ano. Acha que o capitão Jim permitiria?

– Permitir? Tenho certeza de que ficaria muito entusiasmado! – exclamou Anne. – Admito que era isso que eu tinha em mente quando levei você até lá na noite passada. O capitão sempre quis alguém para redigir o livro da vida dele de forma adequada.

– Gostaria de me acompanhar até a farol hoje à tarde, Sra. Blythe? Eu mesmo perguntarei sobre o livro, mas gostaria que dissesse a ele que me contou a história de Margaret, a desaparecida, e perguntasse se eu posso usá-la como base para o romance, interligando assim todas as histórias do livro da vida dele de maneira harmoniosa.

O capitão Jim ficou mais animado do que nunca com o plano de Owen Ford. Finalmente aquele grande sonho se concretizaria, e o mundo conheceria o "livro da vida" dele. Também ficou muito satisfeito com a inclusão da história de Margaret.

– Incluir o nome dela fará com que ela jamais seja esquecida – disse melancolicamente.
– É por isso que quis inseri-lo. Trabalharemos juntos! – entusiasmou-se Owen. – O senhor com a alma do livro, e eu com o corpo. Ah, nosso livro ficará famoso, capitão Jim. E temos que começar o mais rápido possível.
– E pensar que meu livro será escrito pelo neto do diretor da escola! – exclamou o capitão. – Rapaz, seu avô era um amigo muito querido. Achei que não houvesse ninguém igual a ele. Agora vejo porque tive de esperar tanto tempo pela pessoa certa para escrevê-lo. O seu lugar é aqui, a alma desta velha costa do norte existe dentro de você, e ninguém mais seria capaz de redigi-lo.

Foi combinado que o quartinho ao lado da sala de estar do farol seria o gabinete de Owen. Era necessário que o capitão Jim ficasse por perto enquanto ele escrevia para poder consultá-lo sobre muitos assuntos referentes ao universo dos mares e das navegações, coisas que Owen desconhecia.

Ele começou a trabalhar no livro na manhã seguinte, dedicando-se de corpo e alma. Quanto ao capitão Jim, foi um homem muito feliz naquele verão. Considerava o local de trabalho de Owen sagrado. Owen discutia tudo com ele, mas não o deixava ver o manuscrito.

– Você vai ter que esperar até que seja publicado. Aí sim terá a sua melhor versão.

Owen mergulhou nos segredos do livro da vida do capitão e usou-os livremente. Fantasiou e idealizou Margaret até ela se transformar em uma vívida realidade no papel. Conforme progredia, o livro possuía a mente de Owen, que trabalhava com um empenho febril. Ele permitiu que Anne e Leslie lessem e fizessem críticas sobre o manuscrito, e o capítulo final, que mais tarde os críticos consideraram idílico, foi modelado com base em uma sugestão de Leslie.

Anne parabenizou a si mesma pelo sucesso da ideia.

– Quando olhei para Owen Ford, soube que era a pessoa certa para isso – contou a Gilbert. – Havia humor e paixão em seu semblante, e esses elementos, juntamente com a arte da expressão, são necessários para a escrita de um livro como esse. Como a Sra. Rachel diria: ele estava predestinado a realizar essa tarefa.

Owen Ford escrevia toda manhã. Geralmente passava as tardes em passeios agradáveis com os Blythe. Leslie os acompanhava com frequência, já que o capitão Jim sempre cuidava de Dick para dar um descanso a ela. Eles passearam de barco pelo porto e pelos três rios que desaguavam nele; comeram mariscos no banco de areia e mexilhões nas pedras; colheram morangos nas dunas; saíram para pescar bacalhau com o capitão Jim; caçaram tarambolas nos campos da costa e patos selvagens na enseada, ou melhor, os homens caçaram. Ao anoitecer, costumavam caminhar pelos campos baixos cheios de margaridas sob a lua dourada, ou ficavam na sala de estar da casinha, cuja brisa marinha muitas vezes justificava a lareira acesa, falando sobre as mil e uma coisas que pessoas jovens, felizes, animadas e espertas encontram para conversar. Leslie era outra pessoa depois do dia de sua confissão para Anne. Não havia traços da frieza e do distanciamento de antes, nem sombra da velha amargura. A juventude negada a ela parecia ter ressurgido com a maturidade de uma mulher adulta; ela desabrochava como uma flor de chamas e perfume; sua risada era a primeira a ecoar, e seu raciocínio era o mais ágil nos encontros ao entardecer daquele verão mágico. Quando não podia estar presente, todos sentiam como se um sabor único estivesse ausente. A beleza de Leslie era iluminada pela alma que havia despertado dentro dela, como o brilho rosado de uma lamparina em um magnífico vaso de alabastro. Havia momentos em que os olhos de Anne pareciam arder diante de seu esplendor. A Margaret do livro de Owen Ford, ainda que tivesse os cabelos castanhos e o rosto delicado da garota que há tanto tempo tinha sido levada pelo mar, "para o leito onde repousa a Atlântida perdida", tinha a personalidade de Leslie Moore, revelada naqueles dias idílicos no porto de Four Winds.

Em suma, foi um verão inesquecível: um daqueles acontecimentos raros na vida das pessoas que deixam uma rica herança de lindas lembranças. Um verão que, graças à combinação fortuita de clima agradável, amigos encantadores e atividades interessantes, chegou o mais próximo da perfeição que é possível neste mundo.

"Bom demais para durar" disse Anne para si mesma com um leve suspiro, quando o vento frio e um tom mais escuro de azul no golfo avisavam que o outono se aproximava.

Naquela tarde, Owen Ford anunciou o término do livro, e disse também que suas férias estavam chegando ao fim.

– Ainda terei muito trabalho pela frente para revisá-lo e aprumá-lo – disse –, mas o principal já está feito. Escrevi a última frase hoje pela manhã. Se eu conseguir encontrar uma editora, será lançado no próximo verão ou outono.

Owen não duvidava que encontraria uma editora. Ele sabia que havia escrito um livro muito bom; um livro que obteria verdadeiro sucesso, que ganharia *vida* própria. Sabia que conquistaria fama e fortuna; ainda assim, ao concluir a frase final, abaixou a cabeça sobre o manuscrito e ficou um longo tempo daquela forma. Seus pensamentos não estavam focados no bom trabalho que havia feito.

CAPÍTULO 26

A CONFISSÃO DE OWEN FORD

— Lamento muito por Gilbert não estar em casa – disse Anne. – Allan Lyons, que mora em Glen, sofreu um sério acidente. Gilbert só vai chegar bem tarde hoje, mas me disse que estará de pé bem cedo para se despedir de você. É uma pena. Susan e eu havíamos organizado uma pequena festa para sua última noite aqui.

Ela estava sentada ao lado do riacho do jardim, no banquinho rústico que Gilbert tinha feito. Owen Ford estava em pé ao lado dela, encostado na coluna de bronze do tronco de uma bétula amarela. O rosto dele estava muito pálido, exibindo as marcas das noites insones. Anne olhou para cima e ficou se perguntando se ele tinha conseguido o descanso que tanto precisava naquele verão. Será que havia trabalhado demais no livro? Ela percebia que fazia uma semana que ele não estava bem.

— Na verdade, estou feliz que o doutor não esteja – disse Owen lentamente. – Queria ficar a sós com a senhora, Sra. Blythe. Preciso desabafar com alguém ou vou enlouquecer. Há uma semana tento encarar meu problema e não consigo. Uma mulher com olhos como os seus sempre entende. A senhora é o tipo de pessoa para quem os outros instintivamente contam as coisas, Sra. Blythe, e eis minha confissão: eu amo Leslie.

Amo! A palavra não me parece forte o suficiente para expressar o que sinto.

A voz dele embargou de súbito devido à paixão suprimida em sua declaração. Ele virou-se e escondeu o rosto no braço. O corpo inteiro dele tremia. Anne o encarou, ele parecia pálido e atormentado. Ela sequer imaginava! Aliás, como não tinha pensado nisso antes? Naquele momento parecia tão natural e inevitável. Ela estranhou a própria cegueira. É que... é que... coisas assim não aconteciam em Four Winds. No resto do mundo, as paixões desafiam as convenções e leis humanas, mas certamente *não* ali. Leslie recebia hóspedes ocasionalmente havia dez anos, e nada parecido tinha acontecido. Ah, *alguém* deveria ter pensado nisso! Por que a Srta. Cornelia não pensou nisso? Ela estava sempre pronta para soar o alarme quando se tratava de homens. Anne sentiu um ressentimento irracional contra a Srta. Cornelia. Então, murmurou para si mesma. Não havia motivos para apontar um culpado, pois o dano estava feito. E Leslie... como Leslie estava? Era com ela que Anne estava mais preocupada.

– Leslie sabe disso, Sr. Ford? – perguntou Anne com cautela.

– Não, não... a menos que tenha adivinhado. A senhora com certeza não acha que eu seria capaz de tamanha canalhice, Sra. Blythe. Não pude evitar me apaixonar por ela. Essa é a verdade, e meu sofrimento é maior do que posso aguentar.

– *Ela* gosta do senhor? – perguntou Anne.

No momento em que a pergunta cruzou seus lábios, ela percebeu o erro cometido. Owen Ford respondeu com um protesto exagerado.

– Não, não, é claro que não. Mas eu poderia fazer com que ela gostasse, caso fosse uma mulher livre. Sei que poderia.

"Ela gosta, e ele sabe disso", pensou Anne. Em voz alta, ela disse com firmeza e compaixão:

– Mas ela não é livre, Sr. Ford. E a única coisa que o senhor pode fazer é partir em silêncio e deixá-la seguir com a própria vida.

– Eu sei, eu sei – murmurou Owen. Ele se sentou no banco em meio à grama e encarou melancolicamente a água âmbar do riacho. – Sei que não posso fazer nada, nada além de dizer apenas "Adeus, Sra. Moore, obrigado por ter sido gentil comigo nesse verão", como eu diria à dona de casa sonhadora, ativa e perspicaz que eu imaginei que ela fosse. Em seguida, pagarei por minha estada como qualquer outro hóspede honesto e irei embora! Ah, é muito simples. Sem dúvidas, sem perplexidade; apenas uma estrada reta em direção ao fim do mundo! E caminharei por ela, Sra. Blythe, não precisa ter medo. Mesmo que seja mais fácil caminhar sobre barras de ferro incandescentes.

Anne sentiu a dor na voz dele. E não havia quase nada que ela pudesse dizer em uma situação como aquela. A culpa estava fora de questão, conselhos não eram necessários, e a compaixão seria um insulto à agonia cruel daquele homem. Ela podia apenas fazer companhia a ele em um labirinto compassivo e cheio de arrependimento. O coração dela se partia ao pensar em Leslie! A pobre garota já não tinha sofrido o suficiente na vida?

– Não seria tão difícil partir se ao menos Leslie fosse feliz. – Owen apaixonadamente retomou a conversa. – Mas ter consciência da morte em vida que ela leva, da situação em que a deixarei! *Isso* é o pior de tudo. Daria a minha vida para fazê-la feliz. Só que não posso fazer nada para ajudá-la... Nada. Ela está presa para sempre àquele pobre coitado, sem nenhuma perspectiva a não ser envelhecer em uma sucessão de anos vazios, estéreis e sem sentido. Tenho que seguir em frente e nunca mais vê-la, mesmo sabendo pelo que ela passa. É hediondo... hediondo!

— É muito difícil — disse Anne com pesar. — Nós, os amigos dela aqui, sabemos tudo que ela enfrenta.

— E ela tem tanto gosto pela vida — disse Owen, revoltado. — A beleza é o menor dos dons de Leslie, e ela é a mulher mais deslumbrante que já conheci. Aquela risada! Passei o verão todo tentando provocar aquele riso, só pelo prazer de ouvi-lo. E os olhos dela são azuis e profundos como o golfo lá fora. Nunca vi um tom azul tão vivo. E o dourado dos cabelos! Já viu Leslie com os cabelos soltos, Sra. Blythe?

— Não.

— Vi uma vez. Eu tinha saído para pescar com o capitão Jim, só que o mar estava muito agitado, e então acabei voltando. Ela aproveitou a oportunidade de passar a tarde sozinha para lavar os cabelos, e estava sentada na varanda sob o sol para secá-los. O cabelo chegava até os pés dela em uma cascata de ouro. Ela correu para dentro ao me ver, e o vento fez um redemoinho com os cabelos ao redor dela, como Dânae[8] em sua nuvem. Por algum motivo, foi só ali que percebi que a amava, e que a amei desde o primeiro instante em que a vi, destacando-se na escuridão. E ela terá que continuar aqui, cuidando de Dick, contando moedas e economizando para meramente sobreviver, enquanto eu passarei o resto da vida ansiando por ela em vão, incapaz de lhe oferecer a pequena ajuda de um amigo. Na noite passada, caminhei pela praia quase até o amanhecer e pensei bastante. Apesar de tudo, meu coração não está arrependido de ter vindo para Four Winds. Por mais grave que seja a situação, sinto que teria sido

---

8. Personagem da mitologia grega que teve um filho com Zeus após ser fecundada por uma chuva de ouro.

ainda pior se nunca tivesse conhecido Leslie. Amá-la e ter que deixá-la é uma dor arrebatadora que chega a arder, mas nunca sequer tê-la amado é inconcebível. Suponho que tudo isso pareça loucura; todas essas emoções terríveis sempre soam tolas quando as expressamos com palavras inadequadas. Elas não devem ser proferidas, apenas sentidas e suportadas. Não deveria ter falado nada, por mais que tenha me ajudado... um pouco. Pelo menos, isso me deu forças para ir embora de forma respeitável amanhã pela manhã, sem causar uma cena. A senhora escreverá para mim de vez em quando e me dará notícias sobre ela, não é mesmo, Sra. Blythe?

– Sim – disse Anne. – Ah, lamento tanto que esteja indo embora, vamos sentir muito a sua falta. Ficamos tão amigos! Se não fosse por isso, você poderia voltar nos próximos verões. Talvez, quando conseguir esquecê-la...

– Eu jamais a esquecerei e jamais voltarei a Four Winds – afirmou Owen incisivamente.

O silêncio e o crepúsculo tomaram conta do jardim. Ao longe, as ondas desfaziam-se no banco de areia de forma gentil e monótona. O vento do anoitecer entre os álamos parecia uma melodia triste, estranha e antiga, um sonho interrompido de velhas lembranças. Uma árvore jovem e esbelta erguia-se junto aos tons delicados de amarelo, esmeralda e rosa do céu do poente, dando a cada folha e ramo uma aura trêmula, sombria e mágica.

– Não é linda? – indagou Owen, com a entonação de alguém que deseja encerrar o assunto, apontando para a árvore.

– É tão linda que chega a doer – respondeu Anne. – Coisas perfeitas como essa sempre fazem com que eu sinta certa dor. Lembro que, quando era pequena, chamava isso de "dor esquisita". Por que será que essa aflição parece pertencer à perfeição? Seria a dor da conclusão ao percebermos que somente existe retrocesso além daquele ponto?

– Talvez seja o infinito preso dentro de nós, tentando se relacionar ao infinito semelhante expresso por essa perfeição visual – divagou Owen.

– Acho que o senhor pegou um resfriado. É melhor esfregar um pouco de sebo no nariz antes de dormir – disse a Srta. Cornelia ao entrar pelo portãozinho entre os pinheiros, a tempo de ouvir o comentário de Owen. Ela gostava dele, mas era uma questão de princípios esnobar qualquer fala afetada de um homem.

A Srta. Cornelia era a personificação da comédia que está sempre à espreita nas tragédias da vida. Anne, cujos nervos estavam à flor da pele, riu de forma histérica, e Owen chegou até a sorrir. Certamente, as emoções fortes e a paixão deixavam de existir diante da presença da Srta. Cornelia. Mesmo assim, para Anne, a situação parecia ainda mais irremediável, sombria e dolorosa do que antes. E foi assim que naquela noite o sono passou longe dos olhos dela.

CAPÍTULO 27

NAS DUNAS DE AREIA

Owen Ford deixou Four Winds na manhã seguinte. Anne foi visitar Leslie ao final da tarde e não encontrou ninguém. A casa estava trancada e não havia luz em janela alguma. Parecia uma casa sem alma. Leslie também não a procurou, o que Anne interpretou como um mau sinal. Como Gilbert iria pescar no fim da tarde, Anne foi com ele até o farol para ficar um pouco com o capitão Jim. Contudo, o grande feixe de luz que cortava a neblina do anoitecer de outono estava sob os cuidados de Alec Boyd; o capitão também não estava.

– O que você vai fazer? Quer vir comigo? – perguntou Gilbert.

– Não quero ir até a enseada, mas vou atravessar o canal com você e ficarei passeando pela praia até a hora de voltarmos. Os rochedos estão muito escorregadios e perigosos hoje.

Sozinha no banco de areia, Anne entregou-se ao charme fantasmagórico do anoitecer. O clima estava agradável para uma tarde de setembro, e bem-enevoado; a lua cheia havia diminuído a bruma e transformado o porto e seus arredores em um mundo estranho, fantástico e irreal, encoberto por um nevoeiro prateado que deixava tudo com uma atmosfera espectral. A escuna preta do capitão Josiah Crawford, que navegava canal abaixo, levando um carregamento de batatas para os portos de Bluenose, era um barco fantasma com destino a terras inexploradas e distantes, impossíveis de serem alcançadas. O som das gaivotas, ocultas pelas nuvens no céu, era o lamento das almas condenadas de marujos. Os caracóis de espuma na praia eram pequenos duendes que escapavam das cavernas do mar. As dunas de areia, grandes e arredondadas, eram os ombros de gigantes adormecidos de alguma lenda nórdica antiga. As pálidas luzes que cintilavam do outro lado do porto eram feixes traiçoeiros de alguma terra encantada. Anne entreteve-se com mil devaneios enquanto caminhava sob a névoa.

Não estava sozinha. Algo começou a surgir em meio à neblina diante dela, tomando forma e contornos, e de repente correu na direção dela pela areia molhada.

– Leslie! – exclamou Anne surpresa. – O que você está fazendo *aqui* bem agora?

– O que *você* está fazendo aqui? – disse Leslie, tentando rir. O esforço foi em vão. Ela parecia pálida e cansada, mas os adoráveis cachos debaixo do chapéu escarlate enrolavam-se em seu rosto como se fossem anéis de ouro.

– Estou esperando Gilbert que está na enseada. Pretendia aguardar no farol, mas o capitão não está.

– Vim aqui porque queria andar, andar, andar e *andar* – disse Leslie inquieta – A maré estava muito alta na praia do rochedo, e eu acabaria ficando presa entre as pedras. Tive que vir para cá ou creio que enlouqueceria. Cruzei o canal sozinha, no bote do capitão Jim. Estou aqui há uma hora. Venha, vamos conversar. Não consigo ficar parada. Ah, Anne!

– Leslie, querida, qual é o problema? – perguntou Anne, por mais que já soubesse muito bem o que estava acontecendo.

– Não posso dizer; e não me pergunte. Não me importaria se você ficasse sabendo... aliás, eu gostaria que você soubesse, mas não posso contar. Não posso contar a ninguém. Eu fui uma tola, Anne... Ah! Como dói ser tola! Não há nada mais doloroso no mundo.

Ela riu com amargura. Anne colocou o braço sobre os ombros dela e indagou:

– Leslie, você está gostando do Sr. Ford?

Ela virou-se abruptamente.

– Como você sabe? – bradou. – Anne, como descobriu? Ah, está escrito na minha testa para todos lerem? É tão óbvio assim?

– Não, não. Eu... não posso explicar como descobri. De alguma maneira, acabei sabendo. Leslie, não me olhe assim!

– Você me despreza? – exigiu saber com um tom grave e firme. – Acha que sou uma mulher indigna, vil? Ou apenas uma tola?

– Nada disso. Venha, querida, vamos conversar com sensatez, da mesma maneira que faríamos no caso de qualquer outra grande dificuldade da vida. Você vem pensando de forma obsessiva no assunto, e por isso só consegue enxergá-lo sob uma ótica pessimista. Você sabe que tem uma tendência a fazer isso quando tudo dá errado, e prometeu que tentaria lutar contra esse ímpeto.

– Mas... ah, é tão... vergonhoso – murmurou Leslie. – Amá-lo... sem ser correspondida... Quando não estou livre para amar ninguém.

– Não há vergonha alguma nisso. Entretanto, sinto muito que tenha passado a gostar de Owen, pois, sendo as coisas como são, isso a fará sentir-se ainda mais infeliz.

– Eu não *passei* a gostar – disse Leslie, caminhando e falando com fervor. – Se fosse assim, poderia ter evitado. Eu nunca havia imaginado passar por isso até semana passada, quando ele me contou que havia terminado o livro e precisava ir embora. Foi então que percebi. Senti como se alguém tivesse batido em mim com força brutal. Eu não falei nada... Não consegui falar nada... E nem sei qual foi a minha expressão. Tenho medo que meu rosto tenha me entregado. Ah, eu iria morrer de vergonha se ele soubesse, ou até mesmo suspeitasse.

Anne ficou em um silêncio angustiante devido às conclusões que chegou após a conversa com Owen. Leslie continuou a falar energeticamente, como se isso a deixasse aliviada.

– Fui tão feliz nesse verão, Anne, mais do que já fui em toda a vida. Pensei que fosse porque as coisas tinham sido esclarecidas entre nós duas, e que a nossa amizade era o que estava fazendo com que a vida ficasse mais bela e completa novamente. E em parte *era* por isso, mas... Ah, nem de longe era somente isso. Agora sei por que tudo parecia tão diferente. Tudo acabou, e ele foi embora. Como conseguirei viver, Anne? Quando voltei para casa hoje de manhã, depois que ele foi embora, a solidão me atingiu como um tapa em meu rosto.

– Não será tão difícil com o passar do tempo, querida – disse Anne, que sentia a dor dos amigos tão profundamente que as palavras de conforto não vinham com facilidade. Além do mais, ela se lembrava de como discursos bem-intencionados a haviam machucado em momentos como aquele, e por isso hesitou.

– Ah, a mim parece que vai ser cada vez mais difícil – lamentou Leslie. – Não tenho mais esperanças. As manhãs virão uma após a outra... E ele não voltará. Ele nunca mais voltará. Quando penso que jamais voltarei a vê-lo, sinto como se uma grande mão cruel estivesse apertando meu coração para destruí-lo. Por muito tempo eu sonhei com o amor... Pensava que fosse a coisa mais linda do mundo... E agora, sei como realmente é. Ele estava frio e distante ao se despedir ontem. Ele me disse: "Adeus, Sra. Moore", com a maior indiferença do mundo, como se nem fôssemos amigos... Como se eu não significasse nada para ele. Sei que isso é verdade; não que eu quisesse que ele se importasse comigo, só acho que *poderia* ter sido um pouco mais gentil.

"Ah, como eu queria que Gilbert estivesse aqui", pensou Anne. Ela estava dividida entre a solidariedade por Leslie e a necessidade de evitar trair a confiança de Owen. Ela sabia porque a despedida dele tinha sido tão fria, sem a cordialidade que a amizade entre eles exigia. Só não podia contar à Leslie.

– Não consegui evitar, Anne... Não consegui – disse a pobre Leslie.

– Eu sei.

– Acha que a culpa é toda minha?

– Você não tem culpa de nada.

– E você... não vai contar para o Gilbert, vai?

– Leslie! Acredita mesmo que eu faria uma coisa dessas?

– Ah, não sei... Vocês são tão íntimos. Aposto que conta tudo para ele.

– Tudo que diz respeito a mim, sim. Não os segredos dos meus amigos.

– Não suportaria se ele soubesse, mas estou feliz por ter contado a você. Iria me sentir culpada se houvesse algo que eu tivesse vergonha de contar para você. Espero que a Srta. Cornelia não descubra. Às vezes sinto como se aqueles olhos castanhos intensos e bondosos pudessem ler a minha alma. Ah, queria que essa neblina nunca desaparecesse; gostaria de ficar aqui para sempre, escondida de todos os seres vivos. Não sei como continuarei vivendo. Antes da chegada de Owen, tive momentos horríveis ao retornar para casa depois de encontrar Gilbert e você. Vocês voltavam para o lar juntos, e eu para a minha casa *sozinha*. Então Owen começou a me fazer companhia, e ríamos e conversávamos da mesma forma que você e Gilbert, e eu não tive mais momentos de solidão e inveja. E agora! Ah, sim, como fui ingênua. Enfim, chega de falar da minha insensatez. Nunca mais vou incomodar você com isso novamente.

– Gilbert está vindo, e você voltará conosco – disse Anne, que não pretendia deixar Leslie vagando sozinha pelo banco de areia em uma noite como aquela, ainda mais sentindo-se daquela forma. – Há espaço suficiente no bote para três pessoas, e amarraremos o seu atrás.

– Ah, creio que novamente terei que aceitar ficar sobrando – disse a pobre Leslie com outra risada amarga. – Perdoe-me, Anne, isso foi horrível. Eu deveria ser grata... Eu *sou* grata por ter dois amigos ótimos que não me deixam de lado. Ignore o meu rancor. Sinto como se tivesse uma dor imensa e tudo me magoasse.

– Leslie parecia muito quieta, não acha? – comentou Gilbert ao chegar em casa com Anne. – O que será que estava fazendo sozinha no banco de areia?

– Ela estava exausta, e você sabe que ela gosta de ir lá depois de um dia ruim com Dick.

– É uma pena ela não ter conhecido e se casado com alguém como Ford anos atrás – ruminou ele. – Eles teriam formado um belo par, não acha?

– Pelo amor de Deus, Gilbert, não banque o casamenteiro. É uma profissão abominável para um homem – repreendeu Anne, temendo que ele descobrisse a verdade se continuasse elaborando aquele pensamento.

– Deus me livre, mocinha! Não sou um casamenteiro – protestou Gilbert, um tanto surpreso com o tom dela. – Só estava pensando em como poderia ter sido diferente.

– Bem, não pense. É uma perda de tempo. – Subitamente, ela acrescentou: – Ah, Gilbert, gostaria que todo mundo fosse feliz como nós.

CAPÍTULO 28

ASSUNTOS TRIVIAIS

— Estava lendo os obituários – disse a Srta. Cornelia ao deixar de lado o *Daily Enterprise* para pegar as costuras.

O porto parecia sombrio e funesto sob o céu carregado de novembro. As folhas mortas e encharcadas grudavam e se acumulavam nos beirais das janelas; mas a casinha estava cheia de alegria com a lareira acesa e com a energia primaveril das samambaias e gerânios de Anne.

— É sempre verão aqui, Anne – disse Leslie uma vez; e todos que visitavam a casa dos sonhos sentiam-se da mesma forma.

— Parece que o *Enterprise* publica todos os obituários ultimamente – comentou a Srta. Cornelia. – Sempre há colunas com eles, e eu leio cada linha. É um dos meus passatempos, especialmente quando há alguma poesia original. Veja este exemplo: "Ela foi para junto do Criador, e não mais trilhará por aqui. Com alegria costumava dançar e cantar a música do lar, doce lar". Quem disse que não há talentos poéticos na ilha? Notou a quantidade de pessoas boas que morrem, querida Anne? É uma pena. Aqui temos dez obituários, todos de santos e cidadãos exemplares, inclusive os homens. Como o velho Peter Stimson, que "deixa um grande círculo de amigos lamentando a partida prematura".

Deus do céu, o homem tinha 80 anos, e todo mundo que o conhecia desejava a morte dele há trinta anos. Leia os obituários quando estiver triste, querida Anne, especialmente aqueles de pessoas conhecidas. Se você tiver um mínimo de senso de humor, eles vão deixá-la animada, acredite em *mim*. Ah, se eu pudesse escrever o obituário de certas pessoas. "Obituário" não é uma palavra horrorosa? Esse Peter, de quem estava falando, tinha cara de obituário. Sempre que o via, a palavra *obituário* vinha em minha mente. Só conheço uma palavra pior do que essa, que é "viúva". Querida Anne, posso ser uma velha solteirona, mas pelo menos nunca serei a viúva de homem algum!

– É *mesmo* uma palavra feia – disse Anne, rindo. – O cemitério de Avonlea é cheio de lápides com os dizeres: "Em sagrada memória de Fulana de Tal, *viúva* de Sicrano de Tal". Isso sempre fazia com que eu pensasse em roupas velhas, comidas pelas traças. Por que a maioria das palavras ligadas à morte são tão desagradáveis? Adoraria que o costume de chamar um cadáver de "restos mortais" fosse abolido. Eu realmente estremeço quando ouço dizerem em um funeral: "Aqueles que desejam ver os restos mortais, sigam por aqui, por favor". Sempre tenho a impressão tenebrosa de que estou prestes a ver uma cena de um banquete canibal.

– Bem – disse a Srta. Cornelia calmamente –, só espero que quando eu morrer, ninguém me chame de "nossa irmã falecida". Sou avessa a essa história de irmãos e irmãs desde que um evangelista itinerante deu alguns sermões em Glen há cinco anos. Assim que o vi, não simpatizei com ele; intuí na hora que havia algo errado com ele. E havia mesmo. Vejam só, ele fingia ser presbiteriano... "Presbiteriano", como costumava dizer, quando, na verdade, era metodista. Chamava todo mundo de irmão e irmã. Agarrou a minha mão fervorosamente uma noite e perguntou, implorando: "Minha querida irmã Bryant, você é cristã?". Eu o encarei por um instante e disse calmamente: "O único irmão que já tive, Sr. Fiske, foi enterrado há quinze anos, e desde então não adotei nenhum outro. E creio que eu seja cristã desde o tempo em que você somente engatinhava". *Isso* acabou com ele, acredite em *mim*. Não sou contra todos os evangelistas, Anne. Tivemos alguns homens bons e honestos, que espalhavam o bem e faziam os pecadores se contorcer. Mas o tal do Fiske não era um desses. Houve uma noite em que ri sozinha. Fiske pediu para que todos os cristãos se levantassem. E eu não saí do lugar, acredite em *mim*! Nunca gostei desse tipo de coisa. Só que a maioria das pessoas gostava, e então ele pediu que se levantassem todos os que tinham desejo de se tornar cristãos. Quando ninguém se mexeu, ele começou a esganiçar um hino de louvor. Bem na minha frente estava o pequeno Ikey Baker, sentado no banco dos Millison. Era um bom garoto de 10 anos, e os Millison o faziam se matar de trabalhar. O pobrezinho estava sempre tão cansado que caía no sono sempre que ia à igreja ou a qualquer outro lugar em que pudesse descansar por alguns instantes. Tinha dormido durante toda a cerimônia, e eu fiquei contente ao vê-lo descansar um pouco, acredite em *mim*. Bem, quando a voz de Fiske alcançou o volume máximo e todos se uniram a ele, o pobrezinho acordou assustado. Ele achou que fosse um hino como outro qualquer e que todos deveriam se levantar, então ficou em pé na mesma hora, sabendo que seria punido por Maria Millison, caso fosse pego dormindo durante o culto. Fiske olhou para ele e gritou: "Outra alma salva! Aleluia!". E ali estava o pobre e assustado Ikey, sonolento e bocejando, sem a mínima ideia do que estava acontecendo. Pobre criança, nunca tinha tempo para pensar em nada além do corpinho exausto.

"Leslie foi a um dos cultos, e o tal Fiske não perdeu tempo – prosseguiu ela. – Ah, ele dava atenção especial às almas das jovens bonitas, acredite em *mim*! Só que Leslie nunca mais voltou porque ele feriu os sentimentos dela. Assim, passou a rezar todas as noites em público para que o Senhor tocasse o coração dela. Por fim, eu procurei o Sr. Leavitt, o nosso ministro naquela época, e disse que se Fiske não parasse com isso, iria me levantar e jogar meu hinário nele na próxima vez que falasse sobre "aquela jovem bela e impenitente". E eu teria feito isso, acredite em *mim*. O Sr. Leavitt resolveu mesmo essa questão, e o Sr. Fiske continuou pregando até que Charley Douglas acabou com a carreira dele em Glen de vez. A Sra. Douglas havia passado o inverno inteiro na Califórnia. Ela estava muito angustiada naquele outono, uma angústia religiosa; era algo que acontecia com a família dela. O pai dela ficou tão preocupado ao pensar que tinha cometido um pecado imperdoável que morreu em um manicômio. Por isso, quando Rose Douglas começou a agir da mesma forma, Charley a mandou visitar a irmã dela em Los Angeles. Voltou para casa perfeitamente bem, mas as reuniões de Fiske estavam no auge. Ela desceu do trem em Glen sorridente e saltitante, e a primeira coisa que viu foi uma pergunta escrita no telhado preto do galpão de carga, em letras brancas com mais de meio metro de altura: 'Para onde você vai: para o céu ou para o inferno?'. Rose deu um grito e desmaiou. Estava pior do que nunca quando chegou em casa. Charley disse ao Sr. Leavitt que todos da família Douglas deixariam de ir à igreja se Fiske continuasse na vila. O ministro foi obrigado a ceder, pois a doação dos Douglas representava metade de seu salário, e assim Fiske foi embora e voltamos a depender de nossas bíblias para as orientações de como chegar ao paraíso. Mais tarde, o Sr. Leavitt descobriu que ele era um metodista disfarçado e se sentiu muito mal, acredite em *mim*. O ministro tinha os seus defeitos, mas era um presbiteriano exemplar.

– Recebi uma carta do Sr. Ford ontem – disse Anne. – Ele mandou lembranças a você.

– Não quero as lembranças dele – disse a Srta. Cornelia secamente.

– Por quê? – perguntou Anne surpresa. – Achei que gostasse dele.

– Bem, eu até gosto dele. Mas jamais o perdoarei pelo que fez com Leslie. A pobre menina está se desmanchando em lágrimas por ele, como se já não tivesse problemas suficientes, enquanto ele está em Toronto, desfrutando da vida como sempre, aposto. Bem típico dos homens, não acha?

– Ah, Srta. Cornelia, como soube?

– Por Deus, minha querida Anne, eu tenho olhos, não tenho? E conheço Leslie desde que era um bebê. Um novo tipo de angústia surgiu nos olhos dela durante o outono, e sei que aquele escritor tem algo a ver com isso. Nunca me perdoarei por tê-lo trazido até aqui. Não suspeitava que ele poderia agir da forma que agiu; achei que fosse como todos os outros homens que já se hospedaram na casa dela: jovens asnos arrogantes pelos quais ela nunca se interessaria. Um deles tentou flertar com ela uma vez, e Leslie foi bem incisiva com ele; aposto que nem tentou novamente depois disso. Então, não achei que houvesse risco algum.

– Leslie não pode suspeitar que você sabe o segredo dela – Anne apressou-se em dizer. – Acho que isso iria deixá-la magoada.

– Confie em mim, querida Anne. Eu não nasci ontem. Ah, malditos sejam todos os homens! Um deles arruinou a vida de Leslie, e agora outro membro do clã quer terminar de destruí-la. Anne, este mundo é um lugar horrível, acredite em mim.

– "Há algo de errado no mundo que algum dia será corrigido" – citou Anne sonhadora, pensando no poema de Tennyson.

– Se assim for, será um mundo sem homens – enfatizou a Srta. Cornelia sombriamente.

– O que os homens fizeram agora? – perguntou Gilbert ao entrar na sala.

– Estragos! Estragos! Que outra coisa eles sabem fazer?

– Foi Eva quem comeu a maçã, Srta. Cornelia.

– Mas foi uma criatura do sexo masculino que iniciou a tentação – ela rebateu de forma triunfal.

Leslie, após a angústia inicial, descobriu que era possível continuar vivendo, assim como o restante de nós, não importa quais sejam as nossas atribulações pessoais. É possível que tenha até saboreado alguns bons momentos da vida ao participar do círculo alegre na casinha dos sonhos. No entanto, se Anne tinha esperanças de que Leslie havia esquecido Owen Ford, o olhar furtivo da amiga sempre que o nome dele era mencionado a trazia novamente para a realidade. Sentindo pena dessa ansiedade da amiga, Anne sempre evitava contar ao capitão Jim e a Gilbert as notícias das cartas de Owen quando Leslie estava por perto. O rubor e a vergonha nesses momentos demonstravam perfeitamente as emoções que a dominavam. Leslie nunca falava dele com Anne e nem sobre aquela noite na barreira de dunas.

Um dia, o velho cão morreu, e Leslie viveu um amargo luto por ele.

– Ele foi meu amigo por tanto tempo – contou a Anne, cheia de pesar. – Ele era do Dick, sabe; ele o pegou um ano antes de nos casarmos e o deixou comigo quando zarpou no *Four Sisters*. Carlo se apegou a mim, e o amor desse cão foi o que me ajudou naquele primeiro ano terrível depois da morte da mamãe, quando eu estava sozinha. Ao saber que Dick voltaria, fiquei com medo de que Carlo se distanciasse de mim. Mas ele nunca mais se apegou ao Dick, embora tivessem sido bons amigos. Rosnava e avançava nele como se fosse um estranho. Eu fiquei feliz. Era bom ter algo cujo amor fosse inteiramente meu. Aquele velho cachorro foi tão bom para mim, Anne. Ele ficou tão frágil no outono e pensei que não fosse viver por muito mais tempo; mesmo assim, achei que conseguiria cuidar dele durante o inverno. Parecia ter melhorado hoje de manhã. Estava deitado no tapete em frente à lareira, quando de repente se levantou, aproximou-se, colocou a cabeça no meu colo e me encarou com aqueles grandes olhos amorosos e ternos. Então, simplesmente estremeceu e morreu. Vou sentir muita falta dele.

– Quero dar outro cão para você, Leslie – Anne disse. – Vou dar um maravilhoso para Gilbert de Natal, da raça setter gordon. Deixe-me dar um para você também.

Leslie balançou a cabeça negativamente.

– Agora não, mas obrigada, Anne. Ainda não quero ter outro cachorro. Sinto como se não houvesse espaço para outro no meu coração. Talvez, com o tempo, eu peça outro a você. Eu preciso mesmo de um, por questão de segurança. Havia em Carlo algo quase humano, não seria certo preencher o espaço dele tão depressa, pobrezinho.

Anne viajou para Avonlea uma semana antes do Natal. Gilbert foi logo depois, e houve uma grande celebração do ano novo em Green Gables, e as famílias Barry, Blythe e Wright reuniram-se para devorar o jantar que demandou muito planejamento e preparação da Sra. Rachel e de Marilla. Quando voltaram a Four Winds, a casinha estava quase encoberta pela neve, pois a terceira tempestade daquele inverno, que se mostrou fenomenalmente tempestuoso, havia deixado montes imensos por onde havia passado. Mas o capitão Jim deixou as portas e as janelas livres, e a Srta. Cornelia acendeu o fogo.

– Que bom que está de volta, querida Anne! Você já viu montes de neve como esses? Só é possível ver a casa dos Moore do segundo andar. Leslie vai ficar muito feliz ao saber que você voltou. Ela está quase soterrada viva. Felizmente, Dick sabe tirar a neve com a pá e se diverte fazendo isso. Susan pediu para avisar que virá amanhã. Aonde você vai, capitão?

– Acho que vou até Glen conversar um pouco com o velho Martin Strong. Ele não tem muito tempo de vida sobrando e mora sozinho. Também não tem muitos amigos; passou a vida inteira ocupado demais para fazer amizades, mas ganhou muito dinheiro.

– Bem, "ninguém pode servir a dois senhores" ao mesmo tempo, e ele achou melhor servir ao dinheiro – disse a Srta. Cornelia secamente, citando a Bíblia. – Agora ele não pode reclamar que o dinheiro não seja uma boa companhia.

O capitão despediu-se, mas lembrou de ter deixado alguma coisa no jardim e voltou.

– Recebi uma carta do Sr. Ford, Sra. Blythe, dizendo que meu livro da vida vai ser publicado no próximo outono. Fiquei muito animado com a notícia. Finalmente vou vê-lo impresso!

– Aquele homem é completamente louco pelo seu livro da vida – disse a Srta. Cornelia de forma compadecida. – Particularmente acho que há livros demais no mundo nos dias de hoje.

CAPÍTULO 29

GILBERT E ANNE DISCORDAM

Gilbert pôs de lado o pesado tomo médico sobre o qual se debruçava, vencido pela chegada do anoitecer naquele fim de tarde de março. Recostou-se na cadeira e olhou pela janela de forma meditativa. Era o começo da primavera; provavelmente a época mais feia do ano. Nem mesmo o crepúsculo poderia resgatar a paisagem morta e úmida nem o gelo escuro e sujo do porto para o qual ele olhava. Não havia sinal algum de vida, com exceção de um grande corvo voando de forma solitária por um campo cinza-escuro. Gilbert ficou pensando no corvo. Será que era um pai de família, com uma esposa charmosa esperando por ele no bosque além do jardim? Talvez fosse um jovem de penas pretas e brilhantes, procurando um par para namorar. Ou seria um solteirão cínico, acreditando que quem viaja sozinho viaja mais rápido? Quem quer que fosse, a ave logo desapareceu alegremente, e Gilbert passou a observar uma vista mais alegre dentro da própria casa.

A luz da lareira brilhava, reluzindo nas costas brancas e verdes de Gog e Magog, na cabeça marrom e lisa do belo cão deitado no tapete, nos retratos nas paredes, no vaso cheio de narcisos colhidos da floreira da janela, e em Anne, sentada junto à mesinha com a costura de lado e as mãos juntas em cima dos joelhos enquanto desenhava cenas no fogo: castelos na Espanha cujas torres altas atravessavam as nuvens iluminadas pela lua e pelo crepúsculo, barcos que zarpavam do Cabo da Boa Esperança diretamente para o porto de Four Winds com cargas preciosas. Anne tinha voltado a ser sonhadora, ainda que um certo temor a acompanhasse dia e noite, criando sombras e obstáculos em sua visão.

Gilbert estava acostumado a chamar a si mesmo de "um velho homem casado". No entanto, ele ainda olhava para Anne com olhar incrédulo enamorado, incapaz de acreditar totalmente que ela era dele. Talvez fosse apenas um sonho influenciado pela magia da casa dos sonhos, no fim das contas. A alma dele ainda caminhava nas pontas dos pés perto dela, temendo que o encantamento se quebrasse e o sonho se dissipasse.

– Anne – disse com calma –, preciso da sua atenção. Quero conversar com você.

– O que foi? – perguntou ela alegremente. – Como você está sério, Gilbert. Não fiz nada de errado hoje. Pergunte para Susan.

– Não é sobre você nem sobre nós que quero falar. É sobre Dick Moore.

– Dick Moore? – repetiu Anne, endireitando-se na cadeira, prestando muita atenção. – O que você teria a dizer sobre ele?

– Tenho pensado bastante sobre ele ultimamente. Lembra-se de quando eu tratei daqueles furúnculos no pescoço dele no verão passado?

– Sim... Sim.

– Aproveitei a oportunidade para examinar as cicatrizes na cabeça dele com mais atenção. Sempre achei o caso dele muito interessante do ponto de vista médico. Anne, cheguei à conclusão de que se Dick for levado a um bom hospital e passar por uma operação com trefina em vários locais do crânio, a memória e as faculdades mentais dele podem ser restabelecidas.

– Gilbert! – protestou Anne. – Você não pode estar falando sério!

– É claro que estou. E decidi que é meu dever falar sobre esse assunto com Leslie.

– Gilbert Blythe, você *não* pode fazer isso – exclamou Anne com veemência. – Ah, Gilbert, não. Não seja tão cruel. Prometa-me que não irá fazer isso.

– Não imaginei que você fosse reagir dessa forma. Anne, seja sensata...

– Não serei sensata. Não posso ser sensata. Eu *sou* sensata. É você que está sendo insensato. Gilbert, já parou para pensar como seria para Leslie se Dick Moore recuperasse as faculdades mentais? Pare e pense! Ela já é infeliz o bastante. A vida como enfermeira e cuidadora do Dick é mil vezes mais fácil do que a de esposa dele. Eu sei, eu *sei*! É impensável. Não interfira. Deixe tudo como está.

– Eu já pensei sobre isso, Anne. Mas acredito que um médico tem um compromisso com a sanidade da mente e do corpo de um paciente acima de tudo, independentemente das consequências. Acredito que é meu dever lutar para restaurar a saúde e a sanidade dele, se houver esperanças.

– Mas o Dick não é seu paciente – disse ela, tentando outra perspectiva. – Se Leslie tivesse perguntado sobre a possibilidade de algo ser feito, então seria seu dever dizer o que realmente pensa. Você não tem o direito de interferir.

– Não acho que esteja interferindo. Tio Dave disse a Leslie que nada podia ser feito doze anos atrás. E é claro que ela acredita nisso.

– E por que o tio Dave falou isso, se não é verdade? – indagou triunfante. – Ele não sabe tanto quanto você?

– Acho que não, por mais que pareça vaidade e presunção dizer isso. E você sabe tão bem quanto eu que ele é avesso ao que chama de "essas ideias novas de cortar e costurar". É contra até operações de apendicite.

– Ele está certo – afirmou Anne, mudando completamente de tática. – Também acho que vocês, doutores modernos, gostam demais de fazer experimentos com sangue e carne humana.

– Rhoda Allonby não estaria viva se eu tivesse medo de certos experimentos – argumentou Gilbert. – Eu me arrisquei e salvei a vida dela.

– Estou cansada de ouvir falar de Rhoda Allonby – protestou Anne. Isso era uma injustiça, pois Gilbert nunca havia mencionado o nome da Sra. Allonby depois do dia em que contou sobre o sucesso da operação dela. E ele não podia ser culpado pela fala de terceiros.

Gilbert ficou magoado.

– Estou surpreso com a sua posição, Anne – comentou bruscamente antes de se levantar e se encaminhar para o escritório. Era o mais perto que já tinham chegado de uma briga. No entanto, Anne correu atrás dele e o trouxe de volta.

– Gilbert, você não vai sair bufando. Sente-se aqui que peço desculpas. Não deveria ter falado aquilo. Mas... Ah, se você soubesse...

Anne controlou-se a tempo. Ela quase chegou a revelar o segredo de Leslie.

– ... o que sente uma mulher em uma situação dessas – concluiu, de forma não muito convicta.

– Acho que sei. Já pensei muito no assunto sob todos os ângulos possíveis e cheguei à conclusão de que é meu dever contar a Leslie sobre a minha alternativa para o problema de

Dick; e então termina a minha responsabilidade. É ela que deve decidir o que fazer.

– Acho que você não tem o direito de colocar tamanha responsabilidade nos ombros dela. Leslie já tem um fardo grande demais. E é pobre; como ela pagaria por essa operação?

– Quem tem que decidir isso é ela – insistiu Gilbert, determinado.

– Você acredita que Dick possa ser curado. Mas tem certeza?

– Claro que não. Ninguém pode ter certeza de uma coisa dessas. O cérebro dele pode ter sofrido lesões irreversíveis. Entretanto, se a perda da memória e das outras faculdades for consequência da pressão dos ossos em certas áreas do cérebro, ele poderá se curar.

– É só uma possibilidade! – insistiu Anne. – Agora, suponhamos que você conte à Leslie e ela decida pela operação. Custará muito caro. Ela terá que fazer um empréstimo ou vender a pequena propriedade. E suponhamos que a operação seja um fracasso e Dick não apresente evolução. Como Leslie pagará o dinheiro que está devendo, ou como sustentará a ela e àquela criatura grande e inútil se vender a fazenda?

– Ah, eu sei, eu sei. Ainda assim, é meu dever informá-la. Estou convicto de que é isso que devo fazer.

– Ah, eu conheço a teimosia dos Blythe – reclamou Anne. – Não tome essa responsabilidade para si mesmo. Consulte o Dr. Dave.

– Eu já fiz isso – disse Gilbert relutante.

– E o que ele disse?

– Resumindo, como você mesma disse: deixe tudo como está. Além do preconceito com cirurgias modernas, receio que ele compartilhe do seu ponto de vista: "Não faça isso, pelo bem de Leslie".

— Ele tem razão! — exclamou Anne triunfante. — Você deveria levar em conta a opinião de um homem de quase oitenta anos, Gilbert, ele já viu muita coisa e salvou inúmeras vidas. Certamente a opinião dele deve pesar mais do que a de um mero garoto.

— Obrigado.

— Não ria. O assunto é muito sério.

— É o que estou tentando dizer. O assunto é muito sério. Dick é um fardo inútil, e pode voltar a ser racional e produtivo se...

— Ele era tão útil antes! — Anne ironizou.

— Ele pode ter a chance de ser bom e redimir seu passado. A esposa dele não sabe disso. Portanto, é meu dever conscientizá-la de tal possibilidade. Em suma: essa é a minha decisão.

— Não diga "decisão" ainda, Gilbert. Consulte outra pessoa. Pergunte ao capitão Jim o que ele acha.

— Está bem. Mas não prometo acatar a opinião dele, Anne. Isso é algo que um homem precisa decidir por conta própria. Minha consciência jamais me deixaria em paz se eu me omitisse.

— Ah, a sua consciência! Suponho que o tio Dave também tenha uma consciência, não é mesmo?

— Sim, só que não sou responsável pela consciência dele. Vamos, Anne, se esse assunto não dissesse respeito a Leslie, se fosse um caso puramente abstrato, você concordaria comigo. Você sabe disso.

— Não — jurou Anne, tentando acreditar em si mesma. — Você pode argumentar a noite toda, Gilbert, mas não conseguirá me convencer. Pergunte para a Srta. Cornelia.

— Você deve estar desesperada, Anne, para ter que apelar à Srta. Cornelia. Ela dirá "bem típico de um homem" e ficará furiosa. Mas não importa. Essa decisão não cabe à Srta. Cornelia. Leslie é a única pessoa que deve decidir.

– Você sabe muito bem qual será a decisão dela. – Anne estava quase chorando. – Ela também tem consciência dos próprios deveres. Não sei como é capaz de jogar essa responsabilidade nas costas dela. Eu não conseguiria fazer isso.

– "Porque é correto fazer o que é correto; porque é sábio, apesar das consequências"[9] – Gilbert citou.

– Ah, recitar versos é um argumento bem convincente! – disse Anne sarcasticamente. – Bem típico de um homem.

Anne riu, apesar de tudo. Ela parecia um eco da Srta. Cornelia.

– Bem, se não vai aceitar Tennyson como autoridade, talvez você acredite nas palavras de alguém superior a ele – disse Gilbert em tom solene. – "Conhecereis a verdade, e a verdade vos libertará."[10] Acredito nisso, Anne, com todo o meu coração. É o maior e melhor verso da Bíblia, da literatura, e o mais *verdadeiro*, se é que podemos dizer que existem graus comparativos de legitimidade. É o primeiro dever de um homem dizer a verdade, da forma que a vê.

– Nesse caso, a liberdade não libertará a pobre Leslie – suspirou Anne. – É bem provável que ela se torne uma prisioneira ainda mais solitária. Ah, Gilbert, não consigo *crer* que você esteja certo.

---

9. Poema *Oenone*, de Alfred Tennyson.
10. João 8:32.

CAPÍTULO 30

LESLIE TOMA A DECISÃO

Uma súbita epidemia de um tipo virulento de gripe em Glen e na vila dos pescadores ocupou tanto o tempo de Gilbert nas duas semanas que se seguiram que ele não teve como cumprir a promessa de visitar o capitão Jim. Anne tinha a fervorosa esperança de que ele houvesse desistido de Dick Moore, e não tocou mais no assunto para não instigá-lo. Contudo, ela mesma não conseguia parar de pensar naquela conversa.

"Imagino se seria certo dizer a Gilbert que Leslie gosta do Owen", pensou. "Ele jamais permitiria que Leslie soubesse, e assim ela não teria o orgulho ferido, e talvez isso pudesse convencê-lo a deixar Dick Moore para lá. Será que eu deveria? Não, eu não posso. Promessas são sagradas, e não tenho o direito de trair Leslie. A primavera está acabando, e isso está estragando tudo!"

Em um fim de tarde, Gilbert propôs uma súbita visita ao capitão Jim. Anne concordou sentindo um peso no coração, e os dois foram até o farol. Duas semanas sob o brilho gentil do sol fez milagres com a paisagem sobrevoada pelo corvo de Gilbert. As colinas e os campos estavam secos, marrons e agradáveis, prontos para receber o desabrochar das flores; o cais enchia-se de risos uma vez mais; a longa estrada do porto parecia uma fita vermelha brilhante; no banco de areia, um grupo de garotos que haviam saído para pescar queimava a grama espessa e morta do verão passado. As chamas lançavam um brilho rosado sobre as dunas e se destacavam na escuridão do golfo mais à frente, iluminando o canal e a vila dos pescadores. Era uma cena única e Anne teria saboreado cada detalhe se a ocasião fosse outra; porém, ela não estava aproveitando o passeio. Gilbert também não estava. A camaradagem de antes entre eles, e os gostos e pontos de vista compartilhados entre as pessoas que conheciam José infelizmente não estavam presentes. A desaprovação de Anne era evidenciada pelo altivo queixo inclinado e pela cortesia comedida dos comentários. Os lábios de Gilbert comprimiam-se e expressavam a obstinação dos Blythe, mas os olhos denotavam preocupação. Ele pretendia cumprir o que acreditava ser seu dever; todavia, sentia estar pagando um preço alto demais por estar em desacordo com Anne. Ambos ficaram felizes quando chegaram ao farol e sentiram remorso por essa alegria.

    O capitão Jim deixou de lado a rede em que trabalhava e os recebeu com alegria. Sob a luz daquele fim de tarde de primavera, ele parecia mais velho do que nunca para Anne. Os cabelos estavam muito mais grisalhos, e as mãos fortes tremiam de forma sutil. Mas os olhos eram vivos, e a alma expressada por eles era galante e destemida.

    O capitão ouviu em silêncio, espantado com o que Gilbert lhe contou. Anne sabia quanto aquele senhor adorava Leslie, e tinha quase certeza de que ele ficaria do lado dela, mesmo sem muitas esperanças de que isso pudesse influenciar Gilbert. Portanto, ela ficou extremamente surpresa quando o capitão afirmou com lentidão e pesar, porém sem hesitar, que Leslie deveria ser informada.

– Ah, capitão Jim, não achei que fosse dizer isso – exclamou em tom de censura. – Achei que não fosse querer criar mais problemas para ela.

O capitão balançou a cabeça negativamente.

– E não quero. Sei como se sente, Sra. Blythe, pois sinto-me da mesma forma. Só que não podemos deixar os sentimentos assumirem o leme da nossa vida. Não, não; naufrágios seriam muito frequentes se fizéssemos isso. Só existe uma bússola em que podemos confiar para definir nosso curso: o que é certo a fazer. Concordo com o doutor. Se há uma chance para o Dick, Leslie precisa saber. Não há dois lados nessa história, na minha opinião.

– Bem – disse Anne, cedendo ao desespero –, esperem só até a Srta. Cornelia ficar sabendo.

– Cornelia certamente vai acabar com a nossa vida – garantiu o capitão. – Vocês mulheres são criaturas adoráveis, Sra. Blythe, ainda que um tanto ilógicas. A senhora é uma dama com educação superior, diferente de Cornelia, mas as duas são iguais no que se refere a isso. Não creio que haja nada errado nisso. A lógica é inflexível e impiedosa, acredito. Agora, vou preparar uma xícara de chá e conversaremos sobre coisas agradáveis para nos acalmarmos um pouco.

O chá do capitão Jim e a conversa acalmaram a mente de Anne de tal forma que ela não fez Gilbert sofrer no caminho de volta tanto quanto pretendia. Ela não mencionou a pergunta que não saía de sua mente, e conversou de forma agradável sobre outros assuntos. Gilbert entendeu que havia sido perdoado, mas sob protestos.

– O capitão Jim parece muito frágil e cansado nesta primavera. O inverno o envelheceu – disse Anne com pesar. – Receio que logo ele irá partir em busca da Margaret, a desaparecida. Não suporto pensar nisso.

– Four Winds não será a mesma quando ele zarpar pela última vez – concordou Gilbert.

Na noite seguinte, ele foi até a casa do riacho. Anne andou de um lado para o outro, desolada, até ele voltar.

– Bem, o que Leslie disse? – exigiu saber quando Gilbert entrou.

– Muito pouco. Acho que ficou bem abalada.

– Ela vai fazer a operação?

– Vai pensar no assunto e decidirá em breve.

Gilbert jogou-se na poltrona em frente lareira. Parecia exausto. A conversa com Leslie não tinha sido nada fácil. O terror que surgiu nos olhos dela ao compreender o que ele queria dizer não era uma lembrança agradável. Agora que estava feito, ele se sentia acuado pelas dúvidas sobre a sabedoria de sua decisão.

Anne olhou para ele com remorso; em seguida, sentou-se no tapete e apoiou a cabeça de cabelos vermelhos e brilhantes no braço dele.

– Gilbert, eu me comportei de maneira detestável. Isso não vai mais acontecer. Por favor, apenas me chame de ruiva e me perdoe.

Ele então compreendeu que, independentemente do que acontecesse, não haveria um "eu avisei". Ainda assim, não se sentiu completamente confortável. O dever é uma coisa em teoria, mas outra na prática, especialmente diante do olhar aflito de uma mulher. O instinto fez Anne manter distância de Leslie nos três dias que se seguiram.

Na tarde do terceiro dia, Leslie foi até a casinha e disse a Gilbert que havia tomado uma decisão: iria levar Dick para Montreal para fazer a operação. Leslie estava muito pálida e parecia ter se escondido atrás do manto da indiferença novamente. Só os olhos não tinham mais o pavor que assombrou

Gilbert; eles eram frios, porém brilhantes. Ela começou a discutir os detalhes com ele de maneira prática e profissional. Havia muitos planos a serem feitos e muitas coisas a serem levadas em consideração. Quando conseguiu todas as informações que precisava, foi embora. Anne ofereceu-se para acompanhá-la até parte do caminho.

– Melhor não – disse Leslie secamente. – A chuva de hoje deixou a estrada cheia de lama. Boa noite.

– Será que perdi uma amiga? – disse Anne, suspirando. – Se a operação for um sucesso, e Dick Moore voltar a ser ele mesmo, Leslie irá se esconder em algum lugar da sua alma que será inatingível a todos nós.

– Talvez ela o deixe.

– Leslie jamais faria isso, Gilbert. O senso de dever dela é forte demais. Ela me contou que a avó dela sempre lhe dizia para nunca se omitir das responsabilidades assumidas, independentemente das consequências. É uma das principais regras da vida dela. Suponho que seja muito antiquada.

– Não seja amarga, mocinha. Você sabe que não acha isso antiquado e também considera sagrada uma responsabilidade assumida. E você está certa. Esquivar-se das responsabilidades é a maldição da vida moderna, o centro de toda inquietação e descontentamento que assola o mundo.

– Disse o pregador – brincou Anne. Apesar de concordar com ele, sentia-se de coração partido por Leslie.

Uma semana depois, a Srta. Cornelia chegou na casinha como uma avalanche. Gilbert estava fora, e Anne foi obrigada a aguentar o choque do impacto sozinha. Ela mal havia tirado do chapéu quando começou:

– Anne, é verdade o que eu ouvi? O Dr. Blythe disse a Leslie que Dick pode ser curado e ela vai levá-lo a Montreal para uma operação?

– Sim, é verdade, Srta. Cornelia – disse Anne, tomando coragem.

– Bem, isso é uma crueldade desumana, é essa a verdade – disse a Srta. Cornelia, violentamente agitada. – Pensei que o Dr. Blythe fosse um homem decente. Não achei que fosse capaz de algo assim.

– O Dr. Blythe achou que era seu dever informar Leslie de que ainda havia esperança para Dick. E eu concordo – acrescentou ela, sentindo a lealdade a Gilbert mais forte que suas convicções.

– Ah, não concorda, não – disse a Srta. Cornelia. – Ninguém com um mínimo de compaixão concordaria.

– O capitão Jim também concorda.

– Não me fale daquele velho tolo – exclamou a Srta. Cornelia. – E não me importa quem esteja de acordo com ele. Pense, *pense* no que isso significará para aquela pobre garota atormentada.

– Pensamos nisso. Mas Gilbert acredita que um médico deve priorizar o bem-estar de um paciente diante de todas as demais considerações.

– Bem típico de um homem, não é mesmo? Eu esperava mais de você, Anne – disse a Srta. Cornelia, mais angustiada que colérica. Em seguida, ela bombardeou Anne com os mesmos argumentos usados por ela para atacar Gilbert; e Anne defendeu o marido corajosamente com as mesmas armas que ele havia utilizado em defesa própria. O combate foi longo, mas a Srta. Cornelia acabou recuando no fim.

– É uma vergonha, uma iniquidade – declarou, quase chorando. – É isso que é. Pobre Leslie!

– Não acha que Dick merece um pouco de consideração? – apelou Anne.

– Dick! Dick Moore! Ele já é feliz. O comportamento e a reputação dele como membro da sociedade nunca foram os melhores. Ah, não! Ele era um bêbado e talvez até coisa pior. Quer que ele volte a andar livre por aí?

– Ele pode se corrigir – disse a pobre Anne, sentindo-se acuada por uma inimiga por fora, e uma traidora por dentro.

– Se corrigir uma ova! – desdenhou a Srta. Cornelia. – Dick Moore ficou desse jeito por ter arrumado briga em um bar. Foi uma punição *merecida*. O doutor não deveria se meter nos desígnios divinos.

– Ninguém sabe como Dick se feriu, Srta. Cornelia. Talvez não tenha sido assim. Ele pode ter sido assaltado.

– E você acredita em Papai Noel, isso sim! Bem, pelo visto, já está tudo resolvido e não há mais nada a ser discutido. Não vou mais me manifestar. Não vou mais gastar saliva à toa. Sei quando é hora de desistir. Apenas gostaria de ter certeza de que realmente não há *nenhuma* outra forma. Agora, devotarei as *minhas* energias para reconfortar e apoiar Leslie. Afinal – acrescentou a Srta. Cornelia recobrando um pouco de esperança –, talvez nada possa ser feito por Dick.

CAPÍTULO 31

A VERDADE LIBERTA

Depois de ter tomado sua decisão, Leslie iniciou os preparativos de forma ágil e resoluta, características da sua personalidade. Primeiramente, terminaria de limpar a casa e as questões de vida ou morte poderiam esperar. A casa cinza subindo o riacho foi impecavelmente limpa e organizada, com a ajuda da prática Srta. Cornelia. Após dizer o que pensava para Anne, Gilbert e para o capitão Jim, sem poupar nenhum deles, a Srta. Cornelia não tocou no assunto com Leslie. Ela aceitou a operação de Dick, referindo-se ao fato quando necessário de maneira profissional, e ignorando-o quando não era. Leslie nunca tentou discutir o assunto e passou os agradáveis dias de primavera distante e reservada. Não visitou Anne com frequência e, embora fosse sempre cortês e amigável, essa mesma cortesia erguia-se como uma barreira de gelo entre ela e as pessoas da casinha. As velhas piadas, o riso e a camaradagem não eram capazes de quebrá-la. Anne recusava-se a ficar magoada. Ela sabia que Leslie estava sentindo um terror inenarrável, e isso roubava todos os pequenos momentos de felicidade e as horas de prazer. Quando uma grande paixão domina a alma, todos os outros sentimentos são reprimidos. Leslie Moore nunca sentiu um pavor tão grande em relação ao futuro, e mesmo assim continuou a percorrer o caminho, como os mártires de antigamente, sabendo que o final seria a agonia ardente de uma estaca.

A questão financeira foi resolvida de forma bem mais fácil do que Anne presumia. O capitão Jim emprestou a Leslie o dinheiro necessário e, por insistência dela, a pequena fazenda foi dada como garantia.

– É um problema a menos na cabeça da pobre garota – disse a Srta. Cornelia à Anne –, e na minha também. Se Dick melhorar, poderá trabalhar novamente e ganhar o suficiente para pagar os juros; se não melhorar, sei que o capitão Jim encontrará uma forma de ajudar Leslie. Ele me disse: "Estou ficando velho, Cornelia, e não tenho filhos. Leslie não aceitaria um presente de uma pessoa viva, mas talvez aceite de um morto". Então, *isso* está resolvido. Ah, se tudo pudesse se acertar com a mesma facilidade. Já o desgraçado do Dick tem se comportado muito mal nesses últimos dias. Está com o diabo no corpo, acredite em *mim*! Leslie e eu não conseguíamos trabalhar por causa das coisas que ele aprontou. Ele perseguiu todos os patos pelo quintal, tentando matar a maioria. E não nos ajudou em nada. Foi útil em alguns dias, carregando baldes de água e lenha. Mas nesta semana, se nós o mandássemos buscar água, ele tentava descer pelo poço. Eu pensei: "Se ao menos você despencasse de cabeça, tudo estaria perfeitamente resolvido".

– Ah, Srta. Cornelia!

– Nem venha com "Srta. Cornelia!", querida Anne. *Qualquer* um pensaria a mesma coisa. Se os médicos de Montreal forem capazes de transformar Dick Moore em uma criatura racional, então são mesmo maravilhosos.

Leslie levou Dick para Montreal no começo de maio. Gilbert os acompanhou para auxiliá-los e cuidar de tudo que fosse necessário. Ele voltou para casa com a notícia de que o médico consultado concordou com o fato de haver uma boa chance de Dick se recuperar.

– Que reconfortante! – Foi o comentário sarcástico da Srta. Cornelia.

Anne apenas suspirou. Leslie estava muito distante quando se despediram. Ainda assim, havia prometido escrever. Dez dias após o retorno de Gilbert, Leslie mandou uma carta contando que a operação tinha sido bem-sucedida e Dick se recuperava bem.

– O que ela quis dizer com "bem-sucedida"? – perguntou Anne. – Que Dick recuperou a memória?

– Provavelmente não, já que ela não mencionou nada – disse Gilbert. – Ela usou o termo "bem-sucedida", pois foi isso que o médico disse. Quer dizer que a operação foi realizada e obteve os resultados esperados. Ainda é muito cedo para saber se as faculdades mentais de Dick voltarão, de forma parcial ou integral. É improvável que a memória dele volte subitamente. O processo deve ser gradual, se é que ocorrerá. Ela disse mais alguma coisa?

– Sim, aí está a carta. É muito breve. Coitada, deve estar sob muita pressão. Gilbert Blythe, há um monte de coisas que eu gostaria de dizer a você, mas seria maldade da minha parte.

– A Srta. Cornelia as dirá por você – disse Gilbert com um sorriso pesaroso. – Ela me ataca sempre que nos encontramos, deixando claro que me considera um assassino, e que é uma pena o Dr. Dave ter me dado o lugar dele. Ela até me disse que iria preferir chamar o médico metodista do outro lado do porto, caso ficasse doente. Com a Srta. Cornelia, a força da condenação terá fim.

– Se a Srta. Cornelia ficar doente, ela não mandará chamar o Dr. Dave nem o médico metodista – disse Susan com despeito. – Ela interromperia o merecido descanso do senhor no meio da noite, querido doutor, se ficasse doente, com toda a certeza. E provavelmente diria que seus honorários são absurdos. Mas não dê importância ao que ela diz, doutor. O mundo é feito de todo o tipo de pessoas.

Durante muito tempo não tiveram notícias de Leslie. Os dias de maio se foram em doce sucessão, e a costa de Four Winds voltou a ficar verde e a florescer. Um dia, no final de maio, Gilbert chegou em casa e encontrou Susan na frente do estábulo.

– Temo que alguma coisa tenha atormentado a sua esposa, querido doutor – disse misteriosamente. – Ela recebeu uma carta agora de tarde e desde então não para de andar de um lado para o outro no jardim, falando sozinha. O senhor sabe que ela não deveria ficar tanto tempo de pé. Ela não achou apropriado me contar as notícias, e não gosto de bisbilhotar, querido doutor, mas é óbvio que algo a preocupou. E ela não deveria ter emoções fortes.

Gilbert correu para o jardim. Será que havia acontecido algo em Green Gables? Anne, sentada no banquinho rústico perto do riacho, não parecia perturbada, ainda que também não estivesse muito animada. Seus olhos pareciam mais cinzas do que nunca, e as bochechas apresentavam forte rubor.

– O que aconteceu, Anne?

Anne soltou uma risadinha esquisita.

– Acho que você dificilmente acreditará se eu contar, Gilbert. Eu ainda não consegui acreditar. Como Susan disse outro dia: "Sinto-me como uma mosca que nasce sob o sol, desorientada". É tão incrível. Já li a carta algumas vezes, e em todas as vezes tenho a mesma sensação: não consigo crer em meus próprios olhos. Ah, Gilbert, você estava certo, absolutamente certo. Agora percebo isso claramente e sinto muita vergonha de mim mesma. Algum dia você me perdoará?

– Anne, eu vou te dar um chacoalhão se não começar a se expressar de forma coerente. Redmond teria vergonha de você. O que aconteceu?

– Você não vai acreditar... Não vai...

– Vou ligar para o tio Dave – disse Gilbert, fingindo que ia entrar na casa.

– Sente-se, Gilbert. Vou tentar contar. Recebi uma carta, e, ah, Gilbert, é tão maravilhoso, tão incrivelmente maravilhoso! Nenhum de nós jamais sonhou...

– Pelo visto – disse Gilbert, sentando-se com um ar resignado –, a única coisa a ser feita nesse caso é ter paciência e abordar o assunto categoricamente. De quem é a carta?

– Da Leslie, e... Ah, Gilbert...

– Ah, Leslie! E o que ela diz? Alguma notícia do Dick?

Anne levantou a carta e a exibiu calmamente, fazendo uma pausa dramática por um instante.

– Não *há* Dick algum! O homem que pensávamos ser Dick Moore, que todo mundo em Four Winds acreditou por doze anos ser Dick Moore, é, na verdade, o primo dele, George Moore, da Nova Escócia, que aparentemente sempre foi muito parecido com ele. Dick Moore morreu de febre amarela treze anos atrás em Cuba.

CAPÍTULO 32

A SRTA. CORNELIA DISCUTE O ASSUNTO

– Quer dizer então, querida Anne, que Dick Moore não é Dick Moore, e sim outra pessoa? Foi *isso* que você me disse ao telefone?

– Sim, Srta. Cornelia. É surpreendente, não acha?

– É... É... bem típico de um homem – disse, desamparada. Ela tirou o chapéu com os dedos trêmulos. Pela primeira vez na vida, a Srta. Cornelia estava inegavelmente perplexa. – Parece não fazer sentido. Acabei de ouvir suas palavras, e eu acredito nelas, mas não consigo absorvê-las. Dick Moore está morto, e esteve morto todos esses anos, e Leslie está livre?

– Sim. A verdade a libertou. Gilbert estava certo quando disse que esse era o verso mais importante da Bíblia.

– Conte-me tudo, querida Anne. Estou abalada desde que recebi seu telefonema, acredite em *mim*. Cornelia Bryant nunca esteve tão impressionada antes!

– Não há muito que dizer. A carta de Leslie foi curta; ela não entrou em detalhes. O tal George Moore recuperou a memória e sabe quem é. Ele disse que Dick pegou febre amarela em Cuba, e o *Four Sisters* precisou continuar sem ele. George ficou para trás para cuidar do primo. Só que Dick morreu pouco tempo depois. George não escreveu para Leslie porque pretendia vir contar pessoalmente.

– E por que não veio?

– Suponho que por causa do acidente. Gilbert diz que provavelmente George Moore não se lembra de nada do que aconteceu, nem o que o causou, e talvez nunca se lembre. Deve ter acontecido logo após a morte de Dick. Descobriremos mais quando Leslie escrever novamente.

– Ela disse o que pretende fazer? Quando voltará para casa?

– Leslie disse que ficará com George Moore até ele ter alta do hospital. Ela escreveu para a família dele na Nova Escócia. Ao que parece, o único parente conhecido é uma irmã casada, muito mais velha do que ele. Ela ainda era viva quando George zarpou no *Four Sisters*, mas não sabemos o que pode ter acontecido desde então. Você chegou a conhecer George Moore, Srta. Cornelia?

– Sim. Lembro-me agora. Ele veio visitar o tio Abner dezoito anos atrás, quando Dick tinha uns dezessete anos. Eram primos duplamente, sabe. Os pais deles eram irmãos, e as mães eram irmãs gêmeas, e os dois eram terrivelmente parecidos. É claro que não era uma daquelas semelhanças absurdas que vemos nos livros – acrescentou a Srta. Cornelia com desdém –, em que duas pessoas são tão idênticas que podem trocar de lugar sem os entes queridos e mais próximos perceberem o fato. Naquela época, era muito fácil dizer quem era George e quem era Dick, caso fossem vistos juntos. Já a alguma distância, não era tão fácil assim. Aqueles dois aprontavam muito com as pessoas e se divertiam com isso. George Moore era um pouco mais alto e mais cheinho do que Dick, embora nenhum dos dois pudesse ser chamado de gordo. Dick era mais moreno que George, e também tinha cabelos mais claros. Mas os traços eram muito similares, e ambos tinham aqueles olhos esquisitos: um azul, outro castanho. Fora isso, não eram tão parecidos assim. George era um bom rapaz, ainda que fosse um malandro, e alguns diziam que já naquele tempo era chegado a uma bebida; e todos gostavam mais dele do que de Dick. Ele passou cerca de um mês aqui. Leslie nunca o conheceu; tinha apenas 8 anos então, e agora me lembro que passou aquele inverno do outro lado do porto, na casa da avó, a Sra. West. O capitão Jim também não estava por aqui; aquele foi o inverno em que ele naufragou na Ilha da Madalena. Acho que nenhum dos dois ouviu falar do primo de Dick, da Nova Escócia, que se parecia tanto com ele. E ninguém pensou nele quando o capitão trouxe o Dick... Ou melhor, o George... para casa. É claro, todos acharam que ele estava muito diferente, pois estava mais encorpado. Achamos que fosse culpa do acidente, e como já disse, George também não era gordo. Não havia como descobrir, pois o rapaz já não tinha as faculdades mentais. No entanto, é impressionante. E Leslie sacrificou os melhores anos da vida dela para cuidar de um homem que não tinha nenhum direito sobre ela! Ah, malditos sejam os homens! Não importa o que façam, pois sempre agirão errado. E não importa quem sejam, pois nunca são quem realmente deveriam ser. Eles me deixam realmente exasperada.

– Gilbert e o capitão Jim são homens, e graças a eles a verdade foi finalmente descoberta – disse Anne.

– Bem, devo admitir isso – concedeu a Srta. Cornelia com relutância. – Sinto muito ter brigado tanto com o doutor. É a primeira vez na vida que sinto vergonha de algo dito a um homem. Mas não sei se deveria contar a ele. Acho que o doutor terá que simplesmente deduzir. Bem, querida Anne, foi uma bênção Deus não ter atendido nossas preces. Rezei muito para que a operação não curasse o Dick. Claro, não pedi isso de forma tão explícita; porém, era o que estava no fundo da minha mente, e não tenho dúvidas de que o Senhor sabe disso.

– Bem, ele atendeu o espírito das suas preces. Você desejou com fervor para as coisas não se tornarem ainda mais difíceis para Leslie. Receio que, secretamente, eu também desejei que a operação não fosse bem-sucedida, e estou tremendamente envergonhada.

– Como você acha que Leslie recebeu a notícia?

– Pela forma como escreveu, parece estar perplexa. Acho que, assim como nós, ela ainda não se deu conta do fato. "Tudo parece um sonho estranho para mim, Anne." Foi a única coisa que disse sobre si mesma.

– Pobre criança! Suponho que quando um prisioneiro finalmente fica livre, ele ainda se sinta perdido por um tempo. Anne, querida, há um pensamento que não me deixa em paz. E Owen Ford? Nós duas sabemos que Leslie gostava dele. Já lhe passou pela cabeça que talvez ele gostasse dela?

– Sim... passou... uma vez – admitiu, pois sentiu que não havia problema em falar isso.

– Bem, eu não tinha nenhum motivo para pensar assim, mas acho que ele gostava dela *sim*. Anne, Deus sabe, não sou uma casamenteira, e abomino esse tipo de coisa. Mas, se eu fosse você, e estivesse escrevendo para Owen, eu comentaria de forma casual sobre esse acontecimento. É o que eu faria.

– Claro que irei mencionar tudo na próxima carta – disse Anne um tanto distante. Por algum motivo, ela não podia discutir aquele assunto com a Srta. Cornelia. Ainda assim, Anne tinha de admitir que essa mesma ideia rondava sua mente desde quando ficou sabendo sobre a liberdade de Leslie. Ela só não queria profaná-la ao expressá-la em palavras.

– É claro que não há pressa, querida. Mas Dick Moore morreu há treze anos, e Leslie já perdeu muito tempo de vida por causa dele. Vamos ver o que vai acontecer. Quanto a George Moore, que voltou à vida quando todos achavam que já havia partido dessa para uma melhor, sinto muito por ele. Creio que não haja mais lugar para ele aqui.

– Ele ainda é jovem e, se conseguir se recuperar completamente, como tudo indica, poderá encontrar seu lugar no mundo novamente. Deve ser muito estranho para ele, coitado. Suponho que todos esses anos após o acidente nunca tenham existido para ele.

CAPÍTULO 33

LESLIE RETORNA

Quinze dias depois, Leslie Moore voltou para a casa em que viveu tantos anos de amargura. Sob o crepúsculo de junho, ela atravessou os campos e foi até a casa de Anne, aparecendo de forma tão repentina quanto um fantasma no jardim perfumado.

– Leslie! – exclamou Anne espantada. – De onde você surgiu? Não sabíamos que havia voltado. Por que não nos escreveu? Nós teríamos ido buscá-la na estação.

– Não consegui escrever, Anne. Pareceu-me tão fútil tentar dizer algo com pena e tinta. E eu queria voltar sem fazer alarde, de forma discreta.

Anne abraçou Leslie e a beijou. Leslie retribuiu o beijo com afeição. Parecia pálida e cansada, e ofegou ao sentar-se na grama ao lado de um canteiro de narcisos que se destacavam sob a luz suave e prateada do poente como estrelas douradas.

– E você voltou sozinha, Leslie?

– Sim. A irmã de George Moore foi para Montreal e o levou para a casa dela. O pobrezinho ficou triste por se separar de mim, mesmo eu tendo me tornado uma desconhecida para ele quando recuperou a memória. Ele se apegou a mim naqueles primeiros dias difíceis, tentando entender que Dick não havia morrido no dia anterior, como lhe parecia. Foi muito difícil para ele. Eu o ajudei da maneira que foi possível. As coisas ficaram mais fáceis quando a irmã dele chegou, pois ele tinha a impressão de tê-la visto poucos dias antes. Felizmente, ela não havia mudado muito, e isso também ajudou.

– É tudo tão estranho e absurdo, Leslie. Acho que nenhum de nós ainda se deu conta disso.

– Eu também ainda não. Quando entrei em casa novamente, uma hora atrás, senti que tudo não passava um sonho; que Dick ainda estava lá, com aquele sorriso infantil, como esteve por tanto tempo. Anne, sinto-me bem abalada. Não estou feliz e nem triste. Não tenho sentimento *algum*. É como se algo tivesse sido arrancado da minha vida, deixando um buraco imenso. Não me sinto eu mesma... Parece que me transformei em outra pessoa, e ainda não me acostumei com esse fato. É uma sensação atordoante e horrível de solidão e desamparo. É bom ver você de novo; é como se você fosse uma âncora para a minha alma à deriva. Ah, Anne, estou com medo do que virá: as fofocas, o assombro e os questionamentos. Quando penso em tudo isso, tenho vontade de nunca ter voltado para cá. O Dr. Dave estava na estação quando desci do trem e me trouxe para casa. O coitado está se sentindo muito mal por ter dito a mim há tantos anos que o Dick nunca se curaria. "Honestamente, era o que eu pensava, Leslie", disse ele. "Contudo, deveria ter dito para não confiar somente na minha opinião; deveria ter dito para que consultasse um especialista. Você teria sido poupada de muitos anos de dificuldades, e o pobre George Moore de muitos anos desperdiçados. Eu me sinto muito culpado, Leslie." Falei para ele não se sentir assim, pois ele fez o que considerava correto. Ele sempre foi tão gentil comigo; não poderia permitir que se preocupasse tanto.

— E Dick... quer dizer, George? A memória dele foi totalmente restaurada?

— Pode-se dizer que sim. Evidentemente, há muitos detalhes que ainda não consegue lembrar, mas a cada dia que passa sua memória retorna com mais clareza. Ele deu um passeio na tarde posterior ao enterro de Dick. Carregava consigo o dinheiro e o relógio de Dick, e pretendia me entregar quando viesse para cá, juntamente com uma carta. Ele confirmou que foi a um lugar frequentado por marinheiros... E nada mais. Anne, nunca vou me esquecer do momento em que ele se lembrou do próprio nome. Ele me encarou com uma expressão confusa, mas inteligente. Eu perguntei: "Você me reconhece, Dick?". Ele respondeu: "Nunca a vi antes. Quem é você? E meu nome não é Dick. Sou George Moore, e o Dick morreu de febre amarela ontem! Onde estou? O que aconteceu comigo?". Eu... desmaiei, Anne. Desde então, sinto estar vivendo dentro de um sonho.

— Logo você irá se adaptar à nova situação, Leslie. E você é jovem, tem toda a vida pela frente e ainda terá muitos anos maravilhosos por vir!

— Talvez eu consiga encarar as coisas dessa forma daqui a um tempo, Anne. Agora eu me sinto muito cansada e indiferente para pensar no futuro. Sinto-me... Anne, eu me sinto sozinha. Não é estranho? Sabe, eu me afeiçoei muito ao pobre Dick... George, quer dizer... Da mesma forma que teria me afeiçoado a uma criança que depende de mim para tudo. Só que jamais teria admitido isso, por vergonha. Sabe, eu odiava e desprezava muito quem Dick era antes de partir, e quando o capitão Jim me avisou que o estava trazendo de volta, achei que voltaria a sentir a mesma coisa. Mas não foi bem assim, embora eu continuasse a odiá-lo. Desde o momento em que voltou para casa, senti somente pena... Uma pena que me machucava e que me incomodava. Eu achei que era porque o acidente o deixara indefeso e diferente; agora sei que era porque havia uma personalidade diferente ali dentro. Carlo sabia, Anne. Eu sei que sabia. Sempre achei estranho Carlo não gostar mais de Dick; cães geralmente são tão leais. *Ele* sabia que aquele não era o dono dele, apesar de nós não sabermos. Eu nunca tinha visto George Moore, sabe? Agora me lembro de Dick ter comentado casualmente sobre um primo da Nova Escócia que era praticamente o gêmeo dele; mas esse fato desapareceu da minha memória, e de qualquer forma, eu não teria dado importância a isso. Nunca pensei em questionar a identidade do Dick. Todas as mudanças nele me pareciam resultado do acidente.

"Ah, Anne, – prosseguiu Leslie –, aquela noite em abril quando Gilbert disse que Dick poderia ser curado! Nunca vou me esquecer dela. Foi como se eu fosse prisioneira em uma câmara de tortura horrorosa e uma porta tivesse sido aberta para que eu pudesse escapar. Eu ainda estava acorrentada à câmara, mesmo que não estivesse mais dentro dela. E naquela noite, eu senti como se uma força impiedosa estivesse me arrastando novamente para dentro, de volta para uma tortura ainda mais terrível que antes. Não culpo Gilbert. Sei que ele agiu corretamente. E foi muito atencioso comigo ao dizer que, tendo em vista os gastos e a incerteza da operação, se eu escolhesse não correr o risco, jamais me culparia. E eu sabia qual deveria ser a minha decisão, e não conseguia encarar a verdade. Caminhei de um lado para o outro feito louca, tentando reunir forças para encará-la. Eu não conseguia, Anne ... Achei que não fosse conseguir ... E quando o sol nasceu, cerrei os dentes e decidi que *não* iria optar pela operação. Deixaria as coisas como estavam. Foi muita crueldade, eu sei. Teria sido uma bela punição por tamanha mesquinhez, se eu tivesse seguido em frente com essa decisão. Mantive-me firme durante o dia inteiro. Naquela tarde, tive que ir até Glen fazer algumas compras. O Dick estava em um de seus dias calmos, então eu o deixei sozinho. Fiquei fora mais tempo do que pretendia, e ele começou a sentir a minha falta. Sentiu-se solitário. Quando cheguei em casa, ele correu na minha direção como uma criança, com um sorriso de satisfação no rosto. Anne, por algum motivo, eu simplesmente cedi naquele momento. O sorriso naquele rosto inexpressivo foi demais para mim. Senti como se estivesse negando a uma criança a chance de crescer e evoluir. Eu sabia que tinha que dar uma chance a ele, independentemente das consequências. Então, vim até aqui e falei com Gilbert. Ah, Anne, você deve ter me achado insuportável nas semanas que antecederam a minha partida. Não foi a minha intenção... Eu só não conseguia pensar em nada além do que tinha de fazer; tudo e todos ao meu redor eram como sombras."

– Eu entendi, Leslie. E agora tudo terminou. A corrente foi quebrada, e não há mais nenhuma câmara.

– Não há mais nenhuma câmara – repetiu Leslie absorta, arrancando folhas da grama com os dedos longos e bronzeados. – Sinto não haver mais nada, Anne. Você... Você se lembra da loucura que lhe contei naquela noite nas dunas de areia? Creio que não dá para deixar de ser uma tola da noite para o dia. Às vezes, acho que algumas pessoas são tolas para sempre. E ser tola assim é quase como ser um cachorro preso a uma corrente.

– Você vai se sentir muito diferente depois que esse cansaço e essa confusão passarem – disse Anne, que, ciente de uma coisa que Leslie não sabia, não se sentiu obrigada a ser muito compassiva.

Leslie deitou-se com os esplêndidos cabelos dourados sobre os joelhos de Anne.

– De qualquer forma, tenho *você*. A vida não será vazia com uma amiga como você. Anne, afague a minha cabeça, como se eu fosse uma garotinha... Como se *você* fosse minha mãe... E deixe-me dizer, agora que a minha língua teimosa está um pouco solta, o quanto você e a sua amizade significam para mim desde a noite em que a encontrei no rochedo da praia.

CAPÍTULO 34

O NAVIO DOS SONHOS CHEGA AO PORTO

Em uma manhã, quando o nascer do sol fazia o vento soprar sobre as ondas douradas do golfo, uma certa cegonha cansada sobrevoou a barreira das dunas de areia do porto de Four Winds enquanto voltava da Terra das Estrelas Vespertinas. Ela carregava sob as asas uma criaturinha dorminhoca e de olhos curiosos. A ave exausta olhou ao redor com ansiedade. Sabia que estava perto do destino, mas ainda não conseguia vê-lo. O imponente farol branco sobre o penhasco de arenito vermelho tinha um bom aspecto, mas nenhuma cegonha em sã consciência deixaria um recém-nascido por lá. Uma velha casa acinzentada rodeada de salgueiros, em meio a um vale florido cortado por um riacho, parecia mais promissora, mas não era o lugar mais adequado. A morada verde logo adiante estava indubitavelmente fora de questão. A cegonha logo se animou ao avistar o local exato, uma casinha branca aninhada em um bosque chamativo e sussurrante, com uma fumaça azul espiralada saindo da chaminé, uma casa que parecia destinada a receber bebês. A ave suspirou aliviada e pousou suavemente no telhado.

Meia hora depois, Gilbert correu pelo corredor e bateu na porta do quarto de visitas. Uma voz sonolenta respondeu e, após alguns instantes, o rosto pálido e assustado de Marilla espiou pela fresta da porta.

– Marilla, Anne me pediu para avisar que um certo jovem cavalheiro chegou. Não trouxe muita bagagem, mas evidentemente pretende ficar.

– Pelo amor de Deus! – exclamou Marilla aflita. – Não me diga que tudo já acabou, Gilbert. Por que não me chamou?

– Anne não queria incomodá-la sem necessidade. Ninguém foi chamado até duas horas atrás. Não houve risco algum desta vez.

– E... e... Gilbert... O bebê está vivo?

– Com certeza. Ele pesa quatro quilos e meio e... ouça, escute só. Ele não parece ter nenhum problema nos pulmões, não acha? A enfermeira disse que o cabelo dele será ruivo. Anne ficou furiosa, e eu morri de rir.

Foi um dia maravilhoso na casinha dos sonhos.

– O maior dos sonhos tornou-se realidade – disse Anne, lívida e extasiada. – Ah, Marilla, mal posso acreditar, depois daquele dia horrível no último verão. Meu coração foi partido naquela ocasião, e agora está curado.

– Esse bebê ocupará o lugar de Joy – disse Marilla.

– Ah, não, não, *não*, Marilla. Ninguém jamais conseguiria. Meu querido homenzinho tem um lugar só dele, e a pequena Joy tem e sempre terá o lugar dela. Se estivesse viva, ela teria um ano de idade agora. Estaria tropeçando por aí nos pezinhos, balbuciando as primeiras palavras. Posso enxergá-la claramente, Marilla. Ah, agora sei que o capitão Jim estava certo ao dizer que Deus não permitiria que minha filha se tornasse uma estranha para mim quando a encontrasse no além. Aprendi isso no ano passado. Eu acompanhei o desenvolvimento dela dia após dia, semana após semana, e sempre a acompanharei. Eu saberei como ela está todos os anos, e quando nos reencontrarmos, ela não será uma desconhecida. Ah, Marilla, veja esses adoráveis dedinhos do pé! Não é estranho que sejam tão perfeitos?

– Seria estranho se não fossem – disse Marilla incisiva. Agora que tudo estava terminado, tinha voltado a ser ela mesma.

– Ah, eu sei. É como se não devessem estar totalmente formados, entende? Mas estão, até mesmo as unhas minúsculas. E as mãos... Veja essas mãozinhas, Marilla.

– Elas parecem mãos – admitiu ela.

– Veja como se agarram ao meu dedo. Tenho certeza de que ele já me conhece. Ele chora quando a enfermeira o tira de perto de mim. Ah, Marilla, você acha... Você acha mesmo que os cabelos dele ficarão ruivos?

– Não estou vendo muito cabelo, de qualquer cor que seja – disse Marilla. – E eu não me preocuparia com isso até que se tornasse algo visível, se fosse você.

– Marilla, ele *tem* cabelo, veja a pelugem macia sobre a cabeça dele. De qualquer forma, a enfermeira disse que os olhos dele serão castanhos, e que a testa será idêntica à de Gilbert.

– E ele tem orelhinhas primorosas, querida Sra. do doutor – disse Susan. – Foi a primeira coisa que percebi. Os cabelos podem ser traiçoeiros, e os olhos e o nariz mudam com o tempo, não dá para saber como vão ficar, mas as orelhas são as mesmas do começo ao fim, você sempre sabe o que esperar. Vejam só o formato delas; e estão bem rentes à preciosa cabecinha. A senhora nunca se envergonhará delas.

A recuperação de Anne foi rápida e tranquila. As pessoas a visitaram para admirar o menino da mesma forma que a humanidade adora os recém-nascidos desde bem antes dos Três Reis Magos terem se curvado em homenagem ao Menino Jesus diante da manjedoura em Belém. Leslie, que lentamente se redescobria na nova vida, rodeava-o como uma linda madona de cabelos dourados. A Srta. Cornelia cuidava dele tão habilmente quanto qualquer mãe em Israel. O capitão Jim o tomou nas grandes mãos morenas e o contemplou com ternura, com olhos que viam o filho que nunca teve.

– Como vai se chamar? – perguntou a Srta. Cornelia.

– Anne escolheu o nome dele – respondeu Gilbert.

– James Matthew, em homenagem aos maiores cavalheiros que já conheci, com todo respeito – disse Anne, lançando um olhar atrevido ao marido.

Gilbert sorriu.

– Não cheguei a conhecer Matthew de verdade; ele era tão tímido que nós, garotos, nunca conseguimos nos aproximar dele. Mas concordo que o capitão Jim é uma das almas mais raras e admiráveis de Deus. Ele ficou muito emocionado por termos dado ao nosso rapazinho o nome dele. Parece que ele nunca teve outro xará.

– Bem, James Matthew é um nome que soa bem, que não será desgastado pelo tempo – disse a Srta. Cornelia. – Fico feliz por não tê-lo batizado com algum nome afetado e romântico do qual ele teria vergonha quando se tornasse avô. A filha da Sra. William Drew, que mora em Glen, chama-se Bertie Shakespeare. Uma bela combinação, não é? E fico contente por não ter tido muita dificuldade em escolhê-lo. Algumas pessoas não têm tanta sorte. Quando o primeiro menino do Stanley Flagg nasceu, houve tanta discussão em relação ao nome da criança que o coitadinho levou dois anos para ser batizado. Só que aí ele ganhou um irmãozinho, e a família ficou com o "Bebê Maior" e o "Bebê Menor". Por fim, chamaram o bebê maior de Peter, e o menor de Isaac, em homenagem aos avôs, e foram batizados juntos. E os irmãos tentaram competir para ver quem chorava mais alto. Conhece aquela família escocesa que mora em Glen, os MacNab? Eles têm doze filhos, e o mais velho e o mais novo se chamam Neil: Neil Grande e Neil Pequeno, veja só, na mesma família. Bem, acho que acabaram ficando sem ideias para nomes.

– Li em algum lugar – disse Anne, rindo –, que o primeiro filho é um poema, e o décimo uma prosa comum. Talvez a Sra. MacNab tenha achado que o décimo segundo não passava de uma história repetida.

– Bem, famílias grandes têm as suas vantagens – disse a Srta. Cornelia com um suspiro. – Fui filha única durante oito anos, e tudo que eu queria era um irmão ou uma irmã. Mamãe disse para eu pedir um irmão em minhas orações, e fiz isso mesmo, acredite em *mim*! Bem, um dia a tia Nellie veio e disse: "Cornelia, chegou um irmãozinho para você lá no quarto da mamãe. Pode subir para conhecê-lo". Fiquei tão animada e feliz que subi correndo as escadas. E a velha Sra. Flagg levantou o bebê para que eu o visse. Deus, nunca fiquei tão decepcionada na minha vida, querida Anne. Eu tinha rezado por *um irmão dois anos mais velho que eu*.

– Quanto tempo levou para superar a decepção? – perguntou Anne em meio ao riso.

– Bem, fiquei brava com a Divina Providência por um bom tempo, e passei semanas sem nem olhar para o bebê. Ninguém sabia o motivo, já que eu não havia contado para ninguém. Então ele começou a ficar fofo, a estender as mãozinhas para mim, e eu me apeguei a ele. Mas só passei a gostar mesmo dele no dia em que uma colega de escola foi em casa e disse que ele era pequeno demais para a idade dele. Fiquei furiosa e disse que ela não sabia o que era um bebê bonito de verdade, pois o nosso era o mais lindo do mundo. Depois desse dia, eu simplesmente o venerei. Mamãe morreu quando ele tinha três anos, e eu virei a irmã e a mãe dele. Coitadinho, nunca teve boa saúde, e morreu aos vinte e poucos anos. Eu teria feito qualquer coisa, querida Anne, para que tivesse continuado vivo.

A Srta. Cornelia suspirou. Gilbert estava no andar de baixo; Leslie, que cantava para o pequeno James Matthew junto à janela, colocou-o no berço quando adormeceu e foi embora. A Srta. Cornelia esperou até que ela estivesse longe o bastante para inclinar-se e sussurrar em tom conspiratório:

– Anne, querida, recebi uma carta do Owen Ford ontem. Ele está em Vancouver e quer saber se eu posso hospedá-lo por um mês. Você sabe o que isso significa.

– Não temos nada a ver com isso, e também não poderíamos impedi-lo de vir para Four Winds – Anne apressou-se em dizer. Ela não gostava da sensação de casamenteira que os sussurros da Srta. Cornelia lhe causavam, mas acabava sucumbindo.

– Leslie não pode saber até que ele esteja aqui. Se descobrir, tenho certeza de que irá embora de vez. Ela me contou um dia desses que pretende fazer isso no outono, de qualquer forma; vai para Montreal estudar enfermagem e decidir o que fazer da vida.

– Bem, querida Anne – disse a Srta. Cornelia com ar de sabedoria –, seja o que Deus quiser, o que tiver de ser, será. Fizemos a nossa parte e devemos deixar o restante com Ele.

CAPÍTULO 35

POLÍTICA EM FOUR WINDS

Quando Anne voltou a descer as escadas, a Ilha, assim como o restante do Canadá, estava em alvoroço com a campanha para as eleições gerais. Gilbert, que era um fervoroso conservador, viu-se preso em um vórtice, sendo muito requisitado para fazer discursos em diversos comícios. A Srta. Cornelia não aprovava que ele se envolvesse nesses assuntos, e disse isso a Anne.

– O Dr. Dave nunca fez isso. O Dr. Blythe descobrirá que está cometendo um erro, acredite em *mim*. Nenhum homem decente deveria se meter na política.

– O governo do país deveria ficar apenas com os trapaceiros, então? – indagou Anne.

– Se forem trapaceiros conservadores, sim – disse a Srta. Cornelia, prosseguindo com honrarias da guerra. – Os homens e os políticos são farinha do mesmo saco. Os liberais só se cobriram com uma camada *bem* mais espessa que os conservadores. Liberal ou não, meu conselho para o Dr. Blythe é que fique longe da política. Quando você menos esperar, ele se candidatará e passará metade do ano em Ottawa, abandonando as clínicas.

– Ah, bem, não vamos nos precipitar – disse Anne. – Isso não vai nos levar a lugar algum. Em vez disso, vamos pensar no pequeno Jem. O nome dele deve ser escrito com J. Não é perfeito? Veja as covinhas nos cotovelos dele. Nós o educaremos para que seja um bom conservador, você e eu, Srta. Cornelia.

– Para que seja um bom homem. São raros e valiosos; porém não gostaria que ele se tornasse um liberal. Quanto às eleições, você e eu deveríamos agradecer por não morarmos do outro lado do porto. A tensão paira por lá. Todos os Elliott, Crawford e MacAllister estão em pé de guerra, e preparados para a batalha. Esse lado se mantém calmo e pacífico, pois há poucos homens. Não há dúvidas de que os conservadores ganharão novamente e com a grande maioria dos votos.

A Srta. Cornelia estava errada. Na manhã após as eleições, o capitão Jim passou na casinha para contar as novidades. Tão virulento era o micróbio dos partidos políticos que até um pacífico senhor de idade como o capitão Jim tinha as bochechas coradas e os olhos brilhantes como os de um rapaz.

– Sra. Blythe, os liberais ganharam com maioria esmagadora. Após dezoito anos sob a má administração dos conservadores, este país oprimido finalmente terá uma chance.

– É a primeira vez que ouço o senhor fazer um discurso tão inflamado, capitão Jim. Não imaginava que tinha tanto rancor político – Anne riu, mas não tinha ficado muito animada com o resultado. O pequeno Jem tinha balbuciado a primeira palavra naquela manhã. O que eram principados e poderes, a ascensão e a queda de dinastias, a vitória dos liberais, comparados àquele milagre?

– Isso vem de muito tempo – disse o capitão Jim com um sorriso reprovador. – Eu me achava um liberal moderado, mas, quando chegou a notícia de que ganhamos, percebi que sou mesmo inteiramente liberal.

– O senhor sabe que o doutor e eu somos conservadores.
– Ah, bem, é o único defeito em vocês, Sra. Blythe. A Srta. Cornelia também é conservadora. Eu passei na casa dela antes de vir aqui.
– Você sabia que estava arriscando sua própria vida?
– Sim, mas não resisti à tentação.
– Como ela reagiu?
– Com calma até, Sra. Blythe, com calma. Disse: "Bem, a Divina Providência castiga países com períodos de humilhação, assim como faz com as pessoas. Vocês, liberais, passaram frio e fome por muitos anos. Aqueçam-se e se alimentem rapidamente, pois não ficarão muito tempo no poder". Eu disse: "Ora, Cornelia, talvez a Divina Providência pense que o Canadá precisa de um longo período de humilhação". Ah, Susan, você ficou sabendo? Os liberais ganharam as eleições.

Susan tinha acabado de vir da cozinha, junto com o aroma de pratos deliciosos que parecia sempre acompanhá-la.

– É mesmo? – disse com uma bela indiferença. – Bem, o meu pão leva o mesmo tempo para crescer com os conservadores no poder ou fora dele. E o partido que fizer chover antes do fim da semana, querida Sra. do doutor, para salvar a nossa horta da ruína, será o partido em que a Susan votará. Agora, poderia vir aqui e me dar a sua opinião sobre a carne para o jantar? Receio que esteja muito dura e acho melhor trocarmos de açougueiro, além do governo.

Uma semana depois, Anne foi até o farol para ver se o capitão Jim tinha algum peixe fresco, separando-se do pequeno Jem pela primeira vez. Foi um drama. E se ele chorasse? E se Susan não soubesse exatamente o que ele queria? Susan parecia calma e tranquila.

– Tenho tanta experiência com ele quanto a senhora, querida Sra. do doutor, não tenho?

– Sim, com ele; não com outros bebês. Eu já cuidei de três pares de gêmeos quando era criança, Susan. Quando choravam, eu dava óleo de menta ou de rícino para eles sem me preocupar. É curioso me lembrar como eu lidava com facilidade com aquelas crianças e suas birras.

– Bem, se o pequeno Jem chorar, colocarei uma bolsa de água quente sobre a barriguinha dele.

– Não muito quente – disse Anne, ansiosa. – Ah, será que eu deveria ir mesmo?

– Não se preocupe, querida Sra. do doutor. Susan não é mulher de queimar um bebezinho. Bendito seja, não chora nunca.

Anne finalmente saiu de casa e aproveitou o passeio até o farol sob as longas sombras do entardecer. O capitão Jim não estava na sala, mas outro homem estava: um homem de meia-idade charmoso, com um queixo bem definido e barbeado. Anne não o conhecia. Mesmo assim, logo que ela se sentou, ele começou a falar com a segurança de um velho conhecido. Não havia nada inadequado na maneira ou no que dizia, contudo Anne não gostou daquela intimidade em um completo desconhecido. Suas respostas foram frias; o mínimo exigido pelos bons modos. Sem se importar, ele continuou por vários minutos e então desculpou-se e foi embora. Anne podia jurar que havia um brilho peculiar nos olhos dele, e aquilo a incomodou. Quem era aquela pessoa? Havia algo levemente familiar nele, apesar de Anne não ter dúvidas de nunca o ter visto antes.

– Quem era aquele homem que acabou de sair? – perguntou Anne quando o capitão Jim chegou.

– Marshall Elliott.

– Marshall Elliott! Ah, capitão... Não era... Sim, *era* a voz dele! Ah, eu não sabia quem era e fui muito seca com ele! Por que não me contou? Ele deve ter percebido que eu não o reconheci.

– Ele não disse nada para não estragar a piada. Não se preocupe com isso, ele deve ter achado graça da situação. Sim, Marshall cortou a barba e os cabelos. O partido dele venceu finalmente. Também não o reconheci a princípio. Ele estava na loja de Carter Flagg em Glen, na noite após o dia da eleição, junto com uma multidão que esperava o resultado. Por volta da meia-noite, o telefone tocou: os liberais haviam ganhado. Marshall simplesmente levantou-se e saiu, sem celebrar nem gritar; deixou isso para os outros que quase derrubaram a loja de Carter. Obviamente, todos os conservadores estavam na loja de Raymond Russell. Não houve muito barulho por lá. Marshall desceu a rua em direção à barbearia do Augustus Palmer. Augustus estava dormindo, mas ele bateu na porta até o barbeiro levantar da cama e descer para ver que diabos estava acontecendo. "Abra seu estabelecimento e faça o melhor trabalho da sua vida, Gus", disse Marshall. "Os conservadores estão fora do poder, e você vai atender um bom liberal antes do nascer do sol". Gus ficou furioso, em parte por ter sido tirado da cama, mas principalmente por ser um conservador. Havia jurado que não atenderia nenhum homem depois da meia-noite. "Você vai fazer o que eu quiser, filho", disse Marshall, "ou então vai levar umas palmadas no traseiro que a sua mãe se esqueceu de dar". Gus sabia que ele era bem capaz de fazer isso, pois Marshall é forte como um touro, e Gus é um fracote. Assim, ele cedeu e abriu a barbearia. "Eu vou atender você, mas se você disser uma palavra sobre os liberais enquanto eu estiver trabalhando, cortarei a sua garganta com a navalha", ameaçou. Quem diria que o pequeno Gus seria capaz de ser tão sanguinário! Isso mostra o que um partido político pode fazer com um homem. Marshall ficou caladinho e foi embora assim que se livrou do cabelo e da barba. Quando a velha empregada dele ouviu o barulho de passos na escada, olhou pela porta do quarto para ver se era ele ou o garoto contratado para trabalhar na casa. Ao deparar-se com um estranho no corredor com uma vela, ela deu um grito e desmaiou. Tiveram que chamar um médico para reanimá-la, e vários dias se passaram até que conseguisse olhar para Marshall sem começar a tremer.

O capitão Jim não tinha peixe. Ele raramente saía com o barco durante o verão e havia encerrado suas longas expedições há muito tempo. Ele passava boa parte do tempo sentado diante da janela, observando o golfo, com a cabeça cada vez mais branca apoiada em uma das mãos. Ficou sentado ali naquela noite durante vários minutos, travando uma batalha com o passado que Anne não se atreveria a perturbar. Em seguida, apontou para o arco-íris no oeste.

– É lindo, não acha, Sra. Blythe? Gostaria que tivesse visto o nascer do sol hoje pela manhã. Foi simplesmente maravilhoso. Já vi todos os tipos de amanhecer nesse golfo. Eu viajei pelo mundo todo e posso afirmar que nunca vi uma cena mais deslumbrante do que a alvorada aqui na costa durante o verão. Um homem não pode escolher a hora de partir, Sra. Blythe, ele parte quando o Grande Capitão dá as ordens. Se fosse possível, no entanto, gostaria de zarpar quando a aurora chegasse ao porto. Já a assisti muitas vezes, imaginando como seria atravessar essa grande glória branca em direção ao que quer que nos aguarde no além, em mares ainda desconhecidos por mapas terrenos. Acho que lá encontrarei Margaret, a desaparecida.

O capitão Jim falava frequentemente com Anne sobre Margaret, a desaparecida, desde que havia contado a história à ela. O amor dele por Margaret era evidente em cada palavra, um amor que jamais se apagou nem foi esquecido pelo tempo.

— De qualquer forma, quando a minha hora chegar, quero que seja de forma rápida e tranquila. Não pense que sou covarde, Sra. Blythe; já fiquei cara a cara com uma morte horrível mais de uma vez sem empalidecer. Entretanto, a ideia de uma morte lenta faz com que um pavor doentio tome conta de mim.

— Não fale em nos deixar, meu *querido* capitão — implorou Anne com a voz embargada, afagando a mão velha e morena do capitão Jim; mão que já havia sido muito forte, mas que agora era frágil. — O que faríamos sem o senhor?

O capitão Jim abriu um belo sorriso.

— Ah, vocês se virariam bem, muito bem, e creio que não se esqueceriam desse velho aqui, Sra. Blythe; não, acho que vocês jamais se esquecerão dele. As pessoas que conhecem José nunca se esquecem de seus semelhantes. Será uma recordação que não machucará. Gosto de pensar que a minha lembrança sempre será agradável para os meus amigos. Espero e acredito nisso. Não falta muito para Margaret, a desaparecida me chamar pela última vez. Estarei preparado para atendê-la. Só estou entrando neste assunto porque gostaria de lhe pedir um pequeno favor. Aqui está o meu velho Imediato...

O capitão Jim estendeu a mão e acariciou a grande bola dourada, quentinha e aveludada que dormia no sofá. O gato se desenrolou como uma mola, emitindo um gostoso som rouco, uma mistura de ronronar com miado, esticou as patas no ar, virou para o outro lado e voltou a se enrolar.

— *Ele* vai sentir a minha falta quando eu partir. Não suporto a ideia de abandoná-lo aqui, passando fome, como já foi abandonado antes. Se alguma coisa acontecer comigo, a senhora dará a ele algo de comer e um cantinho para morar, Sra. Blythe?

– É claro que darei.

– É tudo que eu lhe peço. Eu já separei algumas coisas curiosas para dar ao pequeno Jem. E não quero ver lágrimas nesses olhos bonitos, Sra. Blythe. Talvez eu ainda fique por aqui por um bom tempo. Ouvi você recitando uma poesia no inverno passado, um verso de Tennyson. Adoraria ouvi-la novamente, caso não se importe.

De maneira suave e tranquila, enquanto a brisa marinha os embalava, Anne repetiu os lindos versos da maravilhosa e derradeira obra de Tennyson, *Crossing the Bar*. O capitão marcou o ritmo gentilmente com a mão vigorosa.

– Sim, sim – disse ele quando ela terminou –, isso mesmo, isso mesmo. Se ele não foi marinheiro, como a senhora disse, então não sei como conseguiu colocar tão bem em palavras os sentimentos de um velho marujo. Ele não queria a "tristeza das despedidas", assim como eu também não quero, Sra. Blythe, pois eu estarei muito bem além da barreira das dunas de areia.

CAPÍTULO 36

BELEZA NO LUGAR DAS CINZAS

— Alguma notícia de Green Gables, Anne? — Nada de especial – respondeu ela, dobrando a carta de Marilla. – Jake Donnell esteve lá para consertar o telhado. Ele é um carpinteiro pleno agora, o que me faz acreditar ter escolhido a profissão que sempre quis. Você lembra que a mãe dele queria que ele fosse professor universitário? Nunca vou me esquecer do dia em que ela foi à escola e brigou comigo por não chamá-lo de St. Clair.

— Será que alguém o chama assim agora?

— É claro que não, parece que deixou isso para trás completamente e até a mãe dele teve que se conformar. Sempre achei que um garoto com o queixo e a boca do Jake seria capaz de conseguir o que quisesse na vida. Diana me escreveu contando que Dora tem um namorado. Pense nisso, aquela criança!

— Dora tem 17 anos – disse Gilbert. – Charlie Sloane e eu éramos loucos por você aos dezessete anos, Anne.

— Gilbert, estamos mesmo envelhecendo – disse Anne com um sorriso melancólico. – As crianças que tinham 6 anos quando pensávamos que éramos adultos já têm idade suficiente para iniciarem namoros. O namorado de Dora é o Ralph Andrews, irmão de Jane. Eu me lembro dele como um garotinho gorducho e de cabelos claros, que era sempre o último da classe. Pelo que sei, agora ele é um jovem muito charmoso.

– É provável que Dora se case cedo. Ela é como a Charlotta IV, e não perderá a primeira chance por medo de ser a última.

– Bem, se ela se casar com Ralph, espero que ele seja mais confiante que o irmão, Billy – refletiu Anne.

– Vamos torcer para que ele consiga pedi-la em casamento por conta própria – disse Gilbert, rindo. – Anne, você teria se casado com o Billy se ele tivesse feito o pedido pessoalmente, em vez de mandar Jane no lugar dele?

– Talvez. – Anne teve um acesso de riso ao se lembrar do primeiro pedido de casamento que recebeu. – O choque do momento poderia ter me hipnotizado e me levado a fazer alguma tolice. Sejamos gratos por ele ter feito o pedido por intermédio de uma representante.

– Recebi uma carta de George Moore ontem – disse Leslie do canto em que estava lendo.

– Ah, e como ele está? – perguntou Anne com interesse, além de uma sensação irreal de estar falando de alguém que não conhecia.

– Ele está bem, mas está com dificuldades para se adaptar a todas as mudanças referentes ao antigo lar e aos amigos. Ele voltará para o mar na primavera, pois está em seu sangue, como ele mesmo afirma, e anseia por isso. E ele me contou algo que me deixou muito feliz por ele, coitado. Antes de zarpar no *Four Sisters*, ele estava noivo de uma garota e não me contou nada sobre ela em Montreal, pois achava que ela já o tivesse esquecido e se casado com outra pessoa há tempos, enquanto para ele, o amor e o noivado dos dois ainda estavam vivos. Foi muito difícil para ele. Quando retornou para casa, porém, George descobriu que ela não havia se casado, e que ainda gostava dele, então eles vão se casar no outono. Vou pedir a ele para trazê-la, e ele diz que quer conhecer o lugar onde morou por tantos anos sem saber.

– Que lindo romance! – disse Anne, cuja ternura pelo romantismo era imortal. – E pensar que, se fosse por mim, George Moore jamais teria se levantado do túmulo em que sua identidade foi enterrada – acrescentou com um suspiro de autocensura. – Como eu briguei contra a sugestão de Gilbert! Bem, eis a minha punição: eu jamais poderei ter uma opinião diferente da de Gilbert novamente! Se eu tentar, ele jogará na minha cara o caso do George Moore!

– Como se isso pudesse conter uma mulher! – brincou Gilbert. – Só não se transforme em um eco meu, Anne, um pouco de oposição dá tempero à vida, e não quero uma esposa como a de John MacAllister, que mora do outro lado do porto. Não importa o que ele fale, pois em seguida ela diz, com aquela vozinha cansativa e sem vida: "É verdade, meu querido John!".

Anne e Leslie riram. A risada de Anne era prateada e a de Leslie dourada, e a combinação das duas era tão satisfatória quanto um perfeito acorde musical.

Susan, que chegou no final das risadas, fez eco com um suspiro ressoante.

– Susan, qual é o problema? – perguntou Gilbert.

– Tem alguma coisa errada com o pequeno Jem? – preocupou-se Anne alarmada.

– Não. Acalme-se, querida Sra. do doutor, mas aconteceu uma coisa. Meu Deus, esta semana foi péssima para mim. Eu arruinei o pão, como vocês sabem muito bem, queimei a camisa favorita do doutor e quebrei a grande travessa. Agora, além de tudo isso, fiquei sabendo que a minha irmã Matilda quebrou a perna, e quer que eu passe uns tempos com ela.

– Ah, eu sinto muito... Sinto muito por sua irmã ter se acidentado, quero dizer – exclamou Anne.

– Ah, enfim, a humanidade nasceu para sofrer, querida Sra. do doutor. Parece algo saído da Bíblia, mas me disseram que foi um sujeito chamado Burns que escreveu. Não há dúvidas de que nascemos para enfrentar problemas, assim como as fagulhas voam com o vento. Quanto à Matilda, não sei o que fazer. Ninguém da nossa família nunca quebrou a perna. Ela é minha irmã e sinto que é meu dever cuidar dela, se puder me liberar por algumas semanas, querida Sra. do doutor.

– É claro, Susan, é claro. Posso conseguir alguém para me ajudar enquanto você estiver fora.

– Eu não irei se não conseguir, querida Sra. do doutor, apesar da situação da Matilda. Não quero que se preocupe e que, como consequência, aquela criança abençoada sofra, não importa quantas pernas estejam quebradas.

– Ah, você deve ir ajudar a sua irmã o quanto antes, Susan. Eu posso conseguir uma garota do vilarejo para me ajudar temporariamente.

– Anne, você aceitaria a minha ajuda durante a ausência de Susan? – indagou Leslie. – Por favor! Eu adoraria cuidar de Jem, e também seria um ato de caridade da sua parte. Sinto-me terrivelmente solitária naquele lugar imenso. Não há nada para se fazer e de noite não sinto apenas solidão, sinto medo, mesmo com as portas trancadas. Dois dias atrás um vagabundo estava rondado a casa.

Anne concordou com alegria e no dia seguinte Leslie se instalou como convidada na casinha dos sonhos. A Srta. Cornelia aprovou calorosamente o combinado.

– Parece Providencial – disse à Anne em segredo. – Sinto muito por Matilda Clow, mas o acidente dela não poderia ter acontecido em melhor hora. Leslie estará aqui quando Owen

Ford vier para Four Winds, e os velhos fofoqueiros de Glen não terão sobre o que falar, como teriam, se ela estivesse morando naquela casa sozinha e ele fosse visitá-la. Eles já estão em alvoroço, pois ela não ficou de luto. Eu disse a um deles: "Se acha que ela deveria ficar de luto por George Moore, essa foi a ressurreição dele, e não o funeral, na minha opinião; quanto ao Dick, confesso que não acho correto ficar de luto por um homem que faleceu treze anos atrás e que Deus o tenha!". E quando Louisa Baldwin comentou que achava estranho Leslie não ter percebido que aquele não era o próprio marido, eu disse: "Você nunca suspeitou que aquele não era Dick Moore e vocês foram vizinhos de porta a vida inteira, além disso, por natureza, você é dez vezes mais desconfiada do que Leslie". Mas não se pode conter a língua das pessoas, querida Anne, e me alegro muito por Leslie estar debaixo do seu teto enquanto Owen a corteja.

Owen Ford foi até a casinha em um fim de tarde de agosto quando Leslie e Anne estavam envolvidas com o bebê. Ele parou na porta da sala de estar aberta sem ser visto pelas duas e observou a linda cena com olhos famintos. Leslie estava sentada no chão com o bebê no colo, brincando com as mãozinhas gorduchas que ele agitava no ar.

– Ah, que garotinho mais precioso! – murmurou, cobrindo de beijos uma das mãos minúsculas.

– "Coijinha" linda "di" mamãe – cantarolou Anne debruçada sobre o braço da cadeira. – Ai "qui" mãozinha "maisi" pequenininha do meu "bebejinho"!

Nos meses anteriores à chegada do pequeno Jem, Anne examinou diligentemente vários volumes sábios e focou sua fé em um em particular: *Senhor Oráculo: os Cuidados Especiais e a Educação das Crianças*. O Senhor Oráculo implorava para que os pais, por tudo que fosse mais sagrado no mundo, nunca utilizassem a "fala infantilizada" com os filhos. Os pais devem falar da forma culta com eles desde o nascimento, para que aprendam a falar sem vícios desde os primeiros balbucios. O *Senhor Oráculo* perguntava: "Como pode uma mãe esperar que o filho aprenda a falar corretamente quando ela continuamente acostuma a massa cinzenta impressionável da criança com distorções tão absurdas da nossa nobre língua, como as que as mães imprudentes infligem diariamente às indefesas criaturas que estão sob seus cuidados? Uma criança que é constantemente chamada de 'coijinha mais lindinha' é capaz de desenvolver um conceito adequado de si mesmo, de suas possibilidades e do seu destino?".

Anne ficara profundamente impressionada e informou Gilbert de que pretendia criar uma regra inflexível: jamais, sob hipótese alguma, usar "fala infantilizada" com os filhos. Gilbert concordou e prometeram nunca fazer isso. Uma promessa que Anne violou sem nenhum pudor no primeiro instante em que o pequeno Jem foi colocado em seus braços. "Ah, que coijinha mais lindinha!", exclamou ela. E continuou a chamá-lo assim desde então. Quando Gilbert a provocava, Anne ria do autor de *Senhor Oráculo*.

– Ele nunca teve filhos, Gilbert. Tenho certeza disso, do contrário não teria escrito tanta bobagem. É simplesmente impossível não falar assim com um bebê. É natural e não há nada de errado. Seria desumano falar com aquelas criaturinhas minúsculas e delicadas da mesma forma que nos dirigimos a meninos e meninas. Bebês precisam de todo o amor, mimos e gracinhas que puderem ter, e com o pequeno Jem não vai ser diferente, que Deus abençoe o coraçãozinho dele.

– Mas você ultrapassa todos os limites, Anne – protestou Gilbert, que, sendo apenas pai e não mãe, não estava totalmente convencido de que o *Senhor Oráculo* estava errado.

— Nunca ouvi nada parecido com a forma como você fala com essa criança.

— Provavelmente não. Agora, pode parar com isso. Eu não cuidei dos três pares de gêmeos dos Hammond antes de ter onze anos? Você e o *Senhor Oráculo* não passam de dois teóricos de sangue frio. Gilbert, olhe só para ele! Está sorrindo para mim, ele sabe do que estamos falando. E "vochê concoda coa" mamãe, não é, anjinho?

Gilbert ergueu os braços e disse:

— Ah, vocês, mães! Só Deus sabe o que estava tramando quando criou vocês.

Assim, o pequeno Jem foi mimado e amado, e cresceu como uma verdadeira criança da casa dos sonhos, e Leslie agia da mesma forma que Anne. Quando terminavam os afazeres domésticos e Gilbert não estava por perto, elas se entregavam sem pudor ao prazer de adorar o menino, como no dia em que Owen Ford as surpreendeu.

Leslie foi a primeira a notar a presença dele. Mesmo sob a luz fraca do entardecer, Anne conseguiu perceber a palidez que tomou conta do seu lindo rosto, destacando o vermelho dos lábios e das bochechas.

Owen aproximou-se ansioso, momentaneamente incapaz de enxergar Anne.

— Leslie! — disse, estendendo a mão. Era a primeira vez que ele a chamava pelo nome. A mão de Leslie estava fria, e ela ficou muito quieta durante todo o tempo, enquanto Anne, Gilbert e Owen riam e conversavam. Antes do fim da visita, ela pediu licença e subiu para o quarto. A alegria de Owen desapareceu e ele foi embora logo em seguida, com um ar abatido.

Gilbert olhou para Anne.

— O que está acontecendo? Você está tramando alguma coisa que eu ainda não entendi. O ar da noite estava carregado de eletricidade. Leslie parecia a musa da tragédia, Owen brincava e ria por fora, enquanto a observava com os olhos da alma. Você parecia prestes a explodir com uma animação sufocada. Confesse, que segredo você está escondendo do seu marido?

– Não seja bobo, Gilbert – foi a resposta da esposa. – Leslie agiu de maneira absurda e eu vou lá dizer isso para ela agora.

Anne encontrou Leslie perto janela do quarto. O pequeno cômodo ressoava com o barulho rítmico do mar. Leslie estava sentada com os dedos entrelaçados sob o luar nebuloso que era uma presença bela e acusadora.

– Anne – disse ela em um tom grave e reprovador –, você sabia que Owen Ford estava vindo para Four Winds?

– Sabia – disse Anne sem rodeios.

– Ah, você deveria ter me contado, Anne – exclamou Leslie. – Se tivesse me contado, eu teria ido embora, não teria ficado aqui para vê-lo. Você deveria ter me contado. Não foi justo, Anne... Ah, não foi justo!

Os lábios de Leslie estavam tremendo e seu corpo inteiro parecia tenso. Contudo, Anne riu sem culpa, depois inclinou-se e beijou o rosto emburrado da amiga.

– Leslie, você é uma pateta adorável. Owen Ford não veio correndo do Pacífico até o Atlântico por um desejo ardente de me ver. Também não acho que ele foi inspirado por uma paixão selvagem e frenética pela Srta. Cornelia. Tire o manto da tristeza, minha amiga, dobre-o e guarde-o em algum lugar com lavanda, pois ele nunca mais será necessário. Algumas pessoas conseguem enxergar a situação de longe, mesmo que você não consiga. Não sou uma profetiza, mas vou arriscar uma previsão. A amargura da sua vida terminou. Depois disso, você terá todas as alegrias e sonhos, e ouso dizer as tristezas também, de uma mulher feliz. O presságio da sombra de Vênus tornou-se realidade para você, Leslie. O ano que passou trouxe o melhor presente da sua vida: o amor por Owen Ford. Agora, vá para a cama e tenha uma boa noite de sono.

    Leslie obedeceu e foi para a cama, mas provavelmente não conseguiu dormir bem. É também improvável que tenha sonhado acordada, a vida foi tão dura com a pobre Leslie, o caminho que foi obrigada a trilhar foi tão severo, que ela sequer ousou sussurrar ao próprio coração as esperanças que tinha para o futuro. Ela ficou assistindo ao feixe giratório iluminar as horas curtas da noite de verão, e seus olhos voltaram a ser jovens novamente. No dia seguinte, quando Owen Ford veio convidá-la para um passeio na praia, ela aceitou.

CAPÍTULO 37

O ANÚNCIO SURPREENDENTE DA SRTA. CORNELIA

A Srta. Cornelia foi até a casinha em uma tarde abafada em que o golfo exibia uma tonalidade translúcida de azul e os lírios alaranjados no portão do jardim de Anne levantavam as taças imperiais para serem preenchidas pelo ouro derretido que transbordava do sol de agosto. Não que a Srta. Cornelia se importasse com oceanos pintados ou com flores desejosas de luz. Ela sentou-se em sua cadeira de balanço predileta e não fez absolutamente nada. "Não trabalhou e não fiou."[11] Tampouco emitiu palavras depreciativas sobre parcela alguma da humanidade. Em suma: a conversa com a Srta. Cornelia não teve tempero naquele dia, e Gilbert, que ficou em casa para ouvi-la em vez de ir pescar como pretendia, ficou preocupado. O que será que havia acontecido com ela? Ela não parecia desanimada nem preocupada. Pelo contrário, exibia um ar de nervosismo.

– Onde está a Leslie? – perguntou sem muito interesse.

– Foi colher framboesas com Owen no bosque atrás da fazenda – respondeu Anne. – Creio que só voltarão por volta da hora do jantar.

---

11. Mateus 6:28.

– Eles parecem que não sabem da existência de uma coisa chamada relógio – disse Gilbert. – Ainda não consegui entender a situação. Vocês duas devem saber de alguma coisa. Anne, minha esposa desobediente, não quer me contar nada. Você poderia fazer essa gentileza, Srta. Cornelia?

– Não, não poderia, mas vim contar outra coisa – disse, com o ar determinado de quem deseja confessar algo de uma vez por todas. – Vou me casar.

Anne e Gilbert ficaram em silêncio. Se a Srta. Cornelia tivesse anunciado suas intenções de afogar-se no canal, eles teriam acreditado, mas não naquilo. Assim, esperaram, pois era óbvio que ela havia cometido um engano.

– Bem, vocês dois parecem perplexos – acabou dizendo com um brilho nos olhos. Agora que o momento constrangedor da revelação tinha passado, a Srta. Cornelia voltou a ser ela mesma. – Acham que sou jovem e inexperiente demais para me casar?

– É que… é algo um tanto inesperado – disse Gilbert, tentando se recompor. – Já ouvi a senhorita dizendo que não se casaria nem com o melhor homem do mundo.

– Não vou me casar com o melhor homem do mundo – respondeu a Srta. Cornelia. – Marshall Elliott está longe de ser o melhor.

– Vai se casar com Marshall Elliott? – exclamou Anne, recuperando-se após esse segundo choque.

– Sim. Poderia ter me casado com ele a hora que eu quisesse nos últimos vinte anos, mas você acha mesmo que eu iria entrar na igreja ao lado de um fardo de feno ambulante?

– Estou muito feliz e desejo toda a felicidade do mundo a vocês – disse Anne de maneira mecânica e inadequada. Ela não estava preparada para aquela notícia, e jamais havia imaginado que iria felicitar a Srta. Cornelia por um noivado.

– Obrigada, eu sabia que ficariam felizes por mim. Vocês são os primeiros a saber.

– Sentiremos muito a sua falta, querida Srta. Cornelia – disse Anne, começando a ficar um pouco triste e sentimental.

– Ah, vocês não vão me perder – retrucou ela, sem nenhum sentimentalismo. – Não pensem que eu vou me mudar para o outro lado do porto com todos aqueles MacAllisters, Elliotts e Crawfords. "Da vaidade dos Elliott, do orgulho dos MacAllister e da presunção dos Crawford, livrai-nos Senhor". Marshall vai morar na minha casa. Estou cansada de ter que procurar empregados, aquele Jim Hastings, que contratei no verão, é decididamente o pior de todos, e faria com que qualquer pessoa se casasse. Sabe o que ele fez? Ele virou o vasilhame da nata usada para a manteiga e derrubou uma enorme quantidade no pátio. E nem se preocupou! Só deu uma risada e disse que "leite é bom para a terra". Não é bem típico de um homem? Eu disse que não tinha o hábito de fertilizar meu quintal com creme de leite.

– Bem, eu também desejo muitas felicidades, Srta. Cornelia – disse Gilbert solenemente. – No entanto – acrescentou incapaz de resistir à tentação de provocar a Srta. Cornelia, apesar do olhar suplicante de Anne –, receio que os seus dias de independência acabaram. Como sabe, Marshall Elliott é um homem muito obstinado.

– Gosto de homens determinados – respondeu a Srta. Cornelia. – Amos Grant, que costumava me cortejar há muito tempo, não era assim, nunca vi alguém tão inconstante. Uma vez, ele pulou no lago para se matar, depois acabou mudando de ideia e nadou até a beira. Bem típico de um homem, não é? Marshall honraria o compromisso e teria se afogado.

– E dizem também que é temperamental – persistiu Gilbert.

— Ele não seria um Elliott se não fosse assim, mas fico feliz. Será bem divertido irritá-lo e, em geral, é possível conseguir alguma coisa de um homem temperamental quando chega a hora de pedir desculpas, mas não com um homem que é sempre plácido e insuportável.

— A senhorita sabe que ele é um liberal, Srta. Cornelia?

— Sim, ele é — admitiu a Srta. Cornelia com pesar. — E é óbvio que não tenho esperanças de transformá-lo em conservador, porém ele é presbiteriano, então suponho que devo me satisfazer com isso.

— A senhorita se casaria com ele se fosse metodista, Srta. Cornelia?

— Não. A política é algo deste mundo, mas a religião é de ambos os mundos.

— E a senhorita pode se tornar uma viúva, no fim das contas.

— Não. Marshall viverá mais do que eu. Todos os Elliott vivem muito, diferentemente dos Bryant.

— Quando vão se casar? — perguntou Anne.

— Daqui a um mês. Meu vestido de noiva será azul-marinho, e gostaria de perguntar a você, querida Anne, se um véu combina com um vestido dessa cor? Sempre achei que gostaria de usar véu se algum dia me casasse. Marshall disse que eu deveria usar o que eu quisesse. Bem típico de um homem, não é?

— E por que não usa, se quer tanto? — perguntou Anne.

— Bem, não quero ser diferente das outras pessoas — disse a Srta. Cornelia, que não se parecia absolutamente com ninguém na face da Terra. — Como estava dizendo, eu gostaria de entrar na igreja usando véu. Porém, talvez ele não deva ser usado com nenhum outro vestido que não seja branco. Por favor, querida, diga-me a sua opinião sincera e seguirei o seu conselho.

– Acho que véus costumam ser usados somente com vestidos brancos – admitiu Anne –, o que é uma mera convenção. Concordo com o Sr. Elliott, Srta. Cornelia. Não vejo nenhum motivo para a senhorita não usar o véu se é o que deseja.

A Srta. Cornelia, que fazia suas visitas em xales de algodão estampados, balançou a cabeça negativamente.

– Se não for apropriado, não usarei – disse com um suspiro de desgosto pelo sonho perdido.

– Já que está decidida a se casar, Srta. Cornelia – disse Gilbert solenemente –, para lidar com o seu esposo, vou repassar os excelentes conselhos que minha avó deu para a minha mãe quando se casou com o meu pai.

– Bem, acho que eu sei lidar com Marshall Elliott – disse a Srta. Cornelia calmamente. – Mas vamos escutar seus conselhos.

– O primeiro é: agarre-o.

– Ele já foi agarrado. Continue.

– O segundo é: alimente-o bem.

– Com todas as tortas que quiser. Qual é o próximo?

– O terceiro e o quarto são: fique de olho nele.

– Concordo – disse a Srta. Cornelia enfaticamente.

CAPÍTULO 38

ROSAS VERMELHAS

O jardim da casinha, enrubescido pelas últimas rosas de agosto, era um refúgio amado pelas abelhas. Os moradores viviam por ali, fazendo piqueniques em um local para lá do riacho ou assistindo ao crepúsculo sentados na grama com grandes mariposas cruzando a penumbra aveludada. Owen Ford encontrou Leslie sozinha ali em um fim de tarde. Anne e Gilbert não estavam, e Susan, que era esperada de volta naquela noite, ainda não tinha chegado.

O céu do norte apresentava diferentes tons de âmbar e verde sobre os pinheiros. O ar estava fresco, pois agosto se aproximava de setembro, e Leslie usava um lenço escarlate sobre o vestido branco. Juntos, eles caminharam em silêncio pelos canteiros cheios de flores. Owen partiria em breve. As férias estavam quase no fim. O coração de Leslie batia apressado e ela sabia que aquele jardim adorado serviria de cenário para as palavras que selariam a relação ainda indefinida entre eles.

— Em algumas tardes, um estranho aroma passeia por esse jardim, como um perfume fantasma – disse Owen. – Ainda não descobri de qual flor ele vem. É fugaz, marcante e maravilhosamente doce. Gosto de imaginar que é a alma da vovó Selwyn visitando o lugar que tanto amou. Esta casinha antiga deve ter muitos amigos fantasmas.

– Vivi apenas um mês sob este teto – disse Leslie –, mas eu amo esta casinha como nunca amei a casa em que passei a vida inteira.

– Esta casa foi construída e consagrada com amor – disse Owen. – Lugares assim certamente influenciam as pessoas que neles vivem. E este jardim tem mais de sessenta anos, a história de milhares de sonhos e alegrias está escrita em cada pétala. Algumas dessas flores foram plantadas pela própria esposa do diretor da escola, que faleceu há trinta anos. Mesmo assim, elas ainda desabrocham todos os verões. Veja aquelas rosas vermelhas, Leslie. Como elas se destacam regiamente das outras!

– Amo rosas vermelhas – disse Leslie. – Anne prefere as cor-de-rosa e Gilbert as brancas, mas eu gosto das escarlates. Elas satisfazem um desejo dentro de mim como nenhuma outra.

– Estas rosas sempre florescem depois que todas as outras flores já murcharam e incorporam todo o calor e a alma do verão – disse Owen, colhendo alguns dos botões lustrosos entreabertos.

– A rosa é aclamada mundialmente há séculos como a flor do amor. A cor-de-rosa representa o amor esperançoso e paciente; a branca, o amor morto ou impossível. Porém, a vermelha... Ah, Leslie, o que ela representa?

– O amor triunfante – sussurrou Leslie.

– Sim, o amor triunfante e perfeito. Leslie, você sabe... Você já entendeu. Eu amei você desde o primeiro instante em que a vi, e eu sei que você me ama, eu nem preciso perguntar. Contudo, eu preciso ouvir isso de você... Minha amada... Minha amada!

Leslie disse algo com uma voz muito baixa e trêmula. As mãos e lábios se encontraram em um momento supremo da vida para os dois. Naquele jardim antigo, com seus muitos anos de amores, prazeres, tristezas e glórias, Owen coroou os cabelos brilhantes de Leslie com uma rosa vermelha, com a mesma cor do amor triunfante.

Anne e Gilbert chegaram naquele instante, acompanhados pelo capitão Jim. Anne acendeu a lareira com alguns pedaços de madeira trazidos pelo mar para ver as chamas mágicas e todos se sentaram ao redor dela para passar uma hora em boa companhia.

– Vendo as chamas especiais, é fácil imaginar que sou jovem outra vez – disse o capitão.

– Consegue ler o futuro no fogo, capitão? – perguntou Owen.

O capitão Jim olhou com carinho para eles e então virou-se para o rosto vívido e os olhos cintilantes de Leslie.

– Não preciso do fogo para saber o futuro de vocês. Eu vejo felicidade para todos vocês, para Leslie e o Sr. Ford, para o doutor aqui e a esposa, para o pequeno Jem e as crianças que ainda virão. Felicidade para todos, embora eu acredite que vocês também terão preocupações e tristezas. Elas são inevitáveis e nenhum lar, seja um palácio, seja uma casinha dos sonhos, consegue impedi-los. Só que eles não vencerão se vocês os encararem juntos, com confiança e amor. Vocês enfrentarão qualquer tempestade tendo esses dois sentimentos como se fossem sua bússola e seu leme.

O velho senhor subitamente pousou uma das mãos sobre a cabeça de Leslie e a outra sobre a de Anne.

– Duas mulheres adoráveis e doces. Verdadeiras, fiéis e de confiança. Seus maridos terão a honra em casa graças a vocês, seus filhos crescerão e as bendirão nos anos que estão por vir.

Havia uma estranha solenidade naquela cena. Anne e Leslie se curvavam como se estivessem recebendo uma bênção. Gilbert passou a mão sobre os olhos e Owen permaneceu absorto, como se estivesse tendo visões. Todos permaneceram em silêncio por um momento. A pequena casa dos sonhos tinha acabado de acrescentar mais um momento comovente e inesquecível às suas recordações.

– Agora, tenho que ir – disse o capitão Jim lentamente, por fim. Ele tirou o chapéu e observou mais uma vez a sala. – Boa noite a todos – disse, e partiu.

Anne, tocada pela melancolia incomum da despedida do capitão, correu até a porta.

– Volte logo, capitão Jim – gritou, enquanto ele cruzava o portãozinho entre os dois pinheiros.

– Sim, sim – respondeu alegremente.

No entanto, aquela foi a última vez que o capitão Jim se sentou ao redor da lareira da casinha dos sonhos. Anne voltou para perto dos outros devagar.

– É tão triste vê-lo voltar sozinho para aquele farol solitário – disse –, sem ninguém para recebê-lo.

– O capitão é uma companhia tão boa para os outros que não tenho dúvidas de que também seja uma ótima companhia para si mesmo – disse Owen. – No entanto, ele deve se sentir solitário com frequência e foi um tanto profético hoje, falando com muita propriedade. Bem, eu também tenho que ir embora.

Discretamente, Anne e Gilbert desapareceram e, depois que Owen partiu, Anne encontrou Leslie parada próxima à lareira.

– Ah, Leslie, eu sei... E estou muito feliz por você – disse, abraçando-a.

— Anne, minha felicidade me assusta — sussurrou. — Parece boa demais para ser verdade, e tenho medo de falar sobre ela, até de pensar nela. Parece que é outro devaneio desta casa dos sonhos, e que tudo vai desaparecer assim que eu sair daqui.

— Bem, você não sairá daqui até que Owen venha buscá-la. Você ficará conosco até que esse dia chegue. Acha mesmo que a deixarei voltar para aquele lugar triste e desolado?

— Obrigada, querida. Eu ia mesmo perguntar se poderia ficar aqui com você. Não quero voltar para lá, seria como retornar para a frieza e para o vazio da minha antiga vida. Anne, Anne, que amiga você tem sido para mim, uma mulher adorável e doce, verdadeira, fiel e de confiança, como bem resumiu o capitão Jim.

— Ele disse "mulheres", e não "mulher" — sorriu Anne. — Talvez ele nos veja pelas lentes coloridas de seu amor por nós, e pelo menos podemos tentar viver à altura do que ele acredita que sejamos.

— Você se lembra, Anne — disse Leslie —, que eu comentei uma vez, naquela tarde na praia, que odiava a minha beleza? Naquela época, era verdade, sempre achei que se eu fosse um pouco mais feia, Dick não teria se interessado por mim. Eu odiava a minha beleza porque ela atraiu uma pessoa como ele. Agora, fico feliz por ser como sou, e por tudo que tenho para oferecer a Owen; a alma de artista dele gosta disso. Tenho a impressão de que não estou de mãos vazias.

— Owen ama a sua beleza, Leslie. E quem não amaria? Mas é tolice da sua parte achar que é a única coisa que você tem a oferecer. Ele dirá isso a você, não é necessário que eu diga. Agora eu tenho que trancar a casa. Esperávamos Susan hoje à noite, mas ela ainda não voltou.

— Ah, aqui estou eu, querida Sra. do doutor — disse Susan, entrando inesperadamente na cozinha —, ofegante como uma galinha d'angola! É uma caminhada e tanto de Glen até aqui.

— Estou feliz por estar de volta, Susan. Como está a sua irmã?

— Ela já consegue ficar sentada, mas obviamente ainda não consegue andar. Como a filha dela voltou das férias, não precisa mais da minha ajuda e estou feliz por estar de volta, querida Sra. do doutor. Matilda pode ter quebrado a perna, mas a língua está em perfeitas condições, pois ela fala pelos cotovelos, senhora; por mais que me doa falar assim da minha irmã, ela sempre foi boa de papo e ainda foi a primeira da família a se casar. Ela não tinha muito interesse em se casar com James Clow, só que não teria suportado rejeitá-lo. Não que ele fosse uma pessoa ruim, o seu único defeito era um grito sobrenatural antes de começar a agradecer pela comida. Sempre tirava o meu apetite. E por falar em casamentos, querida Sra. do doutor, é verdade que Cornelia Bryant vai se casar com Marshall Elliott?

— É verdade, Susan.

— Bem, querida Sra. do doutor, não me parece justo. Aqui estou eu, que nunca disse uma única palavra contra os homens, sem previsão de quando vou conseguir me casar. E lá está a Cornelia Bryant, que nunca se cansa de atacá-los, e tudo que ela precisa fazer é apontar o dedo e escolher quem ela quiser. Vivemos em um mundo muito estranho, querida Sra. do doutor.

— Não se esqueça de que há outro mundo além deste, Susan.

— Eu sei — disse Susan com um suspiro pesado. — Só que, naquele mundo, querida Sra. do doutor, ninguém se casa nem é pedida em casamento.

CAPÍTULO 39

O CAPITÃO JIM
ATRAVESSA A BARREIRA

No fim de setembro, o livro de Owen Ford finalmente foi publicado. O capitão Jim foi religiosamente ao correio todos os dias por um mês. Naquele dia, ele não tinha ido, e Leslie trouxe o exemplar dele para casa junto com o dela e o de Anne.

— Levaremos para ele de tarde — disse Anne, animada como uma estudante.

A longa caminhada até o farol naquele entardecer claro e encantador pela estrada vermelha do porto foi muito agradável. O sol passou por trás das colinas do poente, penetrando em algum vale que deve ser cheio do pôr do sol, e no mesmo instante o grande feixe de luz se acendeu na torre branca.

— O capitão nunca se atrasa, nem por um segundo — disse Leslie.

Anne e Leslie nunca se esqueceram do rosto transfigurado e glorificado do capitão Jim ao receber o livro, o livro *dele*. As bochechas que estavam pálidas ganharam o rubor da juventude; seus olhos se iluminaram como os de um garoto; mas as mãos tremeram ao desembrulhá-lo.

Chamava-se simplesmente *O Livro da Vida do Capitão Jim*, e na folha de rosto os nomes de Owen Ford e James Boyd estavam escritos como coautores. O frontispício era uma fotografia do próprio capitão, parado em frente à porta do farol, olhando na direção do oceano. Owen Ford a tirou em um dia enquanto escrevia o livro.

– Pense nisso – disse ele –, o velho marujo com um livro de verdade. Nunca senti tanto orgulho em toda a minha vida. Estou prestes a explodir, meninas. Acho que não conseguirei dormir hoje. Eu lerei o meu livro até o nascer do sol.

– Vamos embora agora, para que possa começar o quanto antes – disse Anne. O capitão Jim que folheava o livro com uma espécie de êxtase reverente, fechou-o de forma decidida e o deixou de lado.

– Não, não, vocês não vão antes de tomar uma xícara de chá com este velho aqui – protestou. – Eu não permitiria, não é mesmo, Imediato? O *Livro da Vida* pode esperar, suponho. Já esperei por ele muitos anos, e posso aguardar mais um pouquinho enquanto desfruto da companhia de minhas amigas.

Ele então colocou a água para ferver e pegou o pão e a manteiga. Apesar da animação, ele não se movia com a mesma energia, os movimentos estavam lentos e hesitantes, mas as mulheres não se ofereceram para ajudar. Elas sabiam que isso iria magoar os sentimentos dele.

– Vocês escolheram a noite certa para me visitar – disse, tirando um bolo do armário da cozinha.

– A mãe do pequeno Joe me mandou uma cesta de bolos e tortas hoje. Benditos sejam todos os bons cozinheiros! Vejam que bolo bonito, com toda essa cobertura e as nozes. Não é sempre que posso receber visitas em grande estilo! Sirvam-se garotas, sirvam-se! "Bebamos uma taça de bondade pelos bons e velhos tempos."[12]

---

12. Poema *Auld Lang Syne*, de Robert Burns.

As garotas se serviram com alegria. O chá foi um dos melhores que o capitão Jim já tinha feito. O bolo da mãe do pequeno Joe era a última palavra em bolos, e o capitão foi o príncipe dos anfitriões graciosos, nunca permitindo que seus olhos se dirigissem para o canto em que havia deixado o livro, com todos os relatos da sua coragem. Quando a porta se fechou atrás de Anne e Leslie, elas não tiveram dúvidas de que ele voltaria correndo para a leitura, e durante o trajeto para casa, elas imaginaram o prazer do velho marujo ao se debruçar sobre as páginas em que a vida dele era retratada com todo o charme e as cores da própria realidade.

– Será que ele vai gostar do final? Do final que eu sugeri? – indagou Leslie.

Ela nunca ficaria sabendo. Na manhã seguinte, Anne acordou e deparou-se com Gilbert inclinado sobre ela, totalmente vestido e com uma expressão aflita.

– Você foi chamado? – perguntou sonolenta.

– Não. Anne, receio que alguma coisa tenha acontecido no farol. Faz uma hora que o sol nasceu e a luz ainda está acesa. Você sabe que o capitão se orgulha de ligá-la no mesmo momento em que o sol se põe, e de desligá-la quando nasce.

Anne sentou-se na cama preocupada. Pela janela, ela viu o feixe luminoso brilhando debilmente contra o azul do amanhecer.

– Talvez ele tenha adormecido sobre o *Livro da vida* – exclamou ansiosa –, ou tenha ficado tão envolvido que se esqueceu da luz.

Gilbert balançou a cabeça negativamente.

– O capitão Jim não faria isso. Bem, eu vou até lá.

– Espere, eu vou com você – exclamou Anne. – Ah, tenho que ir. O pequeno Jem ainda dormirá por mais uma hora, e eu chamarei Susan. Talvez você precise de uma ajuda feminina se o capitão estiver doente.

Era uma manhã primorosa, repleta de cores e sons maduros e delicados ao mesmo tempo. O porto parecia cintilante e sorridente como uma moça; gaivotas brancas voavam sobre as dunas; além do banco de areia, um oceano maravilhoso resplandecia. Os campos próximos à orla estavam úmidos e frescos às primeiras horas do dia. O vento entrava dançando e assobiava pelo canal, substituindo o belo silêncio com uma música ainda mais graciosa. Se não fosse pelo brilho sinistro da torre branca, Anne e Gilbert teriam aproveitado aquela caminhada matinal, mas foi com cautela e apreensão que seguiram em frente. Ninguém respondeu quando bateram. Gilbert abriu a porta e eles entraram. A velha sala estava muito silenciosa. Sobre a mesa estavam os restos da pequena celebração do dia anterior e a lamparina ainda estava acesa sobre a mesinha de canto. O Imediato estava adormecido próximo ao sofá, iluminado pelo sol. O capitão Jim estava deitado no sofá, com as mãos unidas sobre o *Livro da vida,* aberto na última página, apoiado no peito. Tinha os olhos fechados e no rosto a mais perfeita expressão de paz e felicidade, o semblante de quem havia encontrado o que há muito tempo buscava.

– Ele está dormindo? – sussurrou Anne tremulamente.

Gilbert aproximou-se e inclinou-se sobre ele por alguns instantes. Em seguida, endireitou o corpo.

– Sim, está... Anne – acrescentou ele cauteloso –, o capitão Jim atravessou a barreira das dunas.

Eles não sabiam precisamente a hora em que tinha falecido, mas Anne sempre acreditou que ele conseguiu realizar o desejo de partir no instante em que a manhã avançava sobre o golfo. Seguindo a maré de luz, o espírito dele zarpou sobre o mar da alvorada, em tons de pérola e prata, com destino ao porto seguro em que Margaret, a desaparecida, esperava por ele, além das tormentas e das calmarias.

CAPÍTULO 40

O ADEUS À CASA DOS SONHOS

O capitão Jim foi enterrado no pequeno cemitério do outro lado do porto, muito próximo do local em que a pequena dama branquinha repousava. Os parentes dele ergueram um "monumento" muito caro e muito feio, do qual ele teria zombado se o tivesse visto em vida. O verdadeiro monumento estava no coração daqueles que o conheceram e no livro que viveria por gerações.

Leslie lamentava que ele não estivesse ali para ver o sucesso incrível que tinha alcançado.

– Como ele teria gostado das resenhas, quase todas foram tão gentis. E ver o *Livro da Vida* no topo das listas dos mais vendidos... Ah, se ao menos ele estivesse vivo para presenciar tudo isso, Anne!

Anne, apesar do luto, foi mais perspicaz.

– Era o livro em si que ele tanto estimava, Leslie, não o que poderia ser dito sobre ele; e isso o capitão conseguiu ver. A última noite deve ter sido de tremenda satisfação para ele, com o fim rápido e indolor que tanto desejava pela manhã. Fico feliz por Owen e por você com o sucesso do livro, mas o capitão já estava realizado quando partiu, eu sei disso.

A estrela do farol continuou a vigília noturna, pois um faroleiro substituto fora enviado para Four Winds até que o governo onisciente escolhesse, dentre os muitos candidatos para o cargo, o mais adequado, ou o que tivesse maior influência. O Imediato foi para o seu novo lar na casa dos sonhos, e era amado por Anne, Gilbert e Leslie, e tolerado por Susan, que não gostava muito de gatos.

– Eu posso suportá-lo em nome do capitão Jim, querida Sra. do doutor, pois eu gostava do velho marujo. Eu me certificarei de que ele sempre tenha o que comer, além de tudo que as ratoeiras pegarem. Só não me peça mais do que isso, querida Sra. do doutor. Gatos são gatos e, escreva o que estou lhe dizendo, nunca serão mais do que isso, e mantenha esse bicho longe do rapazinho, querida Sra. do doutor. Imagine que horrível seria se roubasse o ar do nosso queridinho.

– É o que eu chamaria de uma "gatástrofe" – brincou Gilbert.

– Ah, pode rir, doutor, mas o assunto é sério.

– Gatos não roubam o ar de bebês – enfatizou Gilbert. – É só uma superstição antiga, Susan.

– Superstição ou não, querido doutor, eu só sei que já aconteceu. O gato da esposa do sobrinho do marido da minha irmã sugou o ar do bebê deles e o pobre inocente estava quase morto quando o encontraram. Superstição ou não, se eu encontrar aquela coisa amarela rondando o nosso bebê, eu o espantarei com o atiçador da lareira, querida Sra. do doutor.

O Sr. e a Sra. Marshall Elliott viviam com conforto e harmonia na casa verde. Leslie estava ocupada com a costura, pois ela e Owen iriam se casar no Natal. Anne tentou imaginar o que faria quando Leslie fosse embora.

– Mudanças acontecem o tempo todo. Justo quando as coisas estão realmente bem, elas mudam – disse com um suspiro.

– A velha casa dos Morgan, em Glen, está à venda – comentou Gilbert sem nenhum propósito especial.

– É mesmo? – comentou Anne com indiferença.

– Sim. Agora que o Sr. Morgan morreu, a Sra. Morgan pretende morar com os filhos em Vancouver. Ela venderá por um preço baixo, pois um casarão daqueles em um vilarejo tão pequeno como Glen não desperta muito interesse.

– Bem, é certamente um lugar bonito, e ela encontrará um comprador – disse Anne distraidamente, tentando decidir-se pelo tipo de ponto com o qual costuraria as roupinhas novas do pequeno Jem. Ele deixaria de usar as roupas de bebê na semana seguinte, e Anne já sentia vontade de chorar só de pensar nisso.

– E se nós a comprarmos, Anne? – Gilbert perguntou baixinho. Anne deixou de lado a costura e o encarou.

– Está falando sério, Gilbert?

– É claro que sim, querida.

– E deixar este lugar adorável, a nossa casa dos sonhos? – perguntou Anne incrédula. – Ah, Gilbert... É impensável!

– Escute-me com atenção, querida. Sei como se sente, pois também me sinto assim. Mas nós sempre soubemos que teríamos que nos mudar um dia.

– Ah, mas não tão cedo, Gilbert... Ainda não.

– Talvez não tenhamos outra chance como esta novamente. Se não comprarmos a casa dos Morgan, outra pessoa a comprará, e não há outra casa em Glen que nos interesse e nenhum terreno bom para construir. Esta casinha é... Bem, ela foi o que nenhuma outra casa pôde ser para nós, eu admito, só que você sabe que ela é muito afastada para um médico. Sempre soubemos que era um inconveniente, embora tenhamos tirado o melhor proveito da situação, mas agora está ficando um pouco apertada para nós. Talvez, daqui a alguns anos, quando Jem quiser um quarto só para ele, ela fique pequena demais.

– Ah, eu sei... Eu sei – disse Anne com os olhos cheios de lágrimas. – Sei tudo que pode ser dito contra esta casa, e ainda assim eu a amo tanto! E é tão bonito aqui.

– Você se sentirá muito sozinha depois que a Leslie for embora, e o capitão Jim também já se foi. A casa dos Morgan é linda e com o tempo vamos aprender a amá-la. Você sempre a admirou, Anne.

– Sim, mas... é uma decisão tão repentina, Gilbert. Estou até com tontura. Dez minutos atrás, eu nem sonhava em deixar este lugar. Estava planejando o que fazer com a casa na primavera, o que fazer no jardim. Se deixarmos este lugar, quem ficará com ele? Ele é afastado, então provavelmente alguma família pobre de preguiçosos e vagabundos a alugará e a destruirá... Ah, seria um sacrilégio! Isso me magoaria profundamente.

– Eu sei. Contudo, não podemos sacrificar nossos interesses por essas razões. A casa dos Morgan vai ser adequada para nós em todos os aspectos essenciais, não podemos perder essa chance. Pense naquele gramado enorme, nas magníficas árvores antigas e no esplêndido bosque ao fundo... Doze acres! Um ótimo lugar para nossos filhos! Há também um lindo pomar e você sempre gostou daquele muro alto de tijolos em volta do jardim, com aquela porta. Você sempre achou aquela porta algo de contos de fadas. E a vista do porto e das dunas é tão boa quanto a daqui.

– Não dá para ver a luz do farol de lá.

– Sim, é possível vê-la das janelas do sótão. Há outra vantagem, Anne: você adora cômodos no sótão.

– Não há um riacho no jardim.

– Bem, não, mas há um que passa pelo bosque de bordos e deságua no lago de Glen, que também não fica longe da casa. Você poderá imaginar que tem a sua própria Lagoa das Águas Brilhantes.

– Ah, não diga mais nada sobre esse lugar, Gilbert. Preciso de tempo para me acostumar com a ideia.

– Tudo bem. Não há tanta pressa, é claro. É que se decidirmos comprá-la, seria interessante nos mudarmos antes do inverno.

Gilbert saiu e Anne deixou de lado as roupinhas do pequeno Jem com as mãos trêmulas. Ela não conseguia mais costurar. Emocionada, caminhou pelo pequeno domínio em que havia reinado alegremente como uma rainha. A casa dos Morgan era tudo isso que Gilbert tinha mencionado, a propriedade era bonita, a casa era velha o suficiente para oferecer dignidade, tranquilidade e tradições, e nova o bastante para ser confortável e moderna. É verdade que Anne sempre a havia admirado, contudo, admiração não era o mesmo que amor, e Anne amava muito a casa dos sonhos. Ela amava tudo: o jardim que cuidava, e que fora cuidado por tantas outras mulheres; o brilho do riacho que atravessava indomavelmente um dos cantos; o portão entre os pinheiros; o velho degrau de arenito vermelho; os imponentes Pinheiros da Lombardia; os dois armários pequenos e únicos sobre a lareira da sala; a porta da despensa da cozinha, que estava empenada; as janelas esquisitas do sótão; a pequena saliência na escada... Tudo fazia parte dela! Como ela poderia deixá-los? E como aquela casinha, consagrada ao longo do tempo pelo amor e a alegria, foi também consagrada pela felicidade e os pesares de Anne! Ali ela passou a lua de mel; ali, a pequena Joyce viveu por um breve dia; ali, a maravilha da maternidade lhe visitou novamente com o pequeno Jem; ali, ela ouviu a melodia extraordinária da risada do filho; ali, amigos adorados sentaram-se ao lado dela em frente à lareira. Júbilos e tristezas, nascimentos e mortes tornavam aquela casinha dos sonhos sagrada por toda a eternidade. E agora, Anne tinha que ir embora e sabia disso, mesmo enquanto ponderava com Gilbert. A casinha tinha ficado pequena demais. Os interesses de Gilbert tornavam a mudança necessária, a sua prática, por mais que fosse bem-sucedida, era prejudicada pela localização. Anne percebeu que o tempo deles naquele lugar tão amado se aproximava do fim e que deveria encarar o fato com coragem. E como doía o coração dela!

– Vai ser como arrancar algo da minha vida – soluçou. – E, ah, como eu gostaria que uma boa família viesse morar aqui no nosso lugar ou, ainda, que a casa ficasse vazia. Isso seria melhor do que vê-la tomada por pessoas que não sabem nada sobre a geografia da terra dos sonhos, que não sabem nada da história que trouxe a esta casa sua alma e identidade. E se alguém assim se mudar para cá, a casa será destruída em pouco tempo, pois lugares antigos se deterioram rapidamente caso não sejam administrados com cuidado. Eles vão acabar com o meu jardim e arruinar os pinheiros; a cerca vai parecer uma boca sem metade dos dentes; goteiras surgirão no telhado; o reboco cairá; eles enfiarão almofadas e panos nas janelas quebradas. E tudo ficará de pernas para o ar.

A imaginação de Anne vislumbrou de forma tão real a futura degeneração da casinha adorada que ela sentiu uma dor aguda, como se aquilo já fosse realidade. Sentou-se nas escadas e chorou angustiada. Susan a viu ali e perguntou com preocupação qual era o problema.

– A senhora não brigou com o doutor, brigou, querida Sra. do doutor? Se foi isso que aconteceu, não se preocupe. É algo comum entre pessoas casadas. Foi o que ouvi dizer, pois não tenho experiência no assunto, mas ele vai acabar se arrependendo e logo vocês farão as pazes.

– Não, não, Susan, nós não brigamos. É que o Gilbert vai comprar a casa dos Morgan e nós vamos morar em Glen. Isso vai partir o meu coração.

Susan não conseguiu dar muita atenção para os sentimentos de Anne. Na verdade, ela ficou muito contente com a perspectiva de morar em Glen. Sua única reclamação sobre a casinha era sua localização afastada.

– Ora, querida Sra. do doutor, isso será maravilhoso. A casa dos Morgan é tão grande e bonita!

– Detesto casas grandes – soluçou Anne.

– Ah, bem, a senhora não odiará quando tiver meia dúzia de filhos – comentou Susan calmamente. – E esta casa já está ficando pequena demais para nós. Não temos um quarto de visitas, já que a Sra. Moore está hospedada conosco e aquela despensa é o lugar mais incômodo em que já tentei trabalhar. Há um canto em cada lado que me viro. Além disso, estamos no fim do mundo aqui, e não há nada além da paisagem.

– No fim do seu mundo, talvez, Susan, não do meu – disse Anne com um frágil sorriso.

– Eu não entendo a senhora, até porque não tenho educação formal, mas o doutor não está cometendo um erro ao comprá-la, pode apostar. A casa tem água encanada, a despensa e os armários são lindos, e ouvi dizer que não há outro porão igual ao dela em toda a Ilha. Ah, querida Sra. do doutor, o porão daqui é de doer o coração, e a senhora sabe disso.

– Ah, Susan, me deixe sozinha! – disse Anne desamparada. – Porões, despensas e armários não fazem um lar. Por que não chora junto com aqueles que choram?

– Bem, nunca fui boa em chorar, querida Sra. do doutor. Prefiro animar as pessoas a chorar com elas. Vamos, não chore, ou vai estragar esses olhos lindos. Esta casa é muito boa e serviu aos seus propósitos, mas já está na hora de ter uma melhor.

Susan parecia compartilhar da opinião da maioria das pessoas. Leslie foi a única que entendeu Anne e também derramou boas lágrimas ao ficar sabendo da novidade. Então, elas secaram os olhos e começaram a organizar a mudança.

– Já que temos que nos mudar, quero fazer isso o mais rápido possível e resolver a questão de uma vez por todas – disse a pobre Anne com amarga resignação.

– Você sabe que vai acabar gostando daquela casa antiga em Glen quando tiver vivido nela tempo suficiente para ter boas lembranças – disse Leslie. – Os amigos a frequentarão da mesma forma que frequentaram aqui, e a felicidade a glorificará. Agora ela é apenas uma casa para você, mas os anos a transformarão em um lar.

Anne e Leslie choraram mais uma vez na semana seguinte, quando vestiram o pequeno Jem com as roupas novas. Anne sentiu o peso da tragédia até o anoitecer, quando encontrou outra vez o seu querido bebê com as roupas de dormir.

– Logo será a vez do macacão, em seguida, das calças curtas, e em pouco tempo já terá crescido – suspirou.

– Bem, a senhora não quer que ele seja um bebê para sempre, não é mesmo, querida Sra. do doutor? – disse Susan. – Bendito seja o coração inocente dele. O pequeno Jem fica um doce de calção, com as perninhas adoráveis de fora. E pense na economia na hora de passar a roupa, querida Sra. do doutor.

– Anne, acabei de receber uma carta de Owen – disse Leslie ao entrar com um sorriso. – E, ah! Tenho boas notícias. Ele diz que vai comprar esta casa para passarmos as férias de verão. Anne, não está feliz?

– Ah, Leslie, "feliz" não é a palavra certa! É quase bom demais para ser verdade. Não vou mais me sentir tão mal, sabendo que este amado lugar jamais será profanado por vândalos ou abandonado às traças. Ah, é incrível, incrível!

Em uma manhã de outubro, Anne acordou e se deu conta de que havia passado a última noite sob o teto da casinha. Ela passou o dia ocupada demais para sentir remorso e, quando a noite chegou, a casa estava vazia e desnuda. Anne e Gilbert ficaram a sós para se despedirem. Leslie, Susan e o pequeno Jem já haviam partido para Glen com as últimas peças da mobília. A luz do pôr do sol entrava pelas janelas sem cortinas.

– A casa está com ar magoado e ressentido, não acha? – perguntou Anne. – Ah, como vou estranhar meu novo lar hoje em Glen!

– Nós fomos muito felizes aqui, não fomos, Anne? – disse Gilbert emocionado.

Anne não conseguiu responder. Gilbert esperou no portão entre os pinheiros enquanto ela se despedia de cada cômodo. Ela estava indo embora, a velha casa continuaria ali, olhando para o mar pelas janelas pitorescas. Os ventos do outono soprariam pesarosamente ao seu redor, a chuva cinzenta a açoitaria, a neblina do oceano a encobriria e o luar iluminaria os caminhos por onde o diretor da escola e a esposa passearam. Ali, naquele porto ancestral, o charme da história iria perdurar; o vento continuaria assobiando de forma sedutora por entre as dunas de areia, e as ondas ainda os chamariam lá dos rochedos vermelhos.

– Mas nós já teremos partido – disse Anne aos prantos.

Ela saiu e trancou a porta da frente, e Gilbert a esperava com um sorriso. A estrela do farol brilhava ao norte. O pequeno jardim onde somente margaridas ainda floresciam já estava encoberto pelas sombras. Anne ajoelhou-se e beijou o degrau velho e gasto que havia cruzado quando ali chegou como uma noiva.

– Adeus, minha querida casinha dos sonhos.

grupo novo século

Compartilhando propósitos e conectando pessoas
Visite nosso site e fique por dentro dos nossos lançamentos:
www.novoseculo.com.br

ns

- facebook/novoseculoeditora
- @novoseculoeditora
- @NovoSeculo
- novo século editora

gruponovoseculo.com.br

Edição: 1
Fonte: Southern e Base 900

CONTINUE SUA LEITURA EM:

AN
D
INGL